故事会

2013 · 60

合订本

STORIES

上海故事会文化传媒有限公司　出品

图书在版编目（CIP）数据

2013《故事会》合订本．60 ／ 《故事会》编辑部编．—— 上海 ：上海锦绣文章出版社，2014.3

ISBN 978-7-5452-1228-0

Ⅰ．①2… Ⅱ．①故… Ⅲ．①故事－作品集－中国－当代 Ⅳ．①I247.8

中国版本图书馆CIP数据核字(2013)第036239号

责任编辑：顾　诗
封面设计：王怡斐
责任督印：张　凯

2013故事会合订本60

《故事会》编辑部　编

上海锦绣文章出版社·上海故事会文化传媒有限公司出版

地址：上海绍兴路74号

电子信箱：gushihui@263.net

网址：www.slcm.com

中国图书进出口上海公司发行

地址：上海市广中路88号

电话：36357888

ISBN 978-7-5452-1228-0/I·414

540 2013 8月

SEMIMONTHLY

上半月刊

STORIES

欢迎登录本刊主办的"故事中国网"（www.storychina.cn）

故事会

——STORIES——

2013年8月

上半月刊·红版

社 长、主 编：何承伟

副社长：夏一鸣

常务副主编(兼绿版负责人)：吴 伦

副主编(兼红版负责人)：姚自豪

本期责任编辑：李 丹

电子邮箱：lidan090@sina.com

红版发稿编辑：

姚自豪 吕 佳 石莎莎 丁娴瑶

美术编辑：王怡斐

电脑制作：郭瑾玮

本社办公室电话：021-64375030

上半月刊编辑部电话：021-64335114

下半月刊编辑部电话：021-64336469

（上海市绍兴路74号 邮编：200020）

主管：上海世纪出版集团

主办：上海故事会文化传媒有限公司

出版单位：《故事会》编辑部

发行范围：公开

出版、发行总监：张 凯

电话：021-64313938

广告业务：上海故事会文化传媒有限公司

广告总监：张 淮

广告业务：021-34010383

广告投诉：021-64333738

广告经营许可证

沪工商广字3100320080016号

发行：中国图书进出口上海公司

大食疗

大刘在网上找治脱发的食疗方法，一下子搜索出不少，枸杞粥、山楂茶叶粥、银耳鹌鹑蛋、芝麻海带糕、羊骨肉粥……看得他直流口水，不禁感叹："中医就是博大精深啊，平常吃的饭菜都能治病。"

外甥女表示不相信，问大刘："咱顿顿吃的大米饭、小米粥，能治什么？"

大刘想了想，狠狠地说："治饿。"

外甥女继续发问："那红烧肉、烤鸭、糖醋排骨呢？"

大刘不假思索地答道："治馋。"

（秋　树）

（本栏插图：包丰一）

怎么死的

一个顾客去菜市场，问卖鱼的："这鱼多少钱一斤？"

老板说："十八元一斤。"

顾客说："这么贵，不买了！"

老板指了指旁边一条翻了白肚皮的鱼说："这条刚死，只要八元一斤。"

顾客问："那——这鱼是怎么死的？"

老板白了顾客一眼，说道："没人买，气死的！"

（崔　璇）

特别羊肉

红太狼对灰太狼说："老公，我要吃羊肉，去把喜羊羊抓来。"

一会儿，灰太狼回来了，带回来了一只米老鼠，红太狼一看，怒道："你把米老鼠抓回来干吗？"

灰太狼笑道："老婆有所不知，只要加点明胶、胭脂红，米老鼠的味道就和喜羊羊一样啦！"

（子　夜）

结婚典礼

大梁因为嘴笨，谈了几个对象都吹了。这次终于谈成一个，婚期都定了，大梁妈怕大梁在婚礼上嘴笨出丑，早早嘱咐大梁："要是司仪问你想和新娘说什么，你就说'只要有我一口饭吃，就不会让你饿着，刷碗什么的家务活我全包了。'"

到了婚礼那一天，前面一切顺利，仪式结束前，司仪问大梁："新郎，现在你有什么话想对新娘说吗？"

大梁一激动只记得前半句，后半句怎么也想不起来了，但又怕出丑，硬着头皮对新娘说道："只要有我……一口饭吃……就……就……就有你的碗刷。"

(醉清风)

手机留念

公司开年会，开餐前大家都在玩手机。小王发现这桌同事的手机都是苹果牌的，心里一动，就对大家说："来，咱们把手机摆一起，拍个照，发到网上，名字就叫'苹果园'！"

邻桌的同事见了觉得有趣，也把手机拿出来摆在一起，拍了张照，对小王说："看，三星堆。"

(崔璇)

还要多久

美美一大早出门等人，没来得及化妆。等人时，她发现马路边停了一辆车，车窗上贴满了遮光膜，反光效果极好。美美想反正车里没人，就拿出化妆包，对着车的后视镜开始化妆：打底、擦粉、涂腮红，还时不时对着车窗摆摆姿势，看看整体效果。

正要画眼线时，车窗忽然"哗"的一声落下，吓了美美一跳。

只见车里坐着一位大叔，很绅士地说："姑娘，我20分钟前就想开走了，结果你就来我车边涂涂抹抹，你到底还要多久？"

(逯珊楠)

尊重生命

爸爸和儿子在公园里散步，一只蜜蜂落在花丛中。儿子跑了过去，一脚踩住。爸爸见了，立即严厉地告诉儿子："要尊重生命。"

不久，一只蝴蝶落在草地上。儿子跑了过去，又一脚踩住。同样，爸爸再次严厉地告诉孩子："要尊重生命。"

当父子俩回到家，走进厨房时，看见一只蟑螂在地上跑。这时，妈妈跑了过去，一脚踩住。儿子抬头看着爸爸，问："是你告诉她，还是我告诉她？"

（许扣锁）

误读

大年夜，小李一家老老少少十几口人在饭店里吃团圆饭。饭后有个抽奖活动，只见五岁的小侄女上了台，从抽奖箱里抽出一张字条，大声说道："耶！我中奖了，王老吉10斤！"

服务员在一旁偷笑，纠正道："是王老吉1听。"

（秋　树）

组词

语文课上，老师让大家说出"一×一×"格式的词语，比如"一心一意"、"一模一样"。

书法家的孩子说："一笔一画"，音乐家的孩子说："一唱一和"。

船长的孩子说："一波未平，一波又起。"

轮到房地产商的孩子了，他张口就说道："一室一厅，一厨一卫。"

（苏　暝）

洗衣机

女儿问爸爸："咱家的洗衣机是什么牌子的？"

爸爸说："海尔的。"

女儿又问："是全自动的吗？"

爸爸说："不是，还得按一下。"

（夏　田）

不 留 名

路上，富翁被一个青年拦住了，青年热情地介绍道："先生，本地慈善机构要建养老院，希望您能响应号召，贡献一份力量！"

富翁点点头，赞许地回答："好，可是我身上没有现金啊，我签一张支票给你好了！"说着，"哗哗"两笔，把支票填好递给青年。

青年高兴地接过来，只看了一眼，脸沉了下来，狐疑地把支票还给富翁："呃，先生对不起，您还没有在上面签名喔。"

富翁摆摆手说："我做好事从不留名！"

（子 夜）

胆 小 鬼

个胆小鬼正在家休息，无意中，他从窗口瞅见一个长相凶恶的人，正不怀好意地探头探脑，怕是强盗，忙从门缝下塞了张字条出去，上面写道："非请莫入"。

不料，强盗一脚踹开了大门，胆小鬼赶紧躲进卧室，并在门上写道："此路不通"。

强盗又一脚踹开了卧室门，胆小鬼又躲进了洗手间，锁上门。

强盗敲了几下门，胆小鬼一惊，咳嗽了几声后道："里面有人。"

（崔 璨）

嫁给谁

晚上，丈夫正在书房读书，忽然，听到从卧室传来妻子的声音："亲爱的，屋里蚊子嗡嗡乱飞，你待一会儿记得捉蚊帐里的'吸血鬼'。"

丈夫应道："好的。"

不料十秒钟后，又听到妻子的声音："对了！亲爱的，我正在拖地，你进卧室的时候记得贴着墙壁走。"

丈夫不耐烦了，说："你要是当初嫁给壁虎，准会把这一切全搞定！"

（闫金福）

一道八珍汤，几代师徒心……

七步成汤

□ 张 健

清雍正年间，大将军年羹尧府上有个瘸腿厨师，人称"拐师傅"。虽说他连走路都不顺溜，手艺却当真了得，尤其是一道"八珍汤"，称得上妙绝天下。

据说这道汤中用了八种原料，本来腥膻味极重，但调和到一块儿，却只有异香而无异味。每次年将军宴客，最后一道必是这八珍汤，煲汤的铜炉就放在酒席边上，火候一到，由拐师傅亲自端出来放到大将军面前，大将军再一揭盖，异香飘满全府，连守门的护卫都闻得到。

有一天，大将军又要设宴款待贵客，谁知一大早，却不见拐师傅的影儿。厨头急坏了，赶紧亲自去叫，不料推门一看，拐师傅横躺在床上，脸色煞白，浑身冰凉，已经死去多时了。

一听这消息，厨头吓得当场瘫软在地，因为今天的贵客非同小可，而且又久闻八珍汤的名儿，这回要是上不了，照年大将军的脾气，厨房上上下下几十号人，只怕脑袋要尽数搬家。正在众人惊惶失措之际，一个少年突然站了出来，说道："我来试试吧。"

厨头定睛一看，原来是拐师傅手下的小徒弟，心想，这小子还真自不量力，便说："你怎么敢试？年大将军的脾气你不知道吗？那一次大将军请客，客人发现碗里有一粒谷，便拣出来放在一边。大将军也不多说，只把护卫唤过来小声吩咐了几句。一会儿，护卫端着个托盘过来，上面是颗人头。客人吓得面无血色，大将军却淡淡道：'这是那个淘米的厨子，杀了给你赔罪。'你小子，可有这个胆量？"

少年听了，面不改色心不跳，淡定地说："反正横竖是个死，试试说不定还能有一线生机。"

厨头一想也对，这少年给拐师傅打下手也快一年了，说不定真学成了拐师傅的本事，于是当机立断，让他上灶掌勺。厨头在一旁看着，很快，他的心便落进了肚里，这下可好了！原来，这少年的手法竟然和拐师傅一模一样，而且他比拐师傅年轻，身手敏捷干脆。待炒出几个菜来，厨头试吃了一下，觉得连自己都吃不出有什么两样，这才彻底放心。

从天上掉下这么个救星，厨头欣喜若狂，待做到最后一道八珍汤时，厨头又有点忐忑，便问少年："这八珍汤，你当真能做？"少年笑了笑，说："这是拐师傅自创的独门绝技，不过，他把菜谱都记了下来，我能做。"说着，少年从怀里摸出一本菜谱，上面正是拐师傅的笔迹，那道

八珍汤，用什么料，或水发或油发，发到几成，何时下锅，全都记得详详细细，最后一条则是——"上桌时只可走七步，切记切记"。

厨头恍然大悟，说道："怪不得拐师傅煲这汤都要在酒席边上，原来只能走七步啊！"

就这样，客堂上，年大将军和客人推杯换盏，菜一道道上了桌，大将军根本没吃出异样来。一会儿，最后一道八珍汤终于要上桌了，少年从铜炉里取出煲好的汤，迈开方步，稳稳当当，正好走了七步，端到大将军面前。

大将军见上菜的不是拐师傅，不由一怔，问是怎么回事，少年沉稳地说："拐师傅与大将军缘分已尽，小人无才，初试掌勺，请大将军品尝八珍汤。"

大将军兴味大增，一开盖，"哗——"一股热气弥漫而出，不料这味道却腥膻异常，哪有拐师傅做的那种异香？大将军当场翻了脸，一指这少年，喝道："拖下去！"

片刻之间，少年人头落地，就像先前那个因为碗里有一粒谷而被杀了头的厨子一样，脑袋被端了上来。

经此一事，厨头惊恐万分，觉得长此以往，性命终究难以保全，于是过了一阵子，谎称身子不适，

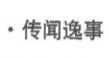

告病还乡，自己开了一家酒楼，做起了生意。拐师傅的那本菜谱，他倒一直带在身边，也曾照猫画虎地做过八珍汤，但做出来后味道也是相当腥膻。

有一天，酒楼里来了一位老者，自称是"易牙门"的掌门。易牙门是厨子的门派，厨头赶紧前去拜见，那老者听说厨头曾在年府当过差，就打听起来。

这一打听不打紧，竟然问出名堂来了，谁都没想到，拐师傅和那少年竟然都是这老者的徒弟，于是，厨头便一五一十地说了详情。老者一听，老泪纵横，骂道："这小畜生，真是自作孽，不可活！"

原来，少年是老者的关门弟子，老者年事已高，便让少年去投靠大师兄，求个照应。那少年心高气傲，对这个从未谋面的瘸子师兄十分不服，所以来到年府时，故意隐瞒了自己的身份，只说是来帮厨打杂的，心想，总有一天，要替代拐师傅在年府的位子。

厨头一听这事，恍然大悟，说："如此看来，只怕拐师傅早已看破，所以故意写了个错的菜谱来骗师弟。"老者一听，说拐师傅不是这种人，厨头便拿出菜谱来，说自己也曾照着做过，但一直没成功。

老者翻了翻菜谱，连连叹气，说："'上桌时只可走七步，切记切记'，这话一点没错，只是旁人理解错了啊……"

说着，老者解释说，这八珍汤最关键的是：煲好后要马上摇晃七下，让汤水混匀，才能去除腥膻，不能多摇也不能少摇。拐师傅因为是个瘸子，端菜上来时一步一拐，走七步，其实恰好是摇了七下；而少年前面做的都没错，但他不是瘸子，只是走了七步，并没有摇晃，腥膻味自然无法去除，结果枉送了一条性命。

老者说完，摩挲着菜谱，心里惦念着两个高徒，久久不语……

（题图、插图：安玉民　梁　丽）

@褚材怪　宝贝八岁时，妈妈说："不写作业怎么了？等妈给学校捐栋楼，你想不写就不写。"五年后，妈妈说："不就打伤同学吗，扔点医药费给他，下次看他不顺眼还打。"又过了五年，妈妈说："开车撞人怎么了，咱有的是钱赔。"再过了五年，妈妈说："不就是换个单间吗，妈跟狱警一句话的事……"

@新生代民亨　几个女人刚见面就炫开了。甲："我干爹又拿了一块地，给我买的新钻戒，不错吧！"乙："我那位到香港开会，给我带的阿玛尼时装，漂亮吧！"丙："我那局长大人到欧洲考察，送给我的LV，养眼吧！""你们这些宝贝算什么，我家先生已经答应给我转正了。"丁跷着兰花指悠然地说道。

@亳州李景强　从村长到镇长、县长，一件宝物保佑他一直平平安安。最近，他大学毕业的儿子考上村官，赴任那天，他把从不示人的宝物取出送给儿子。儿子一看，竟是一根麻绳！面对惊讶的儿子，他含泪说："当年，你爷爷当村长，因贪占一口袋高粱被开会批斗，会后悄悄用这根麻绳上吊了……"

@河北山青　丫丫在日记中写道：妈妈离开后，已经很久没有人喊我宝贝了。今天是继母进门的第99天，终于，早晨一起吃饭时，只听她甜甜地说了声："宝贝！多吃点！"我赶忙应了声，瞬间感觉很快乐，很温暖；可当我抬眼间，顿觉好失望，好失望，只见她正低头用手摩挲着微微隆起的腹部……

@ **山高人为峰 5699**　众豪强在森林中截住替巡抚护送绝世珍宝的镇远镖局，一番打斗，降服镖队。他们欢呼着准备把那满箱的金银搬走时，一刀客说："不对，绝世珍宝绝不是这些金银。"于是以死拷问总镖师，总镖师无奈，从一满脸泥垢的娇小马夫身上取出一宝珠献上。两个月后，巡抚升官，因为他献给皇帝一绝世美女。

@ **清心寡欲所为何**　深夜起火，他带着老婆孩子逃出火海。刚松了口气，他猛地一拍脑门：糟了，前天拍下的那幅画落书房了。不顾众人劝阻，他毅然冲进火海。几分钟后，浑身焦黑的他抱着锦盒跑了出来。打开锦盒，看到完好无损的油画《父亲》，他咧开嘴笑了。笑着笑着，他脸色僵住了：父亲昨晚从乡下来，还睡在客房……

@ **灯太明**　小时候没什么玩具，拿甲虫当宝贝，金色条纹的甲虫尤其是至宝。而这种至宝，哥哥捉到了都会送给我。二十年后，我在家乡开了一家化工厂。三十年后，我送哥哥一只甲虫，纯金的，拳头那么大。已经癌症晚期的哥哥望了望寸草不生的窗外，推开金甲虫，叹息道：金的银的都不如活的好啊！

（本栏插图：佐　夫）

多了
一门亲戚

□ 童树梅

江海在文化部门工作，这天要去参加文艺界关于挖掘、保护民间文化遗产的座谈会，正悠悠地开着车，忽然看到路旁有人向自己频频招手，示意停车。

江海一看，那是个农民模样的人，五六十岁样子，脸膛黝黑，手里还拎着一个敞口的布包，看上去很着急。

江海有点诧异，但还是把车稳稳地停在他身边，刚摇下车窗，老农就一脸希望地问道："师傅，带我到玉华小区好不好？要多少钱？"

江海一下子明白了，眼前这位大叔把自己的车当作出租车了，也难怪，自己车子的颜色跟出租车差不离。大叔身旁还平摊着一袋米，约有四五十斤的样子，袋子上有个破口，地上零零星星地散着一些米粒，看样子米袋破了，大叔没法走了。

江海说："五块钱好不好？"真正的出租车当然不止这个价了，可江海不想赚这个钱，不过一分不要的话，又怕大叔不肯上车。

大叔一听高兴坏了，爽快地说："行，五块就五块，不瞒你说，先前我拦过好几辆车，有的不肯停，有的停下后还骂我一声'神经病'就走了，好像我不给钱似的。"

在车上，江海一边开车一边随

口问道:"我说大叔,你进城怎么还带着米啊?多费事,再说现在有钱什么买不到?"

大叔一听开心地笑了起来:"这是我儿媳妇要的,是糯米,她刚刚给我们家生了一个大胖丫头,可漂亮了。我老婆子问她想吃什么补补身子,本来想抓两只老母鸡送过来的,可儿媳妇只想熬糯米粥吃,说她最爱吃自家田里长的新米了,还说城里有钱也买不到这样的绿色食品,呵呵,城里人讲究就是多呀!"

江海一听也笑了,这是个会讨老人喜欢的乖儿媳。

说话间玉华小区到了,江海说:"袋子破了不好扛,要不要我帮你抬上楼?"

大叔忙说:"用不着、用不着,我儿子家就在二楼,我把米袋的破口朝上,自己抱上去就行了,师傅,谢谢你了,给你钱。"

望着大叔递过来的钱,江海再也忍不住笑,说:"实话跟你说吧,我这不是出租车,只是顺路带你一程而已,不要钱的,谁没个难事呢?"

大叔看上去吃了一惊,然后神色变得无比尴尬,不停地搓着手,说:"瞧我这眼拙的,这叫什么事?我这个睁眼瞎是遇上好人了,不行,这钱得给,一定得给!"

江海哪能要呢?于是两人一个坚决要给,一个坚决不收,正拉扯间,

大叔手中敞口的布包掉到地上,江海的眼睛一下子瞪大了。

江海看到从布包内散落出一些东西,那是好几张色彩鲜艳的剪纸,剪的全是小老虎,一个个虎头虎脑、憨态可掬,神态各异十分可爱,足见作者不同凡响的想象力。再看剪法,古拙娴熟、苍劲有力,于细微处最见功力,这可是民间文化里绝好的手艺啊!

见江海看得入神,大叔有些难为情,说:"这是我娘没事剪的,我孙女属虎,所以我娘就随手剪了几张虎,图个吉利,让师傅见笑了,嘿嘿。"

江海回过神来,惊讶地问道:"你

14

娘还健在？"

大叔一听有些得意了，说："当然在了，告诉你，我娘都九十多了，耳不聋眼不花，剪起窗花来手都不带抖的，全村就数她剪得最好看，花式品种也最多。要不是家里养着一窝鸡，分不开身，我娘早就进城看她的重孙女了。"

江海激动起来，想不到无意之中发现了一个活宝，要是把这些剪纸带到今天的会上，那大伙儿还不激动死啊！

江海忙说："大叔，跟你商量件事，你能不能送张剪纸给我？你不是要给车费吗，这张剪纸就算作车费好不好？"

江海本以为这是件十拿九稳的事，谁知出乎意料的是，大叔一听，竟一脸为难地沉吟起来。

这下轮到江海不好意思了，好像自己想占人家便宜似的，忙说："我说错了，这么好的艺术品应当给钱的，大叔你说多少？10块钱一张行不行？"

大叔的脸更黑里透红了，神色也更窘迫了，这下江海心里有点生气了，不就是一张剪纸吗？便又说："要不20块一张好不好？"

大叔更难为情了，慌乱地摇着手，说："师傅，我不是这个意思，根本不是钱的事，是因为我娘一共剪了一套小老虎，整整九张，九这

个数字吉利，所以给你一张就不好弄了……"

江海一听这才明白："原来是这样，那大叔你也不要为难了，我也不要了，再见！"

江海转身刚要走，大叔叫住了他，一脸的坚决，说："师傅，瞧我这笨的，脑瓜子怎么就转不过弯来呢？这套小老虎既然不好拆，那就干脆全送给你好了，至于我孙女嘛，下次让我娘再剪不就行了？"

大叔把九张精美绝伦的剪纸不由分说地全递了过来，江海心里有些暖，脸上却分外郑重起来，说："大叔，你心意我领了，可这礼物坚决不能收，因为这是你老母给她重孙女的见面礼，太贵重了，我受不起！"

江海说完钻进车子，大叔还要拉，就在这时，他身后有人惊喜地叫了起来："爸，你怎么来了？怎么不吭一声，我去接你啊？"

江海一看，是个年轻人，穿着一身笔挺帅气的警服，不用说就是大叔的儿子，然后只听得大叔说道："接什么接啊，这米袋子要不是不小心让路旁的树枝挂破了，我早就一口气扛来了，幸亏这位师傅……"

江海连忙发动车子跑了，再不走，只怕大叔的儿子也要客气了。

会议上，十几位文艺界的朋友济济一堂，当大伙儿责怪江海姗姗来迟时，江海便把刚才的事说了，

当说到剪纸的时候，大伙儿"哇"的一声欢呼起来，说："我们这儿还有这样的人才？太好了，这才叫得来全不费工夫，江海，你立了一大功，会后一定要好好地挖掘挖掘……"

正说着，江海的手机响了起来，江海一接通，一脸的惊喜，一迭声地说道："大叔，是你？你是怎么知道我名字的？又是怎么知道我手机号码的？"

然后大伙儿清清楚楚地听到电话那头的大叔爽朗地笑着，说："我儿子是交警，先前他一眼记下了你的车牌号码，再在电脑上一查就全知道。江师傅，是这样的，过两天就是星期天，我和我儿子一家在

这里郑重邀请你，星期天到乡下我们老家做客去，现在在我们那儿菊花全开了，美得很，还有，你不是喜欢剪纸吗？我让我娘给你多剪几张，你要什么她便剪什么，然后再让我老婆子炖两只老母鸡……我儿子说你是个好人，如果你不嫌弃的话，从此以后我们两家就是亲戚了，要常走动……"

房间里一片寂静，大伙儿看江海的眼光啊，那叫"羡慕嫉妒恨"！

半晌，有人突然幽幽地叹口气，说："江海，不瞒你说，在我来这儿的路上，也遇上了你说的这位大叔，他同样也向我的车子招手了。我当时还怪老头笨，连出租车和私家车都分不清，同时心里还有另外一个念头，怕他是骗子……老弟，有这样一门四代同堂、心地淳朴、其乐融融的亲戚真好啊，可我当时怎么就不帮人家一把呢？"

（题图、插图：安玉民 梁 丽）

您手中有没有得意之作？本刊辟有二十多个原创性栏目，如新传说、我的故事和中篇故事等；您读到或听到什么有趣事可以和大家一起分享吗？3分钟典藏故事、外国文学故事鉴赏和诙段子等都是本刊推荐性栏目。热忱欢迎来稿，可从邮局寄发，也可从网上传递。邮寄地址：上海绍兴路74号《故事会》杂志社，邮编：200020；如为电子邮件，本期责任编辑信箱：lidan090@sina.com。

不能说的秘密

□ 陈少华

张文成在省城机关工作，这天，突然接到老家来的电话，说母亲去世了！他急忙稍作安排，便匆匆赶回老家。

张文成一进家，见灵堂已经布置好了，乡亲们纷纷赶来吊唁。他正在忙活，忽然听到外面有人喊，说单位领导来了，就连忙迎了出来。

来人是单位的黄副局长，他开了一辆新款宝马轿车，身着一袭黑西装，气度不凡。他先在亡人面前站定，恭恭敬敬地鞠了三个躬，然后跟张文成的家人一一握手，还说了许多安慰的话。这些话的语气和用词都很讲究，透着大都市的新鲜，满屋子人看了，很是羡慕。

张文成忙吩咐人准备饭菜，谁知黄副局长大手一摆，说单位里的事多，要立马赶回去。

临走前，黄副局长不忘走到礼金台，从西装兜里摸出一个厚厚的白信封，留下了份子钱。帮忙记账打下手的是一个叫龙生的族弟，他当场拆开信封，"哟呵——"忍不住叫了一嗓子。

原来，黄副局长竟然包了整整一万块份子钱。要知道，乡下人送白份，大都百元左右，至亲好友一千块也就到了顶。这样的出手，把旁人的下巴都要惊得掉下来。

张文成母亲的丧礼办得很风光，乡里乡亲都议论纷纷，说文成在省

城里混得真不错，他娘死也瞑目了。

几天后，忙完母亲丧事，张文成也准备回省城。临行前一晚，"咚咚咚"，有人敲门。张文成开门一看，竟是龙生。张文成有点意外，他曾听村里人说龙生之前是个小混混，如果不是母亲丧事实在缺人手，才不会找他帮忙。

龙生进屋坐定，四下望了望，开门见山道："文成哥啊，弟弟我手头正缺钱，想找你弄点钱花花。"

张文成心里一沉，问："多少？"

龙生岔开三个手指头，在空中晃了晃，说："就三万块吧！"

张文成一惊："三万块？花花？"

龙生瞟了瞟张文成，嘻嘻一笑："三万块不多，哥，你心里是有底的，干妈的白份就收了……"

张文成大怒，母亲刚去世，就有人惦记着白份的钱了。他拉下脸来，"啪"一拍桌子，喝道："白份？你小子还有良心吗？"

龙生摆摆手，打断张文成的话："大哥先别急嘛，听听我的理由再着急也不迟。"

原来，这龙生有个爱好，就是看名车。那天来吊唁的黄副局长，让他真正过了一回眼瘾。他悄悄用手机拍下了名车的照片，第二天就发给在省城工作的发小，显摆自己老家也有豪车出没了。没想到，那

发小立刻回复道："别得瑟了，这车就在我家马路对面停着呢，是欣易礼仪公司的。"

其实，张文成为了在母亲的丧礼上摆阔装大，从礼仪公司请了个临时演员，到老家来招摇过市了一番。得知了真相，龙生觉得是一个机会。这不，今晚他就大摇大摆地上门来了。

张文成听了，止不住由吃惊变为心慌，又由心慌变为愤怒。他指着龙生的鼻子吼道："你这是敲诈，你知不知道我是你同族的哥哥啊？"

龙生嬉皮笑脸地说："这、这……还不是让钱给逼的吗？哥哥，三万并不多啊……"

张文成"啪"地给了龙生一记耳光，说道："想得美，一分钱都没有！"

谁知，龙生倒不退缩，竟将脖子一伸，说道："你打我？告诉你，我的嘴巴可不严实啊，到时候村里人和你单位里的人知道了这件事，可别怪我乱说了！"

张文成怔了怔，没有吱声。

龙生一见，马上凑了过来："文成哥啊，你看，你在省城混得这么好，三万块，九牛一毛啊！"

张文成握紧了拳头："你不怕惹毛了我吗？"

"嘿嘿嘿……你是大学生，有文化，再说……"

张文成不愿再和他讲下去，冷冷地说："我只有两万块的白份，你不要跟我再啰唆了！"龙生眼珠子转了转，笑道："也好，也好，剩下的一万欠在那儿。"

张文成斩钉截铁地说："没有欠账，一刀两断！"

龙生见风转篷："好，好，没问题，没问题。"接过厚厚的两万块钞票，他嘻嘻一笑，连滚带爬地逃走了。

"唉……"张文成重重地叹了一口气，花钱在母亲丧礼上装门面，是自己的主意。在村里，自己是唯一的大学生，虽然在省里工作，却是个本分角色，不能像那些暴发户

似的，时不时地回到老家修一条路、造一座桥，惹得只认实惠的村里人背后直议论。

按说，这也算不了什么，但张文成却很在乎这一点，张家祖上在村里都是受人尊重的主，他又是村里唯一的文化人，他不容许村里人看轻了他。想到村里对白事向来讲排场，老家离省城又这么远，在母亲丧礼上装装门面，谁能看得出中间的名堂啊？想不到，还真有嗑瓜子嗑出臭虫来的事！

这一宿，张文成心气难平，第二天一早，就坐上了返城的大巴。

没过几天，一个傍晚，门铃"叮咚，叮咚"地响了，张文成开门一看，竟又是那个小混混龙生，他、他竟然找到省城来了！

张文成脱口喝道："你的胆子真不小哇，滚！你给我滚！"

龙生嘻嘻一笑："文成哥，你别生气，我还有一件事要跟你说说哩。"说着，他强行挤进了客厅，递给张文成一张纸条，道："文成哥，你看，这是两万块的借条。"

"什么……借条？"这事来得太突然了，张文成皱着眉，觉得蹊跷。

"对。"龙生点头。

"哈哈哈……"张文成猛地一笑，鄙视道，"你又在玩什么小把戏啊？我的忍耐是有限度的！"

龙生有点急了："信不信由你，

反正我会还你钱。"张文成岂能相信，眯着眼，逼问龙生到底为什么。

龙生咂了咂嘴巴，"唉"的一声长叹，道："文成哥，我……谁不想堂堂正正做人啊？谁不愿做村里的大拇指啊？谁又让我做事情这么难啊……我只想办一个养鸭场……"龙生哽咽着，说了起来。

原来，在二流子模样背后，龙生也有强烈的自尊。他一直想办个养鸭场，但他的家底薄，三亲四眷根本不帮他，和别人一说钱，便无缘。他也曾向信用社申请过贷款，却怎么也通不过审批。

日子一天天晃过去了，龙生真的快要绝望了，就在这时，他无意间发现了张文成的秘密。当时，他是准备堂堂正正来借钱的，可转念一想，凭自己在村中的形象，凭自己跟文成之间地位的悬殊，肯定没戏。于是，他就决定铤而走险用歪招，谁知这一招竟管用了。拿了钱之后，他想了很久，良心告诉他，一定要留下借条。

龙生一脸真诚地说："文成哥，'黄副局长'的事，我没有对任何人说过，我要把它当成生死秘密！"

张文成万万没想到事情竟会是这样，一时有点转不过弯来，在客厅里足足转了三圈，这才讷讷地开了口："唉……龙生哪，我、我，怎么说呢？如果真能给你的养鸭场帮一点忙，我也心甘情愿……"

"真的？"龙生眼一亮，"我的养鸭场几天后就要开张了，你为我放开张的炮仗，好不好？"

张文成一怔："放这炮仗的人是要有一定身份的，我合适吗？"

龙生连忙说："合适合适，你在省城里上班，又是大学生，最合适！"张文成便红着脸答应了下来。

龙生的养鸭场开张那天，村民们纷纷赶过来凑热闹。此时的张文成衣着鲜亮，神清气爽，来到那卷长长的鞭炮前，着实吸引了许多羡慕的眼光。

当炮仗"噼噼啪啪"欢快地炸开后，张文成止不住放声一喊："恭喜发财！恭喜发财！"喊罢，他从包里拿出红彤彤的一沓钞票，郑重地递给了龙生，说是随礼的礼金。

龙生一怔，连忙推辞。张文成笑道："收下吧，这一万块是我对你的祝福哩！"龙生这才连连点头："谢谢，谢谢！"

围观的村民一见，纷纷直叹：张文成不简单，真是混得好啊……

（题图、插图：谭海彦）

延伸阅读

您想阅读这位作者的其他精选作品和创作感言吗？请扫描右边的二维码。更多精彩，立刻体验。

算命这事，哪有准头？人算不如天算，天算不如……

算 错 命

□ 老 三

娄江村有俩名人，一个是娄铁嘴，一个是娄娃子。娄铁嘴六岁时，一个算命先生路过，对他"一见倾心"，认为他是个学算命的奇才，不惜冒险，将他拐跑，一去就是三十五年。那一天，娄铁嘴终于回到了村里，开了家相面算命馆，很快便声名远扬。

而那娄娃子呢，却是个头顶生疮、脚底流脓的坏小子。这小子从小就长得比同龄人高一头，青紫色的一张瓜皮大脸，粗手大脚，力气过人，最要命的是，他天不怕地不怕，没有他不敢做的。

娄娃子的爹是个出了名的老实人，人们怎么也无法相信他会生下这么个祸害来。他管教儿子没别的招，就是一个字：打！三天两头的，娄娃子被他爹吊在门口的歪脖子柳树上，用竹条抽打。别人家打小孩，街坊邻居都会劝，留神别把孩子打坏了，唯独娄娃子挨打，乡亲们不仅不管，还会暗中给他爹鼓劲。娄娃子呢，也牛劲十足，自幼挨打便一声不哼，长大些后，兴致来了还会慷慨激昂地唱上一曲，以此来蔑视老爹。

最出名的一件事是：娄娃子上小学五年级时，有天上午，他在班级里欺负女同学，被叫到校长室训斥了半天，说是再犯浑就开除他。娄娃子从校长室出来，直奔野地，挖开一座无主老坟，把死人的骷髅头拿出来，趁午休时钻进校长室，把骷髅头端端正正地摆放在办公桌上。校长下午来上班，一打开办公室的门，吓得当场昏了过去……

娄娃子的爹愁得没法，这天，他领了十三岁的儿子去拜访娄铁嘴，请娄铁嘴给这孽障好好算一卦，看看到底该怎么办。像娄娃子这种"知名人物"，娄铁嘴当然不敢怠慢，他先后用八字、看相、生肖、测字四种方法，为娄娃子测算，再将所有结果综合起来，得出了最终的结论。

娄铁嘴借故把娄娃子支开后，悄悄告诉孩子的爹："我从来没为一个人费过这么大劲儿！恕我直言了——你这儿子，他十七岁时就会横死；就算侥幸不死，之后也是个牢狱命，会吃一辈子的牢饭。"

一般人听算命先生这么说，肯定会生气，会难过，不料娄娃子的爹不仅没这样，反而长长地松了口气，如释重负，一身轻松，因为有盼头了。

从那以后，再有人找他告状，他就会宽慰人家："你再忍忍吧，娄铁嘴说了，那熊孩子活不了几年啦，十七岁那年一准死！"

小小年纪，竟然坏到"国人皆曰可杀"的地步，娄娃子也算破了天荒啦！

果不其然，十七岁那年，娄娃子出事了。那年夏天，他进了城，在火车站蹬三轮拉客。上工的第一天，一个大子儿还没赚着呢，过来几个流氓，问他要"管理费"。娄娃子在乡下横行霸道，到了城里可是个标准的土包子，他茫然不解："车份子钱我已经交过了，什么是管理费？"

一个留披肩发的流氓说："我是危哥！没有规矩，不成方圆，火车站这一带，由我在管理，所以你们这些当苦力的，都要交点儿管理费！"娄娃子明白了，这是要敲诈勒索呀，他哪吃过这亏？一怒之下，他跟这伙人干了起来。对方虽然人多势众，但架不住娄娃子块头大，加上擅长格斗，打来打去没个结果。危哥急了，动了家伙，一刀捅进了娄娃子的肚子。此时，娄娃子忽然记起了娄铁嘴的话，暗想："难道我真的要死在今天，死在十七岁？"这一下他泄了气，躺倒在地。危哥用刀逼着他，问："服不服？"

听了这话，娄娃子的血腾地涌上了头，他一跃而起，用尽气力破口大骂："服你妈个王八蛋！等爷缓过来，第一个先宰你！"危哥"扑哧"乐了："是条汉子呀！"他招呼手下抱起娄娃子，拦了辆车，送去医院抢救，幸亏送得及时，好不容易捡回一条命。

伤好后，娄娃子就和他们混在了一起，从"体力劳动者"变成了"管理者"。不久，危哥闹出了人命官司，被判了重刑，娄娃子便成了这帮流氓的头儿。再后来，他也犯了案子，为躲避追捕，他隐姓埋名，远走他乡，从此杳无音信。

得此消息，娄江村的人不放心，担心娄娃子再回来祸害乡里，便请娄铁嘴给算一算。娄铁嘴把胸脯拍得山响，连说"不用算"，说是上次曾经用四种方法为娄娃子算过，全都表明那小子就算十七岁不死，从此也会吃一辈子的牢狱饭。现在虽说亡命外逃，必定是哪一天被警察抓住，送进牢里。这么一说，村民们才安下了心。

一晃二十年过去了，这天，一个惊天动地的消息在娄江村不胫而走：娄娃子回来了，他不仅回来了，而且是衣锦还乡。据说这些年，他一直在南方一座大城市发财，目前的身份是一家大公司的董事长。他回来的那天非常气派，五辆黑色高级轿车开进村，下车时有女秘书为他开车门。次日，他在父母家的院子里大摆流水席，请全村人吃饭，来

的人二十岁以下的发五百元红包，二十到六十岁的发一千元红包，六十岁以上者发三千元红包。他还特意叮嘱人，专程去请娄铁嘴，请他务必赏光。

中午，娄铁嘴思考了良久，决定去，他一定要弄清楚，自己为什么会算错。谁知娄铁嘴一迈进院门，就受到了无情的羞辱，娄娃子一见他，老远就笑容满面地迎上来，手上晃着一个大红包，扯着嗓门喊道："这不是算命大师娄铁嘴吗？我记得你当年口口声声说我十七岁必死，就算不死也得蹲一辈子监狱、吃一辈子牢饭，怎么不准呀？"接着，他压低了声音，附耳骂道："你这老狗，我看你以后别叫'铁嘴'了，改名叫'粪嘴'吧，吃粪的嘴！"

娄铁嘴气得直打哆嗦，自打娄娃子回来，他多年来"铁嘴"的金字招牌被彻底砸了，名声扫地、无可挽回。现在，又受到当面谩骂、嘲讽，老头子崩溃了，他把红包甩到了地上，回过身来，蹒跚着离去。娄娃子扬着脖子揶揄着："娄老爷子，怎么啦？这点儿面子也不给？连杯酒也不喝？难道我家这饭是牢饭？"

气跑了娄铁嘴，娄娃子好不开心，郁闷了二十年，今天总算出了一口气。当晚，娄娃子兴奋得睡不着，他偷偷爬起来，像儿时那样，踩着梯子上了屋顶，坐在烟囱上抽

烟。娄娃子看着沉睡的村庄，望着这生他养他的地方，抚今追昔，他禁不住长吁短叹，对人生充满了无限感慨。

突然，第六感令他警觉起来，他先是站起身，然后暗叫了声"不好"，扭头就跑，要往房下跳，可惜晚了一步，"砰——"从对面屋顶射来的一颗子弹，准确地命中了他的后脑勺，将他打倒在房顶上。那黑影开完枪，随即从屋顶跳到街上，发动起隐藏在暗处的摩托车，在沉沉夜色中呼啸而去……

事情是这样的：娄娃子有一个心腹，地位仅次于他，这心腹表面上毕恭毕敬，其实早生了反骨，一直在觊觎他的位子。这次趁娄娃子回家省亲，疏于防范，暗中花重金聘请了杀手尾随，千里跟踪，直到将娄娃子一枪毙命。

再说娄铁嘴，他从娄娃子那儿负气回到家，枯坐到深夜，把自己所有算命的东西堆到院子里，一把火烧了。回到屋里后，他闩上了门，用毛笔在一张大白纸上连写了三行大字——

我真的没有算错！
我真的没有算错！
我真的没有算错！

写罢，娄铁嘴把笔一扔，一仰脖，吞下了一整瓶的安眠药。就这样，因为算错命，娄铁嘴陪着娄娃子，前脚后跟，踏上了黄泉路，娄江村的两位名人，死于同一个晚上。

算命这事，哪有准头？其实，娄娃子表面上是一家公司的董事长，实际上却是那座城市的黑道大哥。他本该早被抓起来、吃一辈子牢饭的，因为有当地的官员充当保护伞，才使他一直逍遥法外。有腐败官员的存在，不要说是娄铁嘴了，即使德国奥伯豪森水族馆里被誉为"年度神兽"的章鱼保罗死而复生，也是没法算得准的……

（题图、插图：刘为民）

错过的
约会

□ 常育晶

——十九岁的梅朵还待字闺中,是一个不折不扣的剩女。别说她自己着急,家里人也跟着操心。逢年过节,七大姑八大姨那眼神,就像看怪胎一样。梅朵实在受不了这刺激了,这不,她在一家相亲网站注册了账号,跟时下的年轻人一样,决定网上相亲!

很快,就有小伙子给梅朵发来了邮件,梅朵筛选了几位,几番接触下来,渐渐锁定了一位。小伙子叫林桦,大梅朵两岁,从小家境贫寒,他是靠着自己的努力考上大学,在

这个城市扎根的。

网上聊了两个月后,梅朵觉得林桦热情上进,善良体贴;林桦呢,也觉得梅朵言辞不俗,温婉善良。于是,两人终于决定见面,地点选在一个公园门口,怕认错人,他们还约好,碰头时手里拿一张当天的晨报。

见面的那天,梅朵正准备出门,突然接到单位电话,说有个重要的客户来访,这个客户一直是梅朵负责的,所以她必须去机场接人。

这一来梅朵傻眼了,不能赴约倒也罢了,为难的是,她根本就没法通知林桦。原来,为了浪漫起见,两个人约好在见面之前互相不留电话。

梅朵赶紧打开电脑上网,一看林桦没有在线。情急之下,梅朵只好找自己的闺蜜陈倩帮忙,让她代

替自己去见林桦，把事情解释清楚。

陈倩爽快地答应了，当然也没忘奚落梅朵一番："你们真是一对活宝，原始人啊？现在谁不是对上眼就互留电话？"

梅朵没时间和陈倩计较，一再交代陈倩："在公园的北门啊，手里拿张今天的晨报。"

接待完了客户，梅朵马上给陈倩打电话，急切地问："怎么样？"

"见面说。"陈倩说完挂了电话，从陈倩的语气中，梅朵有了不好的预感。

果然，一见面，陈倩满面怒容，劈头盖脸就问梅朵："你约的那叫什么人啊？整个一人渣！"

"怎么了？"梅朵赶紧给陈倩倒了一杯咖啡，"慢慢说。"

原来，接到梅朵的电话，陈倩马上就到了公交站，上了车。在快到公园的时候，车里有个男青年突然发问是谁丢了钱包，车厢里的人马上翻看自己的皮包，有个姑娘发现自己的钱包没有了，就说是自己的，让那个男青年归还。没想到，那个男青年在核实了钱包的式样和包里的物品后，竟提出了归还钱包的条件——50块猫腰费！

梅朵一头雾水："猫腰费？"

陈倩解释说："就是好处费，他说他不能白白猫一次腰捡钱包。"

"真够过分的！"梅朵说，"可这和林桦有什么关系呢？"

陈倩不无调侃地说："我的傻妹妹，你还不明白？"

梅朵惊愕地张大了嘴巴："你是说，那个男青年就是——"

陈倩接着讲："我下车后到了公园，正想买一张今天的晨报，可是突然看到在车上讹人钱的男青年正在北门徘徊，好像在等人，我就留了个心眼，注意了一下，发现他手里果然拿了一张今天的晨报！你说，我还用过去和他见面吗？"

梅朵不仅感叹："感觉那么阳光的一个人，怎么心思这么龌龊？"

陈倩拍拍梅朵肩头，最后总结道："这就叫知人知面不知心。"

梅朵暗自庆幸，多亏那天有事不能赴约，否则怎么能认清林桦的真面目呢？从那以后，她就隐身上网，决定不再理林桦了，她觉得品质这么低劣的人，实在没有继续交往的必要。但不知为什么，梅朵却始终狠不下心来删除林桦的照片，照片上的林桦，眼神清澈，显得那么阳光……梅朵又失望又难过，看来网络真是有很大的欺骗性啊！

林桦不知道梅朵为什么突然消失，便在网上寻找梅朵的踪迹，在QQ上不断地留言：一开始是问梅朵为什么失约，是不是有什么特殊情况；后来就问梅朵为什么不再上网了，是不是出什么事了，焦急、关切之情跃然网上。

梅朵始终没有回复，她实在不知道该说什么。揭穿他？没意义，就让时间湮没一切吧。翻看曾经的聊天记录，林桦幽默风趣、充满阳光的话语又让梅朵心里隐隐作痛。

一天，陈倩说要参加个聚会，过来借衣服，看到梅朵无精打采的样子，关心地问："怎么？还没放下？"

梅朵避开陈倩探寻的眼光："不是。"

"他不适合你，"陈倩坐到梅朵身边，认真地说，"再怎么说咱也不能找个贪小便宜的市侩，以后麻烦大了。"

陈倩的话是对的，梅朵也知道，只是……

"放心吧，会过去的。慢慢找，网上帅哥千千万嘛。"陈倩打趣道，"看看我挑的衣服，怎么样？"说着，她把挑好的衣服在梅朵面前比试着。

这时，钟点工吴阿姨走了进来："梅小姐，房间打扫好了。"

没想到，陈倩一看到吴阿姨，顿时变了脸色，把衣服胡乱装进包里，说还有急事就匆匆走了。

梅朵满腹狐疑地问吴阿姨："你们认识？"

吴阿姨迟疑着："嗯……记不太清楚了，好像是她。"

梅朵追问道："怎么回事啊？"

"对，没错，就是她！"吴阿姨想了想，又问，"梅小姐，她是你的朋友？"

梅朵说："是啊，从小到大的朋友。"听到这，吴阿姨摇摇头，拿起自己的东西准备走了："哦，那我不说了。"梅朵不愿打探别人的隐私，便没有追问。

"我看，我还是说了吧。"吴阿姨走到门口又折了回来，"我在你家干的时间虽然不长，但我看得出你是好人，不像有的人瞧不起我们。我就多一句嘴吧，梅小姐这么好的人不该交这样的朋友。"接着，吴阿姨说了一件大约一个月前的事情。

那天，吴阿姨在一户人家干

完活出来，搭公共汽车准备到另一家去，没想到在刷卡的时候把一张50块钱的钞票掉在了车上，就被刚才的这个姑娘捡去了，她捡到钱就直接装进了自己的口袋。而她没想到捡吴阿姨钞票的时候，不小心把自己的钱包弄掉了。这一切都被一个小伙子看到了，他捡起姑娘的钱包，看她没有还吴阿姨钱的意思，就用了个机灵的小点子，不仅还了她的钱包，还巧妙地帮吴阿姨要回了50块钱。要不是小伙子帮忙，吴阿姨两三个小时的钟点工就白做了。

一开始，梅朵并没有在意，可听着听着就觉得不对劲了，她问："那个小伙子是不是向捡你钞票的姑娘要了50块钱的猫腰费？"

吴阿姨答道："是啊，当时小伙子朝姑娘要猫腰费的时候，一车的人都在骂小伙子，可是后来小伙子把钱还给我，又说了原因后，车上

的人都称赞小伙子机灵善良。而那个姑娘，脸涨得通红，车没到站就要求下了车。"

梅朵心里似乎明白了，她打开电脑，找到林桦的照片，问吴阿姨："捡到姑娘钱包的是不是这个人？"

"就是他！"吴阿姨一眼就认出了林桦，"多好的小伙子哦！"

梅朵全明白了，那天的公交车上果然发生了唯利是图的丑剧，只是主角不是林桦，而是她的闺蜜陈倩。怪不得陈倩反对梅朵继续和林桦交往，怪不得陈倩见到吴阿姨就跑，看来有时因虚幻而看不清楚的不只是网络啊。

梅朵没再听吴阿姨的啧啧称赞，也没回答吴阿姨自己为什么会有林桦的照片，她飞快地给林桦留言：我们见面吧，明天10点，公园北门，手拿晨报。当然，这次梅朵留下了自己的电话号码。

(题图、插图：张恩卫)

·本刊信息传真·

法律知识故事征文

本刊推出的"法律知识故事"，通过发生在我们身边的、短小而具体的、在法理上容易混淆的个案，生动、形象地宣传法律知识。为了把这个栏目办得更好，我刊决定面向全国征文。

来稿方法：1. 从邮局发，请在信封上注明"法律知识故事"字样，本刊地址：上海市绍兴路74号《故事会》杂志社，邮编：200020。2. 从网上传递，可寄以下邮箱：wulun54@126.com，请在主题上注明"法律知识故事"字样。凡已与我刊编辑有联系的作者，稿件可继续投该编辑。

给你出个
主 意

□ 武勇坤

话说这天，武大郎卖完炊饼回来，看见妻子潘金莲趴在床上，呜呜地哭。他忙扔下担子，走过来问："老婆，你怎么啦？"

潘金莲双肩微抖，好像是受了莫大的委屈，她扑在武大郎的怀里，眼泪扑簌簌地往下掉："大郎，你可要为我做主啊！"

武大郎紧紧抱住潘金莲："别哭啊，有什么委屈尽管说，天塌下来有我顶着。"潘金莲抹着眼泪，哽咽着说："我被人糟蹋了。"

"谁他妈的胆大包天，敢在太岁头上动土，谁不知道老子的兄弟是打虎英雄武松呀！"武大郎飞起一脚，踢翻担子，像头咆哮的狮子，"快说，到底是怎么回事！"

"今天下午，我正要拿叉竿支窗户，一不小心，叉竿没拿住，掉了下去，正砸在一个人的头上。我急忙向他道歉，谁知他见我模样俊俏，竟闯了进来对我非礼。我拼死挣扎，但他力气惊人……大郎，我可没脸活了啊……"

武大郎暴跳如雷："说，是哪个王八蛋，看我不扒了他的皮、抽了他的筋！"

潘金莲吓得浑身哆嗦，好半晌，才支支吾吾地说："是、是西门庆……"

"啊——"武大郎倒吸了一口冷气,"原来是他……唉,谁不知这恶棍贪淫好色、奸诈毒辣,仗着有俩糟钱,横行霸道,你怎么惹着他了啊……"

"我没有惹他,我就坐在家里……"潘金莲委屈得又流下了眼泪。

武大郎两眼无神,呆若木鸡,过了好一会儿,喉咙动了一下,嘟囔着说:"我看还是算了,咱们认倒霉吧。"

潘金莲恼怒地说:"亏你还是个男人,真是个窝囊废,去告他啊,让他进监牢!"

武大郎蹲在地上,两手抱着头,痛苦地嚷着:"你以为我能咽下这口气?一告官,全县都知道了,以后咱还怎么做人?再说,西门庆有钱有势,咱这小胳膊拧不过他那条大腿啊!"

"难道咱就这样忍了?"潘金莲叹了口气,"咱得忍到什么时候,万一他要再来怎么办?"

武大郎低头想了一会儿,表情凝重地说:"从明天起,我晚出早归。我给你出个主意,以后咱家的窗户就不要开了。"

潘金莲说:"这么热的天,不开窗户,也不是个办法啊!"

武大郎埋怨说:"你要是不开窗户,不就没事了?我跟你说过多少回,你长得这么好看,有多少人惦记着。让你注意点,你就是不听,怎么样,出事了吧?"

长得好看也是错?潘金莲本想武大郎能安慰自己几句,没想到反而落下一顿埋怨,气得连饭都没吃,便去了王婆家,想让王婆给她出个主意。

到了王婆家,潘金莲装出若无其事的样子,唠了一会儿家长里短,然后拐弯抹角地说起前些日子有人状告西门庆强奸的案子,王婆急忙去捂潘金莲的嘴:"金莲啊,这可说不得啊,当心隔墙有耳。"

潘金莲气呼呼地说:"他既然做得出来,还怕别人背后议论?王婆,你怎么也胆小起来了?"

王婆"嘿嘿"一笑:"金莲啊,你是外来的,没见过他的狠劲呢,老身可是过来人啊!"

潘金莲想起西门庆的传闻,心里一颤,故意"哼"了一声:"难道他比景阳冈的老虎还可怕?"

王婆摇头说:"老虎只在山上待着,再说它吃饱了,也就不吃了,这西门大官人啊,嘿嘿……"王婆警惕地盯着窗外,叮嘱说:"金莲啊,你可要当心呐,你这么漂亮,千万别让他盯上了。我给你出个主意,以后别再抹粉描眉了,这样太不安全了。"

潘金莲听了,眼睛扑闪扑闪的,

觉得有些诧异。

"说来你别不信,现在的化妆品店都卖不出货了,谁愿意化妆啊?化妆了让西门庆作践?"王婆看着潘金莲,带着嫉妒的语气说,"你呀,不化妆也不保险,不如涂些锅底灰吧。"

这叫什么主意啊,王婆的话说得潘金莲浑身冰凉,回到家,经过一夜激烈的思想斗争,她决定去告西门庆,不能再让这个恶棍逍遥法外、为非作歹。第二天,武大郎卖炊饼前脚刚走,潘金莲后脚就去了县衙,向知县递上了状纸。

知县接过状纸,像这样状告西门庆强奸的案子,这个月里他已经接手三起了,都有些麻木了。知县

挺直了腰板,拖腔拉调地问:"你可有物证?"

潘金莲将内裤呈上:"大人,这上面的脏东西,就是西门庆留下的。"

知县接过去,随手放在一边:"你可有人证?"

潘金莲愣怔了,咕哝着说:"这、这……大人呐,偷盗邪淫,哪有当着别人的面干的啊?"

知县一指头上"明镜高悬"的匾,摇头晃脑地说:"我身为父母官,出现这样的案件,本县也深恶痛绝,可你没有人证,于法不符啊!"

潘金莲气得差点晕了过去,知县接着又对她说:"你啊,平时应该多加小心。我给你出个主意,平时出门,你就用纱巾遮脸,别人看不见你的容貌,你不就安全了吗?"

潘金莲哭笑不得:这样的馊主意,亏他想得出来!潘金莲以头磕地,连声大喊冤枉。知县双手一摊,为难地说:"人命关天,我不能听你一面之词,屈枉了好人啊!你且回去,过几日后,本县定给你一个满意答复。"

几天后,知县发布告示:"为保证本县妇女安全,特作如下规定——女人,特别是年轻漂亮的女人,尽量待在家里,以免遭到不测。"这告示一贴出来,全县哗然,都说养条狗,还得早晚遛遛呢!

潘金莲没想到会是这样的结果，又气又急，病倒在床上。武大郎埋怨潘金莲做事欠考虑："你呀，头发长见识短，你要打官司，找咱兄弟武松啊！"

对呀，武松是县里的都头，想必会有好办法，可一连好几天了，也没见到他的人影。潘金莲挣扎着从病床上爬起来，去找武松。走在街上，忽然听到前面一阵鞭炮声，像是在办什么喜事。潘金莲一路寻去，只见武松站在门前，满面春风，迎接着前来贺喜的客人。

潘金莲很纳闷："兄弟，你这是……"

武松说："最近，县里连续出现了好几起强暴案件，作为县里的都头，我……"

潘金莲眼睛一亮："好兄弟，你是打虎英雄，你可要伸张正义、为民除害啊！"

武松兴致勃勃地说："是啊，我应该为民做件实事，所以，我开了一家女子武术馆，专门教她们防身术。呵呵，这可是千载难逢的商机啊，今天刚开张，就有这么多的女人报名。嫂子，你也来学吧，我一分钱也不收，保证一个月内教会你……"

这管用吗？潘金莲望着人头攒动的场面，心里失望极了，她忽然看见县报记者施耐庵在采访，心里有了主意，何不让他报道一下，引起社会的关注，不愁告不倒西门庆。对，就这么办！

施耐庵耐心地听潘金莲陈述了案件始末，还做了笔录，最后他说："我正在写《水浒传》，我这就回去把你的遭遇写进去，让西门庆这个王八蛋不仅人头落地，而且还让他永世不得翻身。"

潘金莲对施耐庵千恩万谢："太好了！"

不久，施耐庵的《水浒传》出版了，引起人们的热捧。不料这一天，潘金莲拿着《水浒传》找到施耐庵，一把鼻涕一把泪地哭诉道："你太不负责任了，你怎么把我写成了淫荡杀夫的坏女人啊！"

施耐庵眉飞色舞地说："我这是情节需要啊，瞧，你这艺术形象我塑造得多丰满啊！"

潘金莲气呼呼地说："你为了情节，就违背事实，胡编乱造！"施耐庵也觉有些不妥，可又无能为力："书已印出来了啊……"

施耐庵为难了，突然，他眼珠一转，兴奋地说："我给你出个主意，你去找个赞助商，让他投资把这书拍成电视剧吧，到时候想怎么拍就怎么拍。"

潘金莲听了，顿时瘫在地上，呼天抢地地喊："天哪，这叫什么主意啊！"

（题图、插图：陆小弟）

佳人戏鱼图

□ 孙长乐

民国初年，复州城外鸡冠山盘踞了一伙土匪，头目叫"白头鹰"。土匪大都目不识丁，营寨缺个管账书写的人，于是，白头鹰决定"招贤纳士"。

这天夜里，白头鹰一伙闯进城里私塾先生徐平之的家，说要请徐先生上山做师爷，还说："徐先生，你只要带着亲娘随我上山就行，我保你妻儿在城里平安无事。"

徐平之是个孝子，他很清楚，自己要是不从，全家人都难以活命，只好卷了铺盖上了山。

当时，除了土匪，复州城还有一个人让老百姓恨得咬牙切齿，他就是米酒坊掌柜——章金辉。章金辉为了保住自己的家产，死心塌地地做白头鹰的线人。只要谁家有了大笔进项，章金辉就立马通报给白头鹰，这家就免不了被土匪强取豪夺、洗劫一空。于是，人人都避章金辉如避瘟神。

有白头鹰在背后撑腰，章金辉愈发有恃无恐，欺行霸市，就连他的本家亲戚也不放过。章家的酿酒手艺是祖传的，章金辉有个堂哥，也在复州城开了一家酒坊。章金辉早就想把那酒坊据为己有，就与白头鹰谋划好，让土匪杀了堂哥一家六口，搜去财物，自己接管了那酒坊。这事的细枝末节，徐平之也知道一些，这令他对章金辉痛恨不已。

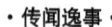

这天，徐平之下山看望妻儿。妻子递来一封信，说是一早有人从门缝塞进来的。徐平之拆开来一看，信上没有落款，只是说，章金辉家里有一幅明朝唐伯虎的立轴画《佳人戏鱼图》，如何如何的精妙，让徐平之把这事尽快透露给白头鹰。

毫无疑问，这是有人要寻机惩治章金辉。白头鹰生性贪婪，又极迷古玩字画，要是知道章金辉有这样一幅古画，他岂能不据为己有？想到这瘟神终有报应，徐平之暗自叫好。

这天，白头鹰把新抢到的几幅古画拿了出来，叫徐平之一同赏玩。徐平之佯装仔细看了一阵后，说道："这些画确实难得，但若跟城里某大户收藏的《佳人戏鱼图》相比，可就差得远喽。"

白头鹰一听，立马来了兴趣，又听说这画是唐伯虎的稀世珍品，眼睛立马瞪得血红，忙问《佳人戏鱼图》上都画了些什么。

徐平之凑在他耳边说："那画上啊，有一妙龄女子赤裸着身子，弯腰站在一条齐膝深的河里，双手捧着一尾红色的小鱼。虽说女子是赤裸着身子，但隐秘部位都被垂柳的枝叶遮住了，整幅画有虚有实，大俗大雅。"

看到白头鹰听得入了神，徐平之顿了顿，摇着扇子又说："听人讲，这画还有一些奇异之处呢，据说每日子时，在烛光下观赏这幅画，垂柳的枝叶就会消失，女子身上的隐秘部位就都暴露无遗了……当然，这只是个传说。"

白头鹰听罢，兴奋得双眼放光，连忙向徐平之打听这幅画的下落，徐平之收了扇子，幽幽地说道："收藏这幅《佳人戏鱼图》的大户，就是章金辉！"

白头鹰顿时欣喜若狂，当即便派人去找章金辉讨画。

听了这个消息，章金辉一下子愣住了，《佳人戏鱼图》是他家的传家宝，从未向外人说起过，白头鹰是怎么知道的？不过，他也明白，白头鹰既然开了口，自己要想活命，也只能乖乖把画送给他。章金辉咧着嘴，似哭似笑，哑着嗓子说尽快就给白头鹰送去。

打发了来人，章金辉回到里屋，从墙壁的暗格里悄悄取出《佳人戏鱼图》，连连叹息，他不敢多耽搁，用一块布裹了画，就出了家门。

走到一个下坡路，路边突然蹿出一条大黑狗，狂吠着朝章金辉扑来，章金辉慌忙闪到一旁，放下画，双手抄起地上的一根粗树枝，边挥动着驱赶狗，边往后退着。不料，那狗一个转身，衔起地上的画卷，"噌噌噌"就往坡下跑去。

霎时间，章金辉愣住了，等缓过神追过去，那条狗早没了踪影。他一屁股瘫在路边，哀叹自己大难临头：画没了，白头鹰肯定不会放过自己。轻则自己被劈成八瓣，重则全家老小性命难保，这可怎么办啊？

突然，他心头一动，反正也没人看过那幅《佳人戏鱼图》，自己何不找个画匠，照原画的景物画一幅，或许也能蒙混过去。想到这，章金辉心定了，打算明天一早就去找画匠。

第二天一早，章金辉刚要出发，一推门，见门口放着个布包，他迟疑着打开一看，里面竟包着《佳人戏鱼图》！章金辉不禁惊叫起来，暗自庆幸，来不及多想，拿了画直奔鸡冠山。

听说章金辉把画拿来了，白头鹰满脸喜色，设宴款待，还邀他在营寨住一宿。

当晚子时，白头鹰拿出那幅画，在案台点燃了两支粗大的蜡烛，叫徐、章二人一同赏画。还真奇了，没过多久，只见画上的柳叶由绿变黑，摇摇曳曳，像随风飘荡一般，然后慢慢化成一滴滴墨色的水珠，缓缓滑落了下来，露出女子胴体诱人的轮廓。"哇哦——"三个人眼睛都看直了。

这时，画上突然腾起一股火苗，险些燎着白头鹰的络腮胡子。几乎是一眨眼的工夫，只听"呼"的一声，好好的画就化作了黢黑的灰烬，只有两根粗硬的轴杆完好无损。

三个人面面相觑，目瞪口呆，一时都没反应过来。过了片刻，白头鹰直视章金辉的眼睛："这、这、这画拿到我这儿，咋、咋就一下着了火呢？"

章金辉一脸懵懂，结结巴巴地说："我、我、我也不知道啊……"

徐平之拿起一根轴杆，用小刀刮去褐色的漆皮，折断轴杆，看到折断的茬口泛着青色，脸上掠过一丝异样的神情，他把轴杆递给了白头鹰："从木纹看是新木材，这显然是幅新画。"

白头鹰看了看那折断的轴杆，一扬手扔到一边，冲章金辉说："好你个章金辉，竟敢拿一幅假画来蒙我！"说着，他眉毛倒竖，拍了一下桌子，厉声道："你要是舍命不舍画，那我今天就成全你！"

章金辉浑身瘫软，语无伦次，说这幅画是被狗叼去又还回来的……白头鹰怎么听得进去？他操起一把马刀，两眼圆睁，大吼一声，双手举刀，朝章金辉的脑门狠命劈了下去，只听"咔嚓"一声，章金辉的脑袋一下分为两半，脑浆、鲜血喷涌而出，当即一命呜呼了。

几天后，徐平之回家途中，遇见一个头戴灰帽的中年男子，走近他身边，低声说道："徐先生，请借一步说话。"说着，便拉着他走进了一个胡同里。

在一个僻静处，那男子停下脚步，转身给徐平之施了个礼："我是本地的一个商人，代表复州城的商户们，感谢徐先生配合我们除掉了章金辉这个恶棍。"

徐平之一愣，随即想到八成就是这人传信给他的。

男子解释说，复州城官府剿匪不作为，章金辉又和白头鹰勾结坑害百姓，他们几个商户只好自己设计行动，想让白头鹰迁怒于章金辉，

然后除掉他。

徐平之有疑，问道："可《佳人戏鱼图》是章家珍藏，从不对外示人，你们是怎么知道的？"

男子一笑，解释道："你还记得被章金辉害死的堂哥吗？这计，也是他堂哥临死前告诉我们的。"

徐平之叹了口气，接着，他又一脸疑惑地问："那——这画究竟怎么会自燃了呢？"

"我们让狗抢了画之后，就连夜找画师仿制。"中年男子解释道，"在装裱时，我们在上面撒了一种特制的易燃火药，蜡烛的火苗映照一会，就可燃起火来。"

"跟我猜想的差不多，"徐平之说，"那——柳叶怎么会熔化呢？"

"呵呵，"男子一笑，"画柳叶的时候，画师用的可不是颜料，而是油脂。油脂遇热，熔化后落在火苗里，可不就火上浇油了吗？"

"原来如此，高！实在是高！"徐平之感叹道，随后两人拱手道别。

不久以后，徐平之的母亲病逝了。办完丧事，在一个黑夜里，徐平之带着妻儿，偷偷离开了复州城，在远方一个小镇安了家……

（题图、插图：谢 颖）

瑞·科·帕耶斯，美国风俗小说家。作品富有想象力，人物塑造立体丰满，构思精彩奇巧，结局设计出人意料。本篇根据其同名小说改编而成。

百合花池塘

□ 翻译：屠　珍

改编：子　夜

麦洛瑞是一家出版公司的编辑。一天，他偶然在劳务市场遇见一个小伙子。小伙子名叫克里斯，满头乱发，可怜兮兮地站在那里，等待工作的降临。麦洛瑞心一软，给了他一个工作机会——打扫花园。

这天，麦洛瑞正坐在花园里审稿，克里斯拿着一个破旧的笔记本来到他面前："麦洛瑞先生……"

麦洛瑞受到了干扰，不耐烦地抬了抬眼："克里斯，什么事？你没看见我正忙着呢？"

克里斯鼓足勇气说："哦，对不起，麦洛瑞先生，我有几首诗想请你看看……"

麦洛瑞想：上帝，又是一个"新秀"作家！不过他还是耐着性子问道："是你写的吗？"克里斯点点头，流露出一种既胆怯又自信的神情，这叫麦洛瑞特别反感，他皱着眉头问："你以前投过稿吗？"

克里斯连忙说："没有，我不知道自己写得够不够出版水平。"

麦洛瑞硬下心肠，说道："你如果不试一下，便永远也不会知道。赶快到市立图书馆去找一本《作家》

杂志，上面刊登着征求诗歌稿件的广告，然后把稿子寄出去试试看。"

克里斯的脸色暗下来，露出一副可怜巴巴的样子，和当时在劳务市场找工作时一模一样。麦洛瑞又一次心软了，说道："那就把它放在这儿吧，有空我会看一看。"

说着，麦洛瑞翻了翻笔记本，发现诗稿是用潦草不堪的笔法书写的，不满地说："克里斯，你想投稿，必须递交打字稿啊！"

年轻人解释道："对，先生，这我也知道，可我不大会打字，况且我也没有打字机。"

麦洛瑞摆了摆手，眯着眼读了读第一首诗。这一读可不要紧，他差点从躺椅上摔下来，心中暗想：我的上帝，简直是件瑰宝，字字珠玑，闪耀着真理的光芒！

麦洛瑞聚精会神地阅读着那铿锵有力的诗篇，不禁热泪盈眶。他一生渴望做一名诗人，可是他竭尽全力也只勉强写出了一些拙劣的打油诗；他是个够格的编辑，深知自己在创作领域全然无才无能，但这并不能遏止他心底的创作欲望。他不由奢望起来：这些诗要是出自他本人的手笔，那该多好哇！

麦洛瑞一篇接一篇地读下去，希望第一首只是侥幸成功之作，可他错了，在这个小本子里，每首诗都写得十分精彩，美而有力。

麦洛瑞突然想到：如果自己把这些诗出版，作为一名识才的编辑，肯定会永垂青史。不，这还不够过瘾，他握着这部绝妙的手稿，脑子里下意识地动起可怕的念头。

麦洛瑞叫来克里斯，带着贬低的腔调对他说："你这些小诗嘛，只有几首还勉强可取。我待会儿叫人打一份出来，让我们负责诗歌的编辑审阅一下。不过，你千万别抱太大的希望。"

克里斯听了，不住地点头感谢："太好了，麦洛瑞先生，能得到你的认可实在是——"

麦洛瑞摆摆手，打断了他的话："我想在花园里种些水生植物，你想感谢我的话，帮我挖个池塘吧！"

克里斯高兴得眉飞色舞，当即答应下来，连声说："夏天来了，种百合最好了。"麦洛瑞嘴角扬起一丝不易察觉的微笑："好，就听你的。"

克里斯正准备转身干活时，麦洛瑞随口问了句："哦，对了，我需要知道一点你的经历，这是编辑的例行公事。"克里斯突然有些不大高兴，流露出一种疑惑的眼神："这跟编辑是否采用稿件有何相干呢？"

"好了，好了，别太紧张嘛，"麦洛瑞摇摇头，微笑道，"这主要是给编辑一些线索，看看你今后有没有可能出版更多的作品。"

克里斯恢复平静后，简单地说了一下自己的身世：他跟家里的长辈闹翻了，偷偷出来打工，如今是个孤独的单身汉，没有任何社会关系。麦洛瑞点点头："哦，原来如此。"

几天后，一名工人开来一台挖土机，开始挖掘池塘。等那名工人走后，麦洛瑞叫克里斯跳下坑去："检查一下四周够不够平整，明天会有人来抹水泥。"

克里斯万万没想到的是：他刚跳进土坑，麦洛瑞就拾起一块大石头，向他头部猛砸下去，克里斯没吭一声就倒了下去。

紧接着，麦洛瑞跳进坑内，用一把铁锹在池塘底部挖了一个深坑，

把克里斯的尸体推滚过去，掩埋起来，又铲了几锹土遮住埋尸的痕迹。

第二天，工程照常进行，池塘的四周被毫无困难地抹上了水泥，底层铺上了厚厚的、肥沃的土壤，然后种上了百合球状茎根，放足了水。

做完了这些，麦洛瑞对照着克里斯的笔记本，用打字机打出一份诗稿，之后，他把本子扔进壁炉焚毁。为了安全起见，他又把灰烬掏出来，倒进抽水马桶冲掉，再把壁炉四周擦洗干净。

麦洛瑞没有雇用全天制的仆人，所以他轻而易举地窃取了克里斯的诗稿，并干净利落地消灭了一切证据。为了更加保险，他还煞费苦心地把克里斯可能留在小屋、车房和花棚里的手印统统擦掉，还雇了一名流浪汉来打扫院子，这人的停留可以遮掩克里斯短暂的逗留。

第二年，这些诗作由麦洛瑞工作的出版公司出版了，并获得了一致好评。大家都惊叹麦洛瑞过去作为一名编辑，从未染指过写作，而今居然能有如此佳作，实在不简单。

池塘里的百合花开得十分茂盛，争香吐艳，麦洛瑞的诗集也畅销不衰。

然而有一天，当麦洛瑞走进办公室时，桌上留有一张条子，要他去见总编辑斯坦顿。他猜想这一定

跟那本诗集大获成功有关，于是满面春风地走进了上司的办公室。可是，他的脸色很快就变了。

斯坦顿的声调冷冰冰的，态度极为严肃："麦洛瑞，发生了一桩奇怪的事。"说着，他递给麦洛瑞几本小册子。麦洛瑞狐疑地翻开，发现是油印的诗集，诗集的纸页泛黄，一看就是有年代的了。让他大跌眼镜的，是那一首首诗歌，正和自己"写"的一模一样，更戏剧化的是，诗歌的署名，竟然是一个陌生的女人名字——"黛拉·特里曼"。

麦洛瑞的头"轰"地一下炸开了，他喃喃道："哦，不，这其中肯定有、有误会……"

斯坦顿挥挥手，打断了麦洛瑞的话："这位黛拉·特里曼女士是一个小地方的诗歌俱乐部的会员。那个俱乐部经常给会员油印一份小型诗刊，而且保存着它从成立第一年起印刷的每期刊物，所以你手上这本，绝无伪造的嫌疑。"

麦洛瑞的头上，大滴大滴的汗珠滚落了下来："不可能，如果真是如此，这位特里曼女士为何不早把这些诗歌发表？"

这时，隔间的门被推开了，一个花甲老太走了进来："你说得没错，俱乐部多年来一直试图说服我把作品拿去发表，可我觉得自己的作品还不够成熟，有俱乐部油印也就知足了。"

麦洛瑞望着老太太，觉得有点眼熟，却又想不起来，结结巴巴地问："你，你就是特里曼女士？"

老太太从包里抽出署着麦洛瑞大名的诗集，重重地摔在桌上："我用来写诗的笔记本，曾被我那不务正业的孙子克里斯偷走了，后来很久都没有他的消息，家里人都急疯了，这些作品忽然由你署名出版了，我便不得不请律师提出控告。"

麦洛瑞意识到自己窃来的荣誉正在土崩瓦解："你刚才说、说、你的孙子叫克里斯？"

特里曼老太太没有回答，盯着桌上亮闪闪的书名发起了呆："诗集的名字倒起得很别致嘛……要知道，克里斯最喜欢的花，就是这个了。"

麦洛瑞的心"扑通扑通"狂跳起来。一旁久不说话的斯坦顿说："麦洛瑞，这件事律师已经介入彻底调查，因此希望你能澄清事实。"

此时，麦洛瑞的大脑还在飞快转动：律师一旦介入调查，肯定会搜寻克里斯的下落，他不仅会被指控剽窃别人的作品，而且还会被查出是个杀人犯。他后悔自己不该利欲熏心，更后悔自己傲慢地给诗集起了个致命的书名——《百合花池塘》。

（题图、插图：佐　夫）

都说夫妻间应坦诚相待，但婚姻这事儿，有时候还真不是只要坦诚就能解决得了问题的……

"疑"情别恋

□ 吴秀娜

奇怪的老公

安静和李军已经结婚三年多了，因为工作忙，一直没要孩子。最近，安静有个朋友刚生了宝宝，不料身材严重走样，据说是高龄产妇的缘故。安静一惊，暗下决心，要尽快当妈妈。

晚上回到家，安静和李军商量这件事，没想到李军却摇头说不行，劝安静道："再等等吧，我们得给孩子创造一个最好的环境！"

"我们的环境怎么了，有房有车，万事不愁，怎么不行？"面对安静的质问，李军没说话，只是拍了拍安静的肩膀，站起身就进了书房。

晚上，安静想和李军说说话，可没说两句，李军的呼噜声就响了。安静叹了口气，眼泪"刷"地流了下来。以前，小两口都是睡在一床被子里，现在李军却执意要分开。

以后的日子，一直都在单调地重复，两个人几乎都没有了亲热的时候。好几次安静半夜醒来，李军都躲在阳台上吸烟。

安静有个闺蜜，叫刘晓，她还是李军的同学呢。安静把一切都告诉了她，刘晓点着安静的鼻子说："小静，你要当心了，这是男人出轨的前兆！"

安静一阵难过，其实，她也有这样的预感。自从李军执意不要孩子，安静心里就已经结了一个疙瘩，凭着女人的敏感，她感到李军有什么事情在瞒着自己，但她还是强装笑脸，说："我们的感情一直很好，不会吧？"

刘晓愤愤地说："现在的男人，变心比变天都快。你放心，有事一定来找我。"

和刘晓分开后，安静上街买东西，刚想回家的时候，她突然看到一个熟悉的身影，是李军，他居然走进了一家女士精品服饰店！

安静觉得自己的心狂跳不已，她赶紧跑到了那家店门口，悄悄躲了起来。过了很长时间，李军出来了，手里还拎着一个包装袋——里面应该是一件女装。

看李军走远，安静定了定神，走进了店门，她装作不经意地和身边的服务员聊天："刚才那位先生怎么一个人到女装店来买东西？"

服务员笑着回答："哦，他是给老婆买的，说是老婆要过生日了，这样的好男人真难得呀！"

安静心里一惊，她猛地想起下周二真是自己的生日，李军在给自己买生日礼物！这个念头让安静兴奋不已，她兴冲冲地跑回家，心头的阴霾一扫而光。

奇怪的举动

周二那天，李军回来得很早。饭桌上，李军拿出了一个精致的小盒子，说是给安静的生日礼物。安静惊讶地瞪大了眼睛，盒子里竟是一枚漂亮的白金戒指！

李军把安静的手牵过去，轻轻地把戒指给她戴上。看着李军热切的眼神，安静想说什么，但她张了张嘴，却没说出话来。那件女装他到底是给谁买的？莫非他真有了别的女人？安静觉得胸口一阵难受。

安静开始留意李军的一举一动，发现他每天都会在镜子前站很长时间，自己买给他的男士香水，从没见他用过，而他身上却有一种特殊的香味。最让安静担心的是，尽管李军似乎很在意形象，但是他的脸色却很差，一副憔悴的模样。

莫非李军生病了不想让自己知道？安静去找刘晓，没隔几天，刘晓就有了回音：李军没事，她刚刚托朋友查过李军最近的体检记录。

那天，安静到一家公司谈业务。秘书告诉安静，老板不在，还要等两三个小时。

安静看时间还早，而且家就在附近，所以她决定回家去等，让秘书随时给她打电话。

到了家门口，安静刚要拿钥匙开门，突然，她听到屋子里传来一种奇怪的声音，安静把耳朵凑到门上，没错，就是自己家里传出来的，而且，那是女人穿高跟鞋走路的声音，安静的脑子里顿时一片空白！

安静拼命稳住自己，没出声，悄悄地走下了楼梯，躲到了一楼的暗处，给李军打电话。电话接通了，李军的声音听起来很着急："我在家呢，资料忘带了，我马上就走。"

没两分钟，安静就听到开门关门的声音，随后，她看到李军急匆匆地跑下了楼。等李军走远了，安静立刻上楼，开门进屋，屋子里空无一人。

李军没骗安静，但是那个高跟鞋的声音是怎么回事呢？莫非是自己听错了？

奇怪的保姆

安静的心情越来越差，最近发生的事情一直在折磨着她，但她什么都没说，她坚信李军一定会给自己一个答案。

一天，李军突然告诉安静，说他的工作时间开始正常化，为照顾两个人的生活，他想找一个保姆。

那一天，保姆来了，是一个四十多岁的大姐。李军说，这是他的一个远房表姐，姓苏。表姐很能干，刚一到家，就把家里收拾得干干净净，而且她和安静也相处得很融洽。

不料这天，安静提前下班，开门进去，发现李军和表姐正坐在沙发上亲热地聊天。本来安静没觉得怎么样，亲戚之间，这很正常，可没想到的是，李军一见安静进来，一下子从沙发上弹了起来，脸上还闪过一丝紧张的表情，这让安静有些不解。

安静打电话给刘晓，刘晓笑了："不会的，四十多岁的女人，李军不会那么重口味的，你别多想了！"

有苏姐在的日子，安静觉得很轻松，李军一回家，苏姐已经摆上了饭菜，三个人说说笑笑，家里很温馨。李军也变了不少，不仅每天准时回家，而且对安静也特别体贴，两个人又重新睡进了一床被子，似乎又回到了原来的甜蜜时光，最重要的是，李军的气色也越来越好。

安静心里非常高兴，看来以前的一切都是误会！

转眼间，苏姐来了快四个月啦，就在安静越来越适应这种生活的时候，苏姐却提出了辞职。

苏姐走的时候，安静让李军去送，她随后也跟了下来。到了楼下，安静发现李军和苏姐正在一旁说话，她刚想走过去，却听苏姐说："李军，你隔十天半个月的，就得去看我，别让安静知道！"

李军一迭声地答应："你放心，我一定去！"

天太黑，安静看不到两个人的表情，但是那几句话却清清楚楚地传进了安静的耳朵。安静万万没想到事情竟然是这样，她顾不上抹眼泪，只想快点离开这里，她转身就跑，重重的脚步声让李军回过了头。

李军立刻追进屋来，他叹口气："既然你都听见了，我就不瞒你了。"

安静的眼泪无声地流了下来，李军接着说："其实，苏姐不是我的亲戚，也不是保姆，她是一个心理医生。"安静不解地抬起了头："心理医生？"

"安静，你不知道，我前段时间出现了心理问题，苏姐说，那叫'成人性别认同障碍'。我会觉得自己是个女人，不想碰你，我买过女人的衣服，喷女士香水，还会穿你的高跟鞋……我不敢告诉你，怕你会离

开我。苏姐说，这和我小时候的某种经历有关，具体我也不太懂。这个病需要调理，治疗很花时间，为了不让你猜疑，我请她来咱家当'保姆'，实际也是为了方便治疗。现在我好了，我们可以要孩子了，但是还需要复查。安静，你会离开我吗？"

安静还没来得及说话，身后却响起了刘晓的声音："小静，李军很爱你，原谅他吧！"

"你……"

刘晓笑了："小静，上次你和我说了保姆的事后，我找李军谈过，我责问他为什么不要孩子，他流着泪对我说了实话，他不想要孩子的原因就是怕自己承担不了父亲的责任，他担心不能给孩子一个正常的生活环境……他还说，如果自己真的不能康复，他情愿和你离婚，不拖累你。"

安静满脸泪水，她轻轻地回过头去，看着李军，说："我有件事瞒着你，你会生气吗？"

李军有些惊讶，安静笑了，她把李军的手放在自己的肚子上："你就要当爸爸了，高兴吗？"

（题图、插图：佐 夫）

本期主题：清宫奇菜

　　要问前阵子影视圈什么戏最热火？没错，就是清宫戏。一部《甄嬛传》，红透了大江南北；一声"娘娘起驾"，引爆全球清宫热。话说回来，除了惨烈的宫斗戏份、动人的悲欢离合，剧中展现出的玉盘珍馐同样让人大开眼界。今天，我们也来穿越一把，走进御膳房，听听那里都有什么新鲜的故事。

红梅珠香

雍正帝胤禛少年时酷爱围猎。有一次，他打猎归来，渡河时突遭大雨，河水暴涨，船被掀翻，人落河中。胤禛在河中漂了一天一夜，筋疲力尽，没有知觉了。

　　再醒来，胤禛发现自己躺在暖暖的炕上，炕边坐着一个姑娘。原来那

一日，就是这个姑娘的老父亲，跳入冰冷的河中，拼命把他救了上来。

　　胤禛在父女俩的精心照料下，渐渐恢复如初。可姑娘的父亲却因那日水冷，受了风寒，一病不起。眼看自己将不久于人世，老人叫胤禛到床前，把女儿托付给了他。

　　过了不久，一直没有说明身份的胤禛不得不回京。此时妻子已有了身孕，依依惜别时，她含泪要胤禛为腹中的孩子起名。胤禛嘱咐道："如生男便叫红梅，生女便叫珠香。"

　　后来，妻子竟生下了一男一女的龙凤胎。于是，一个叫红梅，一个叫珠香。

　　一晃多年过去，胤禛音讯全无。妻子思君心切，带着一双儿女一路寻亲，受尽千般苦难，终于到了京城。可当年的胤禛已是当朝的雍正皇帝，胤禛这个名字，一般老百姓哪能知道呢？妻子愁倒了，在一家客栈一病不起。

　　这家客栈的老板有个朋友，在宫中当御厨。一天来做客，偶然听

闻了这件事，惊呼："可不得了啦，那是当今天子雍正帝的名字啊！"

大家一听，又惊又喜又愁。惊喜的是寻亲竟寻到了皇帝头上，愁的是这皇帝一般人哪能见得到啊？御厨一思量，有了一个好主意。

第二天皇帝用膳，御厨特地用对虾制成虾球，将鸽子蛋的蛋黄取出，填入海鲜制成的馅。经熘、酿、蒸等多种烹调方法做了一道菜，只见虾球殷红如梅，鸽蛋盈白如珠，味道鲜香，清爽适口，被命名为"红梅珠香"。

好一道"红梅珠香"，令雍正帝不忍停下筷子，连问这菜名的意思，御厨乘机跪拜讲了经过。

雍正帝听后泪流满面，立刻将母子三人接进了宫中，这道菜也就成了宫廷名菜。

龙凤呈祥

清廷菜谱上有一道菜，叫"龙凤呈祥"，这个好彩头的菜，还有一段佳话。

春秋时，秦穆公的小女儿长得貌若天仙，生来酷爱美玉，于是父王就给她起了一个美名——弄玉，并请来最好的玉匠，给她精心雕刻了一个玉笙。弄玉天资聪慧，不久就吹得一手好笙。

一晃十几年过去了，弄玉也到了适婚的年龄。秦穆公要在邻国公子王孙中觅婿，却屡遭弄玉拒绝。弄玉说，若在天下找不到知音，她宁死不嫁。秦穆公疼爱女儿，也拿她没办法。

这年中秋将至，弄玉吹起玉笙，凭栏赏月。不料，远处有袅袅洞箫之声传来，箫声如龙吟，笙音如凤鸣，笙箫相和，宛若仙乐。

弄玉十分思慕吹箫人，让父王派人到处打探，一直找到华山之上。原来，吹箫的是个樵夫，名叫萧史，隐居在华山中峰，音乐造诣极高，箫声可传百里。

于是，秦穆公请他下山来，在中秋之夜邀至宫中，以了却女儿心愿。

二人一见钟情，合奏笙箫，声情并茂，奏得梁柱之上金龙彩凤都舞动起来。秦穆公大喜，专门让御厨做了一道菜，叫"龙凤呈祥"，用口条、鸭肉、大虾、叉烧等食材，雕刻、摆盘成龙凤造型，色泽艳丽，栩栩如生，寓含祝二人花好月圆之意。

不久，两人喜结连理，萧史教弄玉吹箫，弄玉教萧史吹笙，吹着吹着，连天上的真龙真凤都引下来了。弄玉乘上彩凤，萧史跨着金龙，双双飞升而去，一同上了华山。

鹤鹿同春

在西子湖畔，有两个才华横溢的书生，一个叫贺心同，一个叫路进春，一个浓眉大眼，一个单眉秀眼。两人同窗五载，一直兄弟相称，情深意长。

那一年，朝廷举行春闱，他们相携赴京赶考。一路上，两人互相即景命题，撰联赞颂对方取乐。一会儿，听传来阵阵鹤鸣，路进春便低眉吟道："鹤翔九皋志凌云。"一会儿，小鹿"笃笃"跑过，贺心同也高声朗诵："鹿鸣春草俏如画。"

路进春一听这一句中有个"俏"字，羞红了脸："这'俏'是用来形容女儿家的，哪能用到我身上？"

贺心同道："你还别说，平日里你老爱羞羞答答的，还真像个女儿家。"

路进春一笑，羞得头都抬不起了。

二人同到京城，上场应试。在赋诗时，两人便一个以"鹤翔九皋志凌云"起了头，一个以"鹿鸣春草俏如画"开了头，写得得心应手，下笔如有神。

后来二人金榜题名，一起到老师家拜谢栽培之恩，老师自然是心花怒放。

不一会儿，师娘端上来一道菜，只见这道菜色泽鲜艳，鹿尾酥烂，菜似翡翠。师娘称它"鹿鹤同春"，并说其寓意有二：一是贺二人金榜题名，二是愿二人永结同心。

原来，还是师娘心细，早发现路进春不像男儿，一打探，路进春只好据实相告是女扮男装来求学，且芳心早已暗许了贺心同。如今他二人回来，师娘便想：做一道有寓意的菜，以此来挑明话题。从此，"鹤鹿同春"这道洋溢着爱情芬芳的名菜，不仅在民间广为流传，而且进入了满汉全席。

· 经典传递 ·

全家福

有道菜叫"全家福",又叫"干连福海参",是常出现在清宫宴席上的一道大菜。这道菜的来历,可以追溯到很久以前。

传说当年秦始皇焚书坑儒,活埋了无数儒生,有一个叫方才的儒生侥幸没死,晚上偷偷从坑里爬出来溜回家中。一家人相聚,悲喜交加,但为了活命,他又连夜逃离家门,隐姓埋名,漂泊他乡。

过了好多年,秦始皇一命呜呼,方才终于回到了家乡,但家乡两年前遭了水灾,家里已是一片废墟,妻子儿女也不知所终。方才悲从心生,起了轻生念头,纵身跳入大海,正好遇到一个渔夫捞海参,急忙救他上了岸。知道方才轻生的原因,渔夫"呵呵"一笑告诉他:这还真巧,两年前发大水时,自己也救起过一个少年,不仅收养了他,而且招他为婿。

方才来到渔夫家一看,渔夫的女婿竟然是自己的儿子!就这样,父子团聚了,方才也在亲家家落了脚,一同捞海参、剜鲍鱼。

一晃半年过去了,有一天,方才进城卖海产,人群中挤进一个老妇人,他看着眼熟,仔细一瞅,原来是自己老婆,竟在这里巧遇了!一问才知,那年发大水,儿子不在家,老婆和女儿正在家中晒米,于是两人急忙跳进米箱,才幸免于难。米箱漂到了此地,母女二人流落街头,幸遇一位好心的齐员外收留,母女俩便靠给人做针线活度日。

乡邻们见方才一家人历经磨难,终于团聚了,好生高兴,于是渔夫拿来刚在海里捞的新鲜海参、墨鱼、鲍鱼,让员外家的厨师做了一道菜款待大家。员外还给这道菜起了个名叫"全家福",也就是后来清廷菜谱中的"干连福海参"。

水晶梅花包

说到宫廷菜,点心是必不可少的。现在要说的这道"水晶梅花包",可是上座率很高的。不仅好吃,故事也好听。

三国时,刘备听说在隆中深山之中,有诸葛亮这个天下奇才,于是特意携关云长、张飞二人三顾茅庐,去请诸葛亮出山。

第一次去,诸葛亮出游不在家,兄弟三人只能扫兴而归。第二次去,诸葛亮却早被朋友邀走了,又碰了壁,惹得关、张二人一肚子牢骚话。

第三次,过了新年,刘备兄弟三人选了个好日子,冒着大雪,深一脚浅一脚地来到了隆中。一叩诸葛亮家门,书童说人在,但正在睡觉。

这时天上鹅毛大雪纷纷，阵阵寒风刺骨，脚都快冻麻了，兄弟三人无奈，只得恭恭敬敬站在门外静候。

诸葛亮醒来，听说刘备一行在外久等，连忙邀请他们进屋。三人走进来，只见桌上摆着一干一湿两样点心。诸葛亮笑着说："这湿的呢，叫'闭门羹'；干的呢，叫'包罗万象'，都是专为款待先生而备的。"

刘备一听，知道他话里有话，赶忙请教。诸葛亮招呼落座后，才告诉刘备，他不愿出山过问天下事，愿意闭门不出，清静无为，所以这道湿点心叫"闭门羹"；又因刘备精诚所至，金石为开，所以愿为刘备从天时地利人和各方面分析天下大势，于是这包子就叫"包罗万象"。

一番推心置腹的恳谈之后，诸葛亮便随着刘备出山了。来到刘备帐中，刘备设宴款待，也上了这两样点心。不过，他把干的改成了"水晶梅花包"，喻指诸葛亮品格高雅，犹如梅花，把粥改叫"聚英元宵"，喻指今日得诸葛亮这样的英才相聚一起，共谋天下，是天下幸事。后来，这水晶梅花包就成了满汉全席中的一道点心。

这道菜的传说，和唐朝开国皇帝李渊有关。话说当年，在反隋的一场大战中，李渊在一个山谷里中了埋伏，单枪匹马地耗了几天几夜，才爬到谷口一个坝子前，奄奄一息时，遇到了一位身背鱼篓的罗姓老汉。

李渊被罗老汉带到家中，不一会儿，老人就端上来了一盘色泽鲜亮、香气扑鼻的大虾，一阵风卷残云过后，李渊心里暗想，一定要报答老汉的救命之恩。

后来，李渊做了皇帝，他踏遍千山万水，终于又来到了当年得救的坝子。他远远望见一群人围在一棵大树下，置着案子，似乎在祭拜什么。

李渊上前一问，发现领头的正是罗老汉。原来这棵大梨树久不开花，今早突然满树梨花怒放，甚是奇异。罗老汉设坛占卦，方知有贵客要来，于是率全家老小十八口前来祭拜。

李渊笑道："好一个十八罗汉！"

回到家，罗老汉又拿出当年的手艺，将对虾一分为二：一半带壳烧炽，做成甜咸适口的红色虾段；另一半去壳瓤馅，炸成酥香鲜嫩的金黄色虾段。装盘后，上红下黄，煞是好看。

李渊品尝着鲜虾，又想到罗家的十八口人，当场命名这道菜为"罗汉大虾"。

（搜集整理：薛庆余）

（本栏插图：陆小弟）

罗汉大虾

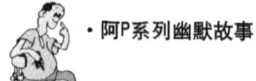

阿P

藏宝

□ 岩朵朵

阿P是一名建筑工人，工地上活很累，但他整天还是乐呵呵的，用他的话说，那就是——"人心就像一个容器，装的快乐多了，郁闷自然就少。"

这天，乐事来啦，小兰来工地上看他了！阿P可不想让她住满是臭脚味的宿舍，于是，像上次一样，他带小兰去了附近的一家小旅馆。

阿P出门时，特地带了一个黑色塑料袋，沉沉的，不知放的啥。到了小旅馆，老板娘给他们办登记手续时，一抬头，打量了阿P一眼，她的眼睛扫到那袋子时，阿P突然有点紧张，把袋子放到胸前，两只手紧紧地抱着。

老板娘问："是第一次来？以前没来住过？"阿P微微一笑，说："应该是来住过的，不过说实话，你们这边旅馆太多，装修也差不多，容易记混。"

手续很快办好了，两人进了房间后，阿P往床上一躺，长长地吁了一口气，说："小兰，这几天的活又苦又累，可我阿P不怕，虽然咱不是富二代，不过是秃子总会发光。你想啊，世界是我们的，也是儿子们的，为了不让胜利果实最终落到那帮孙子们手里，我得好好干，为咱儿子打基础呀！"

小兰听了，"扑哧"一笑，知道阿P平时没少上网，满嘴都是网络上的流行语，便笑着说："阿P，得了吧，你别以为自己是八戒，站到路灯下就是夜明猪了，就算你是唐僧，再厉害也不过是个耍猴的，你不就是一个工地上的打工仔吗？神气个啥！"

"喂喂喂，小兰，你不要给我压力，那将是我成为你上司的动力！"

小兰一边笑着说"我给你动力"，一边上去捶打着。小别胜新婚，小夫妻俩嘻嘻哈哈，搂作一团打闹着。

一会儿，阿P开口了，说："小兰，别闹了，说正经的，给你看个好东西！"

"把你美的，你能有啥好东西，开什么玩笑？"

阿P坐起来，说："像我这样的大牌，今年档期早都排满了，哪有空跟你开玩笑？"

小兰又要打阿P，阿P赶紧止住了她，一本正经地把那个黑色塑料袋拿到了床上，刚想打开，又像是想起了什么，便下床走到门口，贴到门上听了一会儿，确定没什么动静后，这才又回到床上。

阿P说："不要小瞧人，到时候我阿P发达了，你可就跟我享福了！"说着，他把那个黑袋子小心地打开，取出一个圆圆的东西，东西包得很严实，左一层右一层。

小兰很奇怪："什么东西，这么神秘？"

阿P说："好东西当然要仔细些了，我今天也是为了给你看才带过来的，不然谁敢带着这么个宝贝在大马路上晃荡？"说着，阿P把包装纸一层层揭开，原来是一个泥迹斑斑的黑罐子！

阿P说："看到了吧？这是我从工地上挖出来的，这可是大宝贝啊……"

小兰一看，不就个破罐子嘛，嘴里"哼"了一声："用来腌咸菜吗？"

阿P又朝门口张望了一下，瞪了小兰一眼："现在呀，男人女人化，女人小孩化，小孩宠物化，宠物贵族化，贵族痞子化，痞子玩文化，文化商业化，没有真文化，实在太可怕！这是文物，可有年头了，懂吗？我拿去古董市场找人看了，非常值钱，对方帮我找买家去了，找好了就联系我。"

小兰不屑地问："多少钱？"

"说出来吓你一跳！"阿P凑到小兰耳边说了几个字，小兰捂着嘴大叫了一声"我的妈呀"，阿P"哈哈"大笑："怎么，吓着了吧？"

小兰兴奋地说："咱们这不发财了吗？"

阿P摇头晃脑："亲，发大财了！"

"那你能给我买个金戒指不？桂花就有一个，成天在我眼前晃，可得瑟了，打酱油都跷着手指头呢！"

"不就金戒指嘛，等咱把宝贝卖

了，我给你买十个，一个手指头一个，想在脚趾头上套几个，也成！"阿P大方极了。

小兰抿嘴笑了，不过神情马上严肃起来，问："这么个宝贝，你平时都放哪儿？要不我带回家放着？"

"带回家？我可不放心，我跟你说，我早找到好地方了！"阿P说着，眉飞色舞的，"在城西有个小湖，叫清水湖，湖中间有个小岛，大小也就几十平米，还有个迷你竹园，不就是个天然保险箱吗？咱们趁没人的时候把罐子埋在竹园里，怎么样？"

"哎呀，阿P，你可真有办法，嫁给你真是嫁对了呢！"小兰崇拜地说，这会儿，她的心思全在罐子上了，"那咱什么时候把这个宝贝埋

上？"

阿P看看表，说："看你激动的样儿，淡定！今天晚上就不去埋了，明天一早我就去。"说罢，小夫妻俩就睡了，阿P干了一天的活，很快鼾声如雷。

第二天一大早，阿P抱着他的宝贝，和小兰说说笑笑离开了旅馆。阿P刚走，老板娘和老板就嘀咕开了，老板娘说："真是看不出来，这穷小子还有这么个财路！"

老板笑吟吟地说："这哪是他的财路啊，这分明是咱们的福分！哈哈，老婆，你的眼可真毒，光凭昨天办入住登记时那一眼，就看出他袋子里的东西不寻常！"

老板娘"哼"了一声："自然要留意啰，不过，他再怎么小心，也不会想到房间里安了摄像头！"

老板问："老婆，现在怎么办？"

"这还用问啊，等到晚上，咱俩游过去，把那个罐子挖出来，哈哈，神不知鬼不觉！"

"老婆，可是咱俩都不会游泳，怎么办？那个湖水很深的，还得为这事去整条船？"

"整什么船啊，那动静多大啊，买个救生圈不就得了？除了咱俩，这事绝对不能让

第三者知道，要低调！"老板一听，连连点头。

晚上，月朗星稀，老板和老板娘把店里的活交代给小伙计后，就带着工具出发了。他们来到清水湖，湖面很平静，依稀能看到小岛的轮廓。

老板娘伸出手探了探湖水，叫了一声："这么凉啊！"老板轻声呵斥道："不吃苦中苦，难为人上人！"

泳衣早穿好了，两人脱下外衣裤，套上救生圈，拿着小铁锹，咬牙下水，向湖中心游去。湖中心挺远，两人拿着东西，又不会游泳，所以游得特别慢，都好长时间了，还在离岸边不远处瞎扑腾。

就在两人着急的时候，一柱手电光照过来，老板一紧张，铁锹掉进了水里。这时，有人在岸上问："干吗呢，没事吧？"老板大声回应："没事，我们练游泳，锻炼身体呢！"那人一听，收起手电筒离开了。

两人继续往湖中心游，过了好久，终于爬上了小岛。两人很快找到了阿P说的那个迷你竹园，老板打着哆嗦说："开挖吧！"老板娘说："铁锹呢？""掉水里了……"老板娘大骂起来，没办法，两人只好撅着屁股用手挖。十指连心，那土又硬，又挖又刨，痛得要命，可是，竹园都快被挖遍了，压根儿没见那罐子的影儿！

老板娘喘了口粗气，说："老公，快别挖了，再挖就挖沉了！"老板求财心切，说："再挖挖看，成功在于坚持！"两人又挖，还是什么都没挖到。夜深了，又起了风，两人快冻僵了，实在受不了，跳下水，向岸边游去。

不料人倒霉，喝凉水都塞牙。夫妻俩上岸后才发现，放在岸边的衣裤不见了，猜想是被巡夜的人顺手牵羊了。老板气愤地说道："旧衣服都有人偷，神马素质，真给和谐社会抹黑！"

两人穿着泳衣哆哆嗦嗦地跑回旅馆，一进门，小伙计哭丧着脸坐在那儿，见了他俩，带着哭腔喊道："你们去哪儿了啊，我还以为你们跑了呢！刚才警察来了，有人举报我们在客房非法安装摄像头，警察强行查房，把我们的机器设备全带走了……老板，赶紧去公安局投案自首吧！"

老板和老板娘对视一眼，上牙打着下牙说："倒霉他妈给倒霉开门，真是倒霉到家了！"

也就在这个时候，工地上，阿P跟工友们正在乐呵呵地喝酒。

工友说："你小子可真损，想出这么个损招治人，竟然在工地上随便捡了个破罐，冒充宝贝……"

阿P听了，脸上立刻满是愤慨之色，"你们不知道啊，前不久在网

 ·阿P系列幽默故事·

上看到我和小兰的录像，我立马就知道被他们偷拍了，然后卖给色情网站赚钱。那时，我这心碎得……捧出来跟饺子馅似的，可我阿P是什么人？就算再想哭，也要微笑着说一句：'你大爷的！'我隐约记得应该是这家，但没证据咱不敢乱说，幸好我脑子灵活，想出了这么一个好办法，哈哈，自编自导自演，我阿P可以向影视圈发展了！"

工友在一边友情提示："阿P，小兰知道这事吗？"

阿P说："哪能让她知道，她脸皮薄，要是知道被人偷拍到网上去了，还不得寻死觅活？"

正说着，阿P手机响了，是小兰打来的，她在电话里乐颠颠地说："阿P啊，我今天跟桂花说了，你要给我买十个金戒指，还要在城里买套房，哈哈，把她惊得啊，眼瞪得老大，哼，再让她得瑟！阿P啊，买家还没联系你吗？联系了赶紧下手，老放在那儿也不安全……阿P啊，你听到我说的话了吗？"

阿P放下手机，有气无力地说："兄弟们，我摊上大事儿了！"大家正要安慰他，阿P揉了揉眼，突然跳了起来："左眼皮跳得这么厉害，难道是发财的前兆？"说着，酒也不喝了，抄起铁锹向工地奔去，他想，今儿个收工前，工地上出现的那几块棺材板，莫非大有玄机？没准真能挖出个大宝贝呢！

这么一想，阿P又乐了，心里说：凭我阿P的脑瓜子，什么事不能转危为安？哇塞，我太佩服我自己了，有时候照镜子都想给自己磕头……

（题图、插图：顾子易）

·公益广告·

弘扬先进文化，繁荣故事创作

54

□ 燕垒生

眉间痣

清朝末年，福建有一户陈姓人家，父亲早年为官，而今已去世，留下兄弟二人。弟弟叫陈二，十六七岁，很是顽劣；哥哥陈大，年长不少，对弟弟管教很严厉。

有一次，陈二在外面赌博，输了不少钱，债主追上门来，陈大很生气，拿出家法将陈二狠狠打了一顿。陈二怀恨在心，心想若哥哥死了，那就轮到自己当家做主，也不至于为一笔小小赌账挨打了。

陈二年纪小，自然没胆子真去杀人，当时乡间有种"打小人"的说法，说只要在一张纸上写上仇家的姓名和年庚八字，用鞋底打，那人很快就会染病身亡。于是，陈二暗做准备，一天傍晚，偷偷地溜到村里一处偏僻地方去"打小人"。

正在陈二拿着鞋底乱敲的时候，突然，听得身后传来"哧"一声笑。他吓了一跳，扭头一看，是个陌生人，年纪不大，生得温文尔雅，眉间正中生了一颗痣。

陌生人走过来，看了看纸上写的字，忽然笑道："小兄弟，你这样可没什么用。"

陈二听他话里有话，便问怎样才有用，这人说："区区不才，能以秘术杀人。只要小兄弟你给我三十个大洋，定让你得偿所愿。"

陈二年纪虽然不大，但赌场上去过好多回，哪会信这些，他撇撇嘴道："要是我付了钱，你却溜了，那怎么办？"

陌生人道："我可以先做事，你再给钱。反正你见识了我的本领，到时若不肯付钱，我就会用同样的法子来对付你。"

陈二越听越害怕，假意答应下来，问道："那你要怎么做？"

陌生人在地上挖了个浅浅的小坑，再从怀里掏出一个纸包打开，里面包着几根头发，接着又拿出一个纸包撕开，里面是些白色药粉。陌生人把头发放在坑里，上面铺一层药粉，又埋好坑后说："十天内，这陈大必死。我十天后重来此地，到时你就拿三十个大洋过来，否则下一个死的就是你。"说完，他伸手拔下陈二一根头发，走了。

陈二越想越怕，陈大虽然打了他，他也有心要咒哥哥死，但毕竟是同胞兄弟，先前打小人，实是出于小孩子的心性，现在听了陌生人一番奇怪的话，不觉胆战心惊起来，于是马上跑回了家。

这时候，陈大正在厅堂与一位客人闲谈。陈二心里很急，等不及了，便招手让哥哥出来，跟他说了这事。陈大听说弟弟居然打小人咒自己死，很是光火，但听陈二说碰到的是一个眉间有痣的人，顿时一怔，说："我

让你见一个人。"说着，便领着陈二来到堂上，将他带到客人面前。

陈二一见哥哥的客人，吓得差点屁滚尿流，原来那客人跟他刚才见到的陌生人像是一个模子刻出来的，只是衣着不同罢了，而且哥哥的客人年纪要大一些。

那客人一听此事，也动容道："小兄弟，快带我过去看看。"陈二领着哥哥和那客人，到了先前陌生人埋东西的地方。那客人刨开了土，奇怪，原先埋的药粉和头发竟然全都不见了，只见土里有密密麻麻的小虫，让人看得头皮发麻。

那客人拈起一只小虫看了看，叹道："居然下这等毒手，真是太过分了。"

陈大问道："是令弟所为吗？"

客人道："不是他还有谁？没想到十年不见，他还是心存歹念，幸好发现得早，不然只要过了一天，连我都对付不了啦！"陈二近前细看，见那小虫是红黑色的，每只都有四对足。

这时候，那客人也从怀里摸出一个纸包，里面是些黑色药粉。他撕开纸包一角，然后在地上用药粉画了个圈，只留了一个很小的缺口。

说来也怪，客人画的这个圈，像是产生了巨大的魔力一般，很快将那些小虫吸引了过来，小虫沿着那个缺口，一只只全都爬进了圈子

里，在里面堆叠起来，几乎高出地面半寸，但没有一只越出用药粉画的圈子。

一会儿，客人开口了，说："应该没有漏网的。"说着，他用手里最后一点药粉将缺口堵上，又拿出一个纸包，里面是些黄色药粉，撒在小虫身上，黑压压的小虫立刻蠕动起来，很快，黄色药粉浸润到了小虫的身子里，消失了。

客人又拈起一只小虫，看了看，说："行了。"然后照原样埋好，对

陈大说："看来我只能在此叨扰十日，等舍弟自投罗网。"

接下来十天，那客人便住在陈家，陈大每天好酒好菜款待，陈二不敢出门，便也陪着。陈大说起自己的弟弟小小年纪就好赌，以后不知如何是好，客人说："久赌必输，不信让令弟与我赌赌看。"

陈二不信，便拿骰子来赌，谁知连赌了十回，不论谁做庄，陈二回回都输，他大为吃惊，要拜客人为师学赌术，客人叹道："小兄弟，这可不是什么必赢赌术，我不过是做郎中罢了。"

"做郎中"即是作弊的意思，陈二还不信，客人袖子一撩，却见他腕上爬着几只极小的蚂蚁，每只都比半粒芝麻还小。客人道："我就是用这几个小东西来搬动骰子，你自然是必输无疑。你若不信，接下来我就让你赢。"

果然，接下来，陈二不论押什么，出来的骰点都完全与他押的一致，陈二这才相信，决定戒赌。

接下来的几天，陈家兄弟每天都和那客人谈论。客人谈吐风雅，才学广博，陈二问那小小的虫子怎么能杀人，客人说，那些是恙虫，极具攻击性，连猛兽碰到它们都难逃一死。他弟弟摆布的还不是普通的恙虫，而是用秘药养成的毒恙，嗜

血成性,攻击完目标,如不及时回收,就要祸害主人。

陈二一惊:"祸害主人?什么意思?"

那客人说:"舍弟定是用令兄的头发做引子,他拔你的头发也是提防你到时不肯给钱。毒恙养成后,就会通过气味找到头发的主人,钻入他的身体,叮咬吸血。被袭者先是高烧,接下来就是全身器官衰竭。幸好我知道得早,用药粉化去令兄的气味,等毒恙长成后就找不到目标,不过,那些毒恙嗜血成性,找不到目标时,连主人都会祸害,舍弟到时来收恙虫,便会自食其果。"陈二听得心惊胆战,后悔不已。

到了第十天,那客人忽然说:"行了,现在该过去了,他虽不成器,终是我同胞兄弟,我不能见死不救。"

陈家兄弟跟着那客人出去,到了先前陈二遇见陌生人的地方,远远便见有个黑乎乎的物件立在那儿,走近了一看,才发现原来是一个人,身上爬满了恙虫,连眼耳口鼻里也有虫子爬进爬出,根本看不出原来的模样。

那客人走到跟前,叹道:"小弟,你偷偷下山已有十年,这回该跟我回山了吧。"这人身上爬满了恙虫,痛苦不堪,只能勉强点了点头,那客人便从怀里拿出一个小纸包,里面是些紫色的粉末,他用粉末沿着

这人脚下画出一线,一直延伸到树林之中。

药粉刚撒下,这人身上的恙虫便一下沿着药粉撒的线爬行,眨眼间,就爬得一干二净,这人很快露出面孔来,陈二一看,正是自己先前遇到的陌生人。

陌生人已是神情委顿,那客人向他低声问了两句,陌生人答了,又从怀里摸出一个本子,这本子每页上都写着人名、住址,好几页上还夹着头发,其中竟然有两页写着"欲杀陈大",某年某月某地收账。一页是陈二所托,那么另一页呢?显然是另有仇家要杀陈大。

本来陈大还想再骂陈二几句,但转念一想,若不是弟弟打小人偶遇这陌生人,若不是这陌生人贪财,想从弟弟身上再赚一票,若不是弟弟及时以实相告,只怕自己这条命早就没了。

拜别客人后,陈二问哥哥这两人到底是谁,陈大说,那客人是父亲生前为官时认识的,详情他也不知道,只是曾听父亲说过,眉间有痣之人,多是开过天眼的玄驹门术士,如果遇见,定要好生款待,不可怠慢。不料如今遇上这兄弟俩,总算逃过一劫,也算是不幸中的大幸。

经历此番险遇,陈家兄弟和好如初,手足相亲,重振家业……

(题图、插图:黄全昌)

□ 陈　婧

一票难求

小宇家住在市郊农村，家里有好几十只羊。不久前，他为了救一只被野狗叼走的小羊，受了惊吓，落下了失眠的毛病。

这天晚上，小宇又睡不着了。他悄悄溜出家，来到村口的小河边，遇上了一个年龄相仿的小男孩，叫司柏。两人聊了起来，小宇这才知道司柏老家在外地，几年前跟着爸爸妈妈来到这里，就住在附近。

这不，春节快到了，一票难求成了所有外乡人面临的困境，司柏也一样，他已经好几年没有回家了，想家想得呀，都睡不着觉。

小宇听司柏这么一说，斩钉截铁地说："我们去买票！"司柏说："我倒是知道不远有个24小时营业的售票亭，可是我……我身上没有钱……"

小宇笑了："我有钱，走吧！"

说走就走，小宇拉起司柏的手，好不容易奔到售票亭，天哪，排队的人简直能让两个小男孩吓破胆，司柏更是脸色发白，两腿打颤。小宇扯了他一把："跟着我，必须排！"

时间一点一点地过去，也不知道过了多久，总算轮到了他们，小宇兴奋地扑到售票口，举着钱，大声说出了司柏要去的地方。

售票员冷冰冰地扔出了一句："车票已经售光了！"

就像当头泼下一盆凉水，小宇一下子就呆住了。司柏脸色一变，

眼泪差点掉下来。小宇不甘心，又问道："阿姨，路过的车也成。"

售票员面无表情地回答："都售光了！"

司柏紧咬着嘴唇，泪水已经溢出了眼眶。小宇紧紧握着他的手，不死心地扒着售票口的窗台，拼命地往里看着，真希望能一下子弹出一张票来。

售票员看着他们的可怜样，不觉动了恻隐之心："要不你们明晚再来试试看？说不定有人会退票呢。"

帮 大 忙

连续几个晚上，在小宇的坚持下，两个人都跑到售票亭守着。这天快半夜了，寒风凛冽，几条野狗在路灯下徘徊。小宇和司柏抹着鼻涕泡泡，焦急地等待着。

就在这时，只见黑影一闪，一条野狗好像受了什么刺激，猛地蹿进了售票亭，扑向了低头操作的女售票员。售票员一慌，尖叫一声，想躲已经来不及了。

还是小宇眼疾手快，见狗的一只前爪扑到了售票窗口，他往上一蹿，一把扯住了狗爪子，死死地把狗抵在了售票窗口上。一旁的司柏吓得惊叫起来，幸亏后面的大人们急忙冲过来，七手八脚地把那只野狗弄了出去。

售票员稍稍定下神来，感激地看着小宇，说："谢谢你小朋友，要不是你，阿姨的脸就……"

"不用谢！"小宇看了看司柏，问有没有退票，售票员查询一番，无奈地冲他们摇了摇头，小宇和司柏只得灰心丧气地离去。

"等一下！"售票员犹豫了一下，把他俩拉进内室，拿出一张皱巴巴的票，说这票原是为她老公过年回老家准备的，终点站正好是司柏要去的地方，现在就让给司柏。司柏听了，眼里湿漉漉的，向售票员千恩万谢，紧紧攥着那张车票，和小宇走出了售票亭，不住地说："谢谢你，小宇，真的谢谢你！"

这时，突然有人叫司柏的名字，小宇一扭头，见是一个女人，司柏说是他同乡的阿姨。原来她也是来买票的，可两手空空，没买到，她看着司柏手里的票，泪水盈盈，说："孩子，你的命真好……"

司柏的脸上露出了复杂的表情，他嘴角动了动，犹豫了半天，一把拉住那女人："姨，这张票给你！"

女人一下子愣住了，脱口说道："就这么一张票，你还得回家呢，这怎么成！"

"姨，我回去是一个，你回去却是好几个呀！"司柏毅然决然地说，"你要是不要这票，我就撕了它！"

最后，车票到了女人的手里。

女人走了，小宇不解地看着司柏，司柏叹了口气，把实情告诉了小宇：其实，他的父母半年前已经不在了，那个姨待他像亲妈一样，这张车票，他能不让出去吗？小宇听了，大受感动，不过，他有点不明白：司柏就把一张票给了他姨，可他为什么说"你回去却是好几个"？小宇想到这里或许有什么内情，就没有细问，说："不回家也一样，过年你就到我家来！"司柏苦笑着摇摇头："这怎么可能呀！"

小宇拉起司柏的手，口气坚定地说："怎么不可能？我明天就和妈妈说，她一定会同意的！"

司柏拗不过小宇，只能点头答应。

小宇掏出一张贴纸，上面是愤怒小鸟的图案，说："这就是我们的约定！"说着，他把贴纸贴在司柏的额头上："小鸟连猪老爷都打败了，

咱们的愿望一定能实现！"

永别离

这天是小年，小宇一早起来，兴冲冲地把司柏的事跟妈妈说了，妈妈很支持，小宇别提多兴奋了，蹦蹦跳跳地就要去草甸子上放羊，还没出门，就被爸爸拦下了。

爸爸似乎很高兴，跟妈妈说："小宇妈，之前我宰的几只羊销路很好。现在的城里人，就喜欢这种天然羊肉，这不快过年了吗？今儿再宰一头去卖！"

妈妈听了，脸上乐开了花，随后，爸爸出去选羊，最后选定了一只，刚要动手，妈妈连忙阻止："他爸，你可别开心得过了头，这是只母羊，怎么能宰呀？"

爸爸一笑："我当然知道。不过这母羊已经两三年没生羔了，就宰它！"

没想到爸爸刚刚拿起宰羊刀，突然，旁边冲过来一只羊，一头抵在他手上，刀"当"的一声掉在地上，而那只羊又冲到母羊跟前，用头不停地轻轻蹭着母羊的肚子。

看着眼前这一幕，爸爸呆住了，他皱起了眉头，慢慢走到那只羊跟前，又看了看母羊，

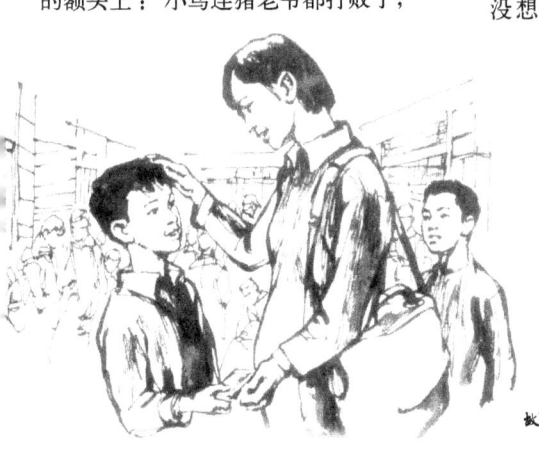

自言自语："你是说它怀羔了？"那只羊抬起头，"咩咩"叫了几声。

爸爸半信半疑地检查了母羊，他大为吃惊："嘿，它竟然又怀羔了，真不能宰了，那宰哪只呢？"

妈妈指了指刚才冲过来的那只羊，说："就宰它，这只肥呀，还是公的！"

"好嘞！"爸爸立即动手，和妈妈一起把羊绑了起来。就在这时，屋里的小宇闻声冲了出来："你们为什么非要杀羊不可？"话音刚落，他的目光落在那只被绑住的羊身上，就在这一瞬间，他愣住了，那羊的额头上，竟然有一张清晰的贴纸：愤怒的小鸟！他浑身一抖："司柏……是你？"

羊睁开了眼睛，朝着小宇一张口，"咩"地叫了一声。羊的眼睛里带着笑，它扬扬下颌，指向一旁那只怀孕的母羊。母羊眼中含泪，拼命地摇着脑袋……

看到这一切，小宇恍然大悟：司柏、阿姨、售票员，都是羊？怪不得当时司柏只把一张票给了姨，却说能回去好几个，那是因为他姨怀着好几只羊崽呢。

想到这里，小宇哭喊着冲过去，拼命去夺宰羊刀，一边夺，一边嚷："你们不能杀他，他是司柏，他是我的好朋友，我帮他买到回家的车票

了，可是他把票让给了别人！"

爸爸一把将小宇推到旁边，说："他妈，赶紧把他弄走！"

小宇被妈妈关进了屋里，也许是太激动的缘故，小宇瘫软在地，仿佛整个灵魂都飞出了身体。恍恍惚惚间，司柏突然来到他的跟前："小宇，你还记得你和野狗搏斗而受了惊吓吗？我就是你从狗嘴下救出的那只羊。因为你是心灵特别纯净的孩子，所以咱们才能在梦里相遇。其实我要的那一票，根本就不是什么火车票，而是活命的一票……要是所有人都像你一样，不把人类佳节变成'畜生劫'该多好呀……"

小宇打了个冷战，一下子睁开眼睛，原来自己和司柏的所有相遇，都只是奇异的梦。他猛地冲向门，门被锁死了；他又扑向窗户，拼命地拍打着窗棂："住手……住手！"

小宇的妈妈回头扫了一眼，说："这孩子，自打上次让野狗吓着了，精神都有点问题了！"

"这是病呀，得趁早治！等我宰完羊，带他看病去！"爸爸说着，一刀捅进了羊的咽喉……

（题图、插图：谢 颖）

延伸阅读

您想阅读这位作者的其他精选作品和创作感言吗？请扫描右边的二维码。更多精彩，立刻体验。

有一句流行语：不经历高三的人，不足以谈人生！在那些我为"考"狂的日子里，你有没有暗暗期待过这样一位体育老师？

好你个体育老师

□ 吴盼尔雅

1．奇怪的分配

柯猛是省体育学院的硕士研究生，今年毕业，刚满24岁。这天，他正在乡下老家的茶园里，哼着山歌修剪茶枝，接了一通电话后，顿时像被霜打的茄子一样，嘴巴半张着，愣是发不出一点声音。

"猛子，咋了，彩票中奖了？"老爹发现柯猛的异常，连忙走过来逗宝贝儿子，好让他不管遇上啥事，先轻松下来再说。柯猛垂头丧气地嘀咕着："是'中奖'了，还是个'大奖'，不过不是彩票，是人生……"

原来，因为柯猛各方面条件都很优秀，读书时就兼任了母校的编外教练。这不，毕业了，母校向柯猛伸出橄榄枝，让他正式留下来工作，可柯猛放心不下呆在老家不肯出来的老爹，以孝为重的他，婉言谢绝了母校的好意，执意回到家乡，想到市体校谋个体育教练的职位。

一个月前，柯猛参加了全市教育系统的统一招聘考试。他信心十足，天天在家等着好消息，结果就在刚才，电话那边教育局职员告诉他：明天早上八点到局里人事科拿调令，然后去锦程中学体育组报到。堂堂体育学院高材生，却被派去普通高中当体育老师，这不是人生中的"大奖"，又是什么？

柯猛愁容满面地告别老爹，往市里赶，一路上觉得自己那个憋屈啊，就像真丝用在粗布上，怎么想怎么觉得这个教育局局长在睁眼办瞎事。

第二天早上八点，柯猛到人事科打了个照面，就气呼呼地进了局长办公室。局长一下子就认出了在招聘考试中十分突出的柯猛，说："小伙子，你来拿调令？"柯猛说："局长，对于分配，我有些疑问。"

"但说无妨。"局长起身，亲自为柯猛倒茶。柯猛接过茶杯，问局长："请问我在笔试、面试中表现如何？"局长说："项项都是难得的高分，不可多得的人才。"柯猛继续问："那为何不让我去市体校，却把我派去锦程中学？"局长抿了一口茶，说："小伙子，锦程中学可是市重点，别人想进还进不去呢。"

柯猛打算继续争下去，不巧一个电话打了进来，局长一看来电显示，马上示意柯猛不要吱声。原来，来电话的不是别人，正是锦程中学校长蒋一搏。

电话声音很大，柯猛听得一清二楚。任凭局长反复解释这是局里精心挑选的人才、响当当的体育高材生，蒋校长就是一口咬定学校现在不需要体育老师，请局里重新分配一个文化课老师。局长拿这头犟牛没辙了，只得先将电话挂了。

柯猛尴尬透了，只好埋头摆弄手里的茶杯，局长有些不忍，便说："刚才的电话你都听到了，虽然最初的决定是我做的，但事已至此，稍作调整也不是不可能，是进是退，完全尊重你的意见。"

柯猛抬起头来，把手里的茶杯放在一边，说："事已至此，那么我也改变心意了，这个体育老师，我当定了！局长，请您回复蒋校长，体育也是一门重要课程，请他务必正视。"此刻，柯猛心中的火焰已经被蒋校长的话点燃了，他要让那所谓的重点中学校长蒋某人知道，搞体育的并不平

庸无用。

局长微微点了点头，说："好的，小伙子，你是茶农的后代，希望你像这杯中泡开的茶叶，从干干瘦瘦不起眼的小不点，一点一点地展开，让别人闻见你的芬芳。"

2 . 疯狂的学校

局里一耽搁，柯猛赶到学校时，已经是上午十点了，本以为会因为延误了报到时间而遭遇冷眼，却没想到体育组四个老师只是懒懒散散地和他打了声招呼。

前三天，学校没有给柯猛安排课，但他纳闷地发现，体育组的其他老师似乎也很清闲，一天到晚，不是忙着聊天、上网，就是看小说，完全没有体育老师的样子，倒也难怪校长会说不需要体育老师。柯猛心想，自己一定要拿出体育老师的精气神，在校内刮上一阵龙卷风。

好在机会马上就来了。这天上午有柯猛的第一堂课，对象是高二（一）班。可当身着运动服的柯猛站在田径场上练习了五分钟自我介绍后，仍没一个学生前来报到。柯猛觉得事态不对，便跑去教学楼，扒着高二（一）班的窗户往里偷偷一看，好家伙，学生们居然全在埋头写字。

柯猛整理了一下衣服，走了进去，正准备自我介绍，"站住，你是

·社会长廊 生活广角·

哪个班的学生？"一个年轻的女老师从教室后面踱过来，难怪刚才柯猛没看到。女老师盯着柯猛，说："不穿校服，没戴校牌，你叫什么名字？"

柯猛一见这架势，便知道自己的课一定是被这女老师霸占了，柯猛心想，既然你欺负我，那我也不能示弱，便指着脑袋，说："老师，我还烫发了呢！"

学生们开始窃窃私语，女老师恼羞成怒，指着黑板，说："不管你是哪个班的学生，今天，我就要治治你，站门口去，把这篇课文背下来才准回家。"

柯猛抬头一看，黑板正中写着《蜀道难》，便背手昂头道："噫吁嚱！危乎高哉！蜀道之难，难于上青天……"柯猛在教室里摇头晃脑，竟把这《蜀道难》背得一字不差，最后一字背完，班里爆发出热烈的掌声。女老师站在讲台边，一言不发，脸色一阵红一阵白。

这时廊道上传来一阵急促的脚步声，一个体育组男老师的脸出现在门口，张望着，女老师一看便对他说："周老师，不好意思啊，最近赶进度，这节课我要给学生上新课。"男老师摸了摸头，指着柯猛说："柳老师，不是我，他才是这节课的体育老师，是新来的。"

柯猛见状，绅士地向柳老师行

了一个礼，说："我叫柯猛，一场玩笑，请多多见谅。"说罢，又转向全班学生行了个礼，说："同学们好！正式介绍一下，从今天起，我就是你们的体育老师。"柯猛发现不介绍自己倒还好，一介绍，方才靠那篇《蜀道难》获得的崇拜，此时在学生眼里渐渐变成了冷漠。柳老师更是拉下了脸，那表情明显就是在赶柯猛走。

周老师立马对柳老师点头哈腰，把柯猛拉出了教室，边走边小声对柯猛说："别瞎闹了，这所学校只抓文化课，尤其是这柳晓柔老师，别看她年轻，可是学校抓成绩一等一的好手。对于这类老师，咱体育老师要老实守好本分，该让就让，该给就给，别自取其辱。"柯猛一听顿时怒火上冒，甩开周老师的手，就往回冲，杵在教室门口，一副安然自得的样子。

柳晓柔见柯猛又杀了回来，横眉冷对："柯猛老师，你难道不知道吗？因为你的玩笑，我的学生已经浪费了半节课的时间。"

"柳晓柔老师，你要弄清楚，这都是因为你在没经过我允许的前提下占了我的课造成的，这件事情又该如何解决？"柯猛不卑不亢。

柳晓柔轻轻一笑，说："那好啊，这样吧，明天上午我的语文课，就让给你。"柯猛得意地挺了挺胸，柳晓柔继续说："不过嘛，别急，这得要经过同学们的允许，不反对吧？"柯猛一听，这还不是赢定了，哪有学生不愿意上体育课的，于是得意地抖了抖眉毛，说："当然。"柳晓柔说："好，那么愿意上体育课的同学请举手。"

柯猛笑嘻嘻地看着课堂，五六十双眼睛眨巴眨巴，一百多只手摆在桌上，却没有一只手为他举起来，为体育课举起来。柯猛脸上的笑渐渐挂不住了，那一刻，他的心真叫一个凉啊！

这一日，阳光大好，柯猛坐在台阶上晒太阳，手里握着装满开水的塑料水壶在胸口上滚，想要暖暖凉兮兮的心，体育组周老师正巧走过，见状，颇为不解。

原来，柯猛来学校上了一个星期高二年级的课，一个年级六个班，十二节体育课，其中八节课无故被占，三节课只来了一半掖着课本的学生，到下课集合时只剩几个人了，还有一节课，学生居然集体罢课。柯猛就不明白了，天底下怎么竟有这样疯狂的学校只抓成绩？竟有这样疯狂的老师霸占副课？竟有这样疯狂的学生只知道往死里读书？

周老师说："习惯就好，校长的教学方针，咱管不了。"柯猛似乎得到了启发，说："看来这都是因为有一个疯狂的校长。他校长怎么了，校长就能剥夺孩子们锻炼的自由？校长就能剥夺体育老师的权利？我得去找校长评评理。"说完便把水壶往周老师的怀里一送，大步向校长办公室跑去。

3．难缠的对手

果然是冤家路窄，校长办公室里，柳晓柔和一个女学生正在同校长说话，柯猛礼貌地站在一边，等待柳晓柔谈完。

柳晓柔介绍的那个女孩叫郑洁，成绩年级第一，数学奥赛拿一等奖，英语竞赛拿一等奖，是一个很优秀的学生，下个月的全市优秀中学生大比拼，建议校方推荐她。柳晓柔神采奕奕，蒋校长听了柳晓柔的仔细描述，也是喜上眉梢。

柯猛忍不住插嘴，说："这位学生脸色暗黄，精神欠佳，一定是长期抑郁所致，想必她身体不是很好。"柳晓柔说："这才是我们郑洁的可贵之处，身体柔弱却坚持学习，从不言弃。"柯猛冷笑，说："身体是革命的本钱，何况是在发育期的孩子，我敢断言，她一个星期内必生一场病。"

柳晓柔握住郑洁的手，说："身强体壮的柯猛老师，请记住你是一名人民教师，不要在这里装什么江湖郎中。"柯猛也不示弱，说："精明能干的柳晓柔老师，你握着郑洁的那只手，没有觉得她的手指冰凉么？"

柳晓柔一怔，自己还真没发现，正要还嘴，蒋校长发话了，先让郑洁回教室，又对二人说："在学生面前争吵，还像什么样子，老师就应该教书育人，教给学生先进的知识，向高等院校输送优秀的人才。柳晓柔老师，你是班主任，全面辅导郑洁的任务就交给你了，一定要让她拿第一，为校争光。柯猛老师，你这个时候来，所为何事？"

柯猛已经听出校长话里偏袒柳晓柔的意思，想到一个主意，说："蒋校长，今天我来本想向你讨教何为教育，但我想你的思想我已经在这位柳晓柔老师身上体会到了。为了不虚此行，我想与你打个赌。"校长问："什

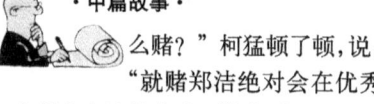

么赌？"柯猛顿了顿，说："就赌郑洁绝对会在优秀中学生大比拼中败下阵来。"

蒋校长断定柯猛这个体育老师只会用肢体来思考，锦程中学本就是市重点，论综合实力，其他学校根本不是对手，加上郑洁那么优秀，取胜一定是毫无悬念，便乐哈哈地回答："没问题，你拿什么来赌？"

柯猛指着身边的柳晓柔，说："她。如果我赢了，柳老师就要服从我的一切安排；如果我输了，我就要服从柳老师的一切安排。"蒋校长望望柳晓柔，征求她的意见，柳晓柔微微一笑，说："柯猛老师，你输定了。"

柯猛回到体育组办公室，体育组四位老师都围着柯猛询问结果，柯猛告知全部经过后，几个老师纷纷泄了气，说柯猛自讨苦吃。柯猛笑着说："相信我，我一定会赢的，不过咱们还得利用这一个月的时间做些有意思的事。"

第二天一大早，体育组四位老师在柯猛的带领下，分别穿着蓝、黄、黑、绿、红色的衣服，围着校园晨跑，一边跑一边喊着号子："清晨跑一跑，清醒了头脑，每天跑一跑，身体自变好。"吸引了好些正走在上学路上的学生。

下了第二节课，柯猛带领四位体育老师在操场上做起了学校早已废止的广播体操。扩音喇叭把声音传

遍了校园，吸引了好些学生趴在廊道边观看，因为五种颜色，他们被学生们戏称为"五环人"。

柳晓柔不傻，自然强烈感受到了柯猛的"挑衅"，她当机立断，利用午休时间写了一份气壮山河的倡议书，大致内容为"为提高教学质量，禁止在校园内发出超过七十分贝的声音，与文化课相关的内容除外。"这倡议在当天下午取得所有文化课老师的签名后，直送校长办公室，放学前以官方公告的形式在布告栏贴了出来。

这下子，全校上下都知道，一场体育老师柯猛与语文老师柳晓柔的战斗正在火热进行中。

公告贴出的第二天，五环人再次出现时，晨跑号子换成了朝代歌，课间操音乐换成了音频版唐诗宋词，中午放学的时间段，五环人又开始拍起篮球来，拍一个球说一个化学元素……

直到得知学生新背会的诗歌，是五环人做广播体操时放过的，柳晓柔才不得不承认自己这第一回合失败了。为了挽回面子，也是为了打击报复柯猛，柳晓柔所教的班，体育课一律改成语文课，就用来背诗歌。

柯猛相信柳晓柔得意的日子不会再长了，也就放宽了心，就像看着一条被抓上岸的鱼，在地板上不停地翻腾。

4. 意外的结果

一个午后，柯猛在校园里闲晃，总觉得有人紧跟在身后，他猛地转身，把后面那人吓了一跳，一看，竟是郑洁。"柯老师，我来是想请你帮帮我。"郑洁的气色很差，阳光下，额头上全是细密的汗珠。

原来，就在校长办公室谈话后的第三天，郑洁发烧了，身体状况一直不好。再有两周半就要比赛了，她很害怕在比赛时发挥不好，让柳老师失望，心想柯猛既然可以看出她生病的征兆，也一定有办法帮助她调理，就鼓足勇气找柯猛帮忙。

柯猛心疼地看着眼前弱不禁风的郑洁，校长办公室打赌的情形浮现在眼前，自己当初断定郑洁输，就是因为他已经看出郑洁的身体绝对会在比赛前垮掉。为了逞一时之快，自己竟然拿学生的身体健康作赌注，真是罪孽深重。堂堂一个体育人，决不能为了自己赢，而让孩子输掉健康；堂堂一个体育人，又何惧一场失败呢？看着眼前这个愿意相信自己的学生，柯猛说："郑洁，老师一定竭尽所能帮助你。"

柯猛为郑洁制定了科学的康复训练计划。在休息时间，校园里经常能见到郑洁与柯猛的身影，清晨绕着操场慢跑，在树木密集的地方深呼吸，做一些简单的动作拉伸肢体、活络经脉，并针对一些穴位设计按摩动作。柯猛告诉郑洁，这样做主要是通过一系列运动活血、养气，主动调理她羸弱的身体，让身体从僵硬冰冷的状态渐渐恢复到柔软温和。

没过多久，郑洁就感到自己长期透支发麻的脑袋慢慢变得正常，心里也不那么焦躁烦闷了。

很快就到了比赛的日子。优秀中学生大比拼有三关，分别是脑筋动一动、巧手试一试、才艺拼一拼。第一关是考课本知识，郑洁在密密麻麻的题目里发挥得游刃有余，分数一马当先；第二关是考创新思维，郑洁面对组装物品的题目，根本无从下手，评委给了个最低分，分数一下子就变成了中游；第三关是考才艺，相比其他选手的歌舞书画，郑洁准备的竟然是背圆周率，足足背了五分钟，直到评委喊停，一个评委给高分，说是记忆力惊人，另一个评委打了低分，说这根本就不是才艺，但去掉一个最高分和一个最低分，郑洁的分数还算是中上等。这样三关下来，郑洁刚好排到第三名，巧的是奖励名额也只取到第三。

看着领奖台上的郑洁，柳晓柔在台下开心得蹦起来，正沾沾自喜呢，回过头发现，郑洁一个趔趄晕倒在地，场上一片惊呼。说时迟那时快，一个黑影冲上了舞台，从地上抱起郑洁就往台下跑，柳晓柔一看，竟然是柯猛。

三个人打的去了市医院，医生给郑洁开了葡萄糖点滴，并叮嘱让孩子多休息。柳晓柔和柯猛守在郑洁的病房外，柯猛说："郑洁获奖了，你赢了。"柳晓柔说："若不是你存心捣乱，白白占用了她那么多时间，郑洁说不定会拿第一呢。"柯猛笑了笑，也没有说话。柳晓柔又说："但是刚才要是没有你在，及时把郑洁送来医

院，我真不知道该怎么办，那个，谢谢你啊！"柯猛意外地看着柳晓柔，这句谢谢简直就是天外来物啊，说："你的谢谢我收下，我输了也会兑现我的承诺，我会服从柳老师的一切安排。"

这时，郑洁高举着手里的点滴，推开虚掩的门，说："柳老师，如果不是柯老师，我一定早就病倒住进医院了，多亏了柯老师教我的锻炼方法，让我恢复了身体的元气，才可以好好撑过这场激烈的比赛，而且也只是因为低血糖晕倒。你们打的赌，我早在校长办公室门外偷听到了，于是想了这个办法，让柯老师帮助我拿奖，这样，你们就没法分出输赢。因为，你们都是好老师。"

柳晓柔扶着郑洁躺上了病床，当着郑洁的面对柯猛说："好吧，对手，这一次咱们打了个平手。"柯猛笑了，说："柳老师，原来你一直把

我当对手呐？可惜我从来没把你当作对手，我的对手是这个学校不科学的管理制度，做了那么多努力，依然不能打败它，还真是块硬骨头呢。"

5．致命的一击

转眼，一年过去了，柳晓柔、柯猛带教的这批学生不知不觉抵达了战斗的最前线——高三。

九月一号，刚一开学，蒋校长就召集高三年级主课老师开了一个会，会后，柳晓柔绕了一圈，特意来到体育组办公室，趾高气扬地把会议精神转告给柯猛。柯猛正为这稀客恭敬地倒着茶叶，滑入耳朵的会议精神却让他的手禁不住一抖，倒下了半罐茶叶，那精神便是——高三年级所有班级的体育课都只在课程表上虚排，全部平均分配给各文化课老师，集中一切力量冲刺高考。

柯猛那叫一个气啊，捏着一杯茶叶放在柳晓柔面前，逼问校长此时身在何地。柳晓柔盯着那杯茶叶，说："正在高三年级那层楼巡视。"柯猛说："柳老师，这茶叶好，你慢慢享用。"说罢便怒不可遏地跑到高三所在的七楼。

见蒋校长背着手踱来踱去，柯猛迎了上去，气喘吁吁地堵在他身前，怪模怪样地向他问好。蒋校长心里直发毛，问："柯老师，你有何事？"

柯猛大大地吁了一口气，说："校长大人，为什么要废除高三年级的体育课？"

蒋校长看了看教室里埋头苦干的学生，示意柯猛小声一些，并说："柯老师，这是学校全体班子成员和高三年级所有文化课老师集体商议的结果，同时也是我校历来的传统。作为高三年级的副课老师，你必须顾全大局，好好配合主课老师。"

此时，柳老师脸颊红彤彤地出现在楼道间，手里还紧握着那只茶杯，显然是情急之下忘了放回去，只是茶叶已经跑没了一半。

柯猛压低声音说："不，正是因为到了高三，学习压力大，学生才需要体育课调剂，你们所谓的传统、所谓的大局太不科学、太不人道！"

这时，下课铃响了，不少学生拥了出来，纷纷向蒋校长、柯猛和柳晓柔问好，蒋校长说："我们去办公室细谈。"柯猛偏偏不答应，抓起胸口的哨子狠吹了一下，立刻吸引了不少学生的目光，柯猛提高音量说："就在这里说，学生们就算没有上体育课的权利，至少也要拥有知情权。"

蒋校长觉得当着老师和这么多学生的面，被一个体育老师质问，有失颜面，于是清了清嗓子说："柯猛老师，你来得晚，不知道我们锦程中学的光荣历史，我们学校的高考成绩连续多年在市里遥遥领先，甚至有几年超过省城的重点中学。靠的是什么？就是我们每个老师，每个同学，为一个共同的目标，可以齐心协力。今年我们的目标毫无疑问是保持第一，所以就得像过去一样，一切都给高考让路！这就自然包括短期停上音体美这些不那么重要的副课。柳老师，你作为班主任老师，是不是也觉得我们应当对学生的升学负责，给学生一个不受任何干扰的学习环境呢？"蒋校长把话丢给了柳晓柔，却并不需要她回答，只是想让柯猛知难而退。

柯猛倒没觉得此时蒋校长把柳晓柔牵扯进来有多高明，他觉得，就算是搬出整个高三年级的班主任，搬出全校的班主任，蒋校长的认识还是错的。柯猛绝对相信自己，在如何对学生负责方面，看得比蒋校长全面得多，他接口道："不重要的副课？你错了，可以让学生身体健康、缓解重压的体育课，恰恰是他们这段时间里最重要的课程。"

蒋校长仍旧一脸威严，说："柯老师，你不要和我争论，我也不愿同你多争，锦程中学就是这样一步一步走过来的，这份传统和骄傲不能丢，它一定会继续照亮孩子们的前途。"说罢，蒋校长大步走开，见柯猛仍目不转睛地盯着他，口气生硬地说："如果你觉得在我们锦程中学不能施展抱负，大可另谋高就。"

柯猛这下慌神了，本来想当着学生的面挑明，让校长下不来台，可反被校长逐下了台。他心中已经明白，自己果真是微不足道。上课铃声响了，学生们走进教室，热闹的走廊瞬间只剩下柯猛和柳晓柔，柯猛苦笑道："柳老师，你追过来就是想看我被炒鱿鱼吗？"

柳晓柔虽然一直把柯猛视作对手，但面对与蒋校长激战惨败的他，还是心存一丝不忍，经柯猛一问，心不由得一慌，举起手中的茶杯，语无伦次地说："不，不是，我、我只是想追过来问你这杯茶要怎么喝？"

柯猛若有所思，说："柳老师，这个问题真有意思。茶叶就好比是紧张的学习，热开水就好比是用来调适的体育课，没有了热开水，这个茶要如何泡开呢？这个问题还是留给柳老师自己吧。"柯猛走了几步，突然回头说："按照贵校的风格，兴许可以滴水不用嚼着吃。"

思考了一天，柯猛决定顺着校长的意思退出，对于这所不可理喻的学校，他实在是没有什么理由留下继续找罪受，于是开始收拾自己的办公桌。这时，郑洁出现在办公室门口，说："柯老师，你别走……"

郑洁走了进来，说："柯老师，别人不明白，我明白，你都是为了我们。你如果走了，不知道还有多少学生被压在这样的制度下，学校里有你，我们才能看见一丝活力，我拜托你为了我们这些学生留下来吧。"

郑洁一语惊醒梦中的柯猛，他摸了摸郑洁的头说："老师是看见桌子太乱了，想要好好整理整理，你们都还没毕业，老师怎么可能放弃呢？"

柯猛就这样留了下来。每逢体育课，他跟往常一样走向操场，准时上下课。当然，这只是他一个人的体育课，所有的学生都被文化课老师关在了教室里冲刺高考。

日子过得很快，高三年级这批学生一溜烟就飞向了各个高校。新学期开始，轮到柳晓柔这一批老师带新来的高一学生。至于柯猛，因为郑洁他们已经考上大学走了，他也便没什么牵挂了。故乡给他的刺激太大了，他征求了老爹的支持，决意辞职，想多出去走走，去全国一些注重德智体全面发展的学校，了解体育课开展的状况，再从中选择一个合适的落脚点。所以开学时，柯猛将辞呈摆在了校长的办公桌上。蒋校长倒是觉得麻烦终于走了，与柯猛握了握手，祝他事业顺利。

不料，新生活正要展开之际，一记猛锤砸了下来。一则新闻轰动了全国上下，说是北方一所知名大学里，一名女学生在军训时因心绞痛倒地，送去医院救治无效，临终前，她还说这辈子最悔恨的事，就是在某某

中学读书。新闻播出的时候，将学校的名字虚化了，但是网友们一人肉搜索，便把目标集中到了锦程中学。

一时间，媒体迅速爆出了"锦程中学剥夺学生锻炼权利"、"锦程中学为求升学率压迫学生学习"等新闻，也有不少从锦程中学毕业的学生出现在报纸、视频、微博上，他们亲口证明这些都是事实，并抱怨都是高强度的学习弄坏了自己的身体。

蒋校长在得知此事的第一时间，急得连忙召集全体教职员工开会商

议对策，柳晓柔在会上掩面哭泣，因为死去的正是她的得意门生——郑洁。

6. 惊人的真相

教师宿舍里，柯猛正忙着做最后的准备，十点钟他就要踏上去沿海特区的火车，他已经联系了那里的几所学校，此时万事俱备，只欠出行。

打开房门，柯猛手不自觉地松了，行李重重地掉在地上，因为他看见蒋校长、柳晓柔等老师齐刷刷地站在门口，挤满了整个楼道。

待柳晓柔告知郑洁的死讯，柯猛脸色骤变，哽咽着连问怎么回事。挤在房间里的十多位老师都躲开了他凶狠的目光，还是柳晓柔胆大，鼓足勇气告诉他事情的始末。柯猛双手不由得握成了拳头，可又不知道该砸向谁。他狠狠地责怪自己，最近忙于做出去考察的准备，没关注新闻，居然啥也不知道。

蒋校长第一次在柯猛面前低下了头，说："因为这件事情，学校成为众矢之的，很多学生连同家长都在闹退学，我们也认识到了自己犯下的严重错误，可、可学校不能在我手中垮下去啊……"

柯猛沉默不语，柳晓柔接着说："柯老师，我们从这次的事件中得到了教训，总算醒悟过来了，你还记得你给我倒的那杯干干的茶叶吗？我们想通了，这杯茶，还是需要你的热开水才可以喝。"

柯猛这时才想起对柳晓柔打的那个比方，摸了摸头，倒还不好意思起来。柳晓柔见柯猛有一丝犹豫，又从背包里掏出了郑洁的一本日记，说："日记里，郑洁好多次都写到了你在优秀中学生大比拼时对她的帮助，并且反复说一定要帮助到柯猛老师，一定要让学校认同柯猛老师。"

柯猛震惊了，眼眶里噙满了泪水。

蒋校长说："柯老师，我知道自己犯了大错，可是已经晚了，已经晚了啊，柯老师，请你留下来，我愿意摘下这顶校长的帽子，请你为锦程中学开启新的篇章。"

其实柯猛得知郑洁的死讯时，就已经决定要留下来，于是抹去眼泪，一脸郑重地说："校长，我愿意帮助你，但前提是你一定得是校长。"接着，他掏出一罐茶叶，在每个杯子里倒一小撮，灌入了热开水，说："浓茶就如猛药，伤身，我还是觉得淡一些要清香得多，就是不知道，各位喝不喝得惯我泡的茶。"

后来，由于锦程中学以各种方式向大众道歉，并作出彻底改变的承诺，群众的怒火稍稍得到一点平息，大家表示愿意给这所百年名校一个机会，对这所学校的转变拭目以待。

在柯猛的调度下，锦程中学的课表里出现了货真价实的体育课、音乐课和美术课，以及新开展的兴趣课程，包括太极、健美操、科技创造等，柯猛还编排了四套课间操，拉丁风格、武术风格、羽毛球风格和一套室内八段锦课间操……

一个月过去了，一天早晨，一个男子偷偷来到锦程中学，在校门口的便利店买了包香烟，问店主学校有没有变化，店主说："变化大，变化大，以前孩子们进出校门一个个都忧心忡忡，现在脸上都挂着笑了。"

男子谢过，走近学校传达室，见门卫正在做操，便问："大叔，你在做啥？"门卫说："学生学的这套健身操真是不错，我每天做一做，腰疼的毛病自己好了。"

而此时，柯猛正在悠闲地跑步，蒋校长在他身后，气喘吁吁地跟着，

柯猛目视前方说："校长，你公务忙，何必跟着我跑步呢？"蒋校长上气不接下气地说："我写了一篇材料，头昏脑涨，跟着体育老师运动一下不行吗？不过我说，你跑得也太快了。"柯猛放慢了速度，回过头，说："校长，你的头……你的假发是不是跑掉了？"

蒋校长抱着脑袋，"哎呀呀呀"焦急得不行，柯猛连忙往回跑，一个男子相向而来，走近蒋校长，手里拿着团黑糊糊的东西，说："大叔，你找这个吧？"蒋校长惊慌失措地往头上一套，男子又问："这学校的变化是不是很大啊？"

这时，蒋校长已经认出这个故意调侃他的人了，正要行礼问好，柯猛恰好跑回来了，说："的确很大呢，局长大人，你这么早就到学校，不会是来暗访的吧！"柯猛说得没错，来人正是局长。局长一看，真是太巧了，笑道："正要找你，直接走吧。"

柯猛被带到了局长办公室，局长重重地握了下柯猛的手，说："我去学校找你，顺便暗中探访一下，没想到被你

抓了个正着。"柯猛心想：有必要那么神神秘秘吗？便问局长，"今天你亲自找我来，有什么事？"

局长说："这事就要从两年前说起了，两年前，我是故意把你安排到锦程中学的，一来希望借助你的力量，将锦程的管理方式改一改，二来因为你太优秀，我也是想磨一磨你的锐气。"

柯猛恍然大悟，但仍有不解，问："你是堂堂一局之长，为何不亲自解决锦程的问题呢？"局长叹了口气说："不瞒你说，我女儿也是锦程毕业的，高中时候压垮了身体，现在身体还是很不好。我若出面，学校很可能会碍于我的压力做些表面工作，根本动摇不了这种教育的根基啊，我需要一个比我年轻、能干、聪明的人替我做这件事。"

柯猛微微一笑，心中在想，好你个老狐狸，这招借刀杀人真是狠呐，苦了自己这把刀两年，现在夸几句就想翻过这一页，真是伤害了我还一笑而过啊！想归想，柯猛嘴上仍笑呵呵地应着："哪里哪里，晚辈荣幸。"

局长说："现在你可以去市体校了。"柯猛连忙回答："不，我们搞体育的，到哪里都是块材料，都可以发挥作用，在金子堆里就能发光，在钢筋堆里就能刚强，我愿意留在锦程中学。"

局长不动声色地从桌上拿起一份文件递给柯猛，说："就是我想让你去，锦程中学又怎么会放你呢，看看吧，你们校长力推你为副校长，局里批准了。体育老师当副校长，这在锦程中学可是件开天辟地的大事啊！"

柯猛看着局里的任命文件，脑袋闷闷的，这老狐狸，时时刻刻不忘试探。谁知这时，局长突然抬高声音说："柯老师，你不愿离开锦程怕是另有原因吧，听说有位姓柳的老师……"说罢，笑意爬上了眼角。

看来什么都在局长的掌握之中，柯猛一怔，旋即一朵红云飞上了脸颊。局长微微一笑，抿了口茶，指着柯猛面前那杯热茶说："小伙子，早知道你这个茶农的后代好这一口，我给你准备的可是上好的茉莉花。尝尝吧，茶香正芬芳着呢。"

（题图、插图：杨宏富）

动感地带 "码" 上开始

请用手机或电脑扫描下列二维码，开启全新的视听旅程！（推荐使用"快拍二维码" www.kuaipai.cn）

微信有奖竞猜

故事会正式开通微信官方账号！您有3种方法关注我们：1，用微信客户端扫描右侧二维码；2，查找微信号story63；3，通过QQ号码2652898766查找。通过微信，您将免费读到我们准备的精彩故事，了解《故事会》活动信息，还能获得动感地带有奖竞猜的特权，答题赢取精美奖品哦！

参与本期竞猜办法：请使用微信发送答案字母（题目见P82）给故事会，我们将从回答正确的读者中抽取3位幸运者，赠送故事会公司出版图书一册。（竞猜只限微信用户哦！）

你也能当故事大王

扫描右侧二维码进入故事中国网"听故事"栏目，在这里，您不仅可以听到超过4000则故事音频，还能亲自上阵，讲一段故事和广大网友分享！特别推荐："味道纪念日童话"专辑。

第四届九分钟原创电影锦标赛

本次活动由北京电影学院、中国电影评论学会联合主办，故事会作为文字网络合作伙伴，联合进行电影故事和改编剧本的征集。本次活动为有志于影视文学创作的作者提供了一个良好的平台，未来的大编剧也许就会从中诞生！扫描右侧二维码或直接登录故事中国网(www.storychina.cn)查看参赛详情。

看视频

扫描右边的二维码，您将看到一组我们精心挑选的幽默视频，定会让您开怀惬意，捧腹不止！本组视频由提供。

段子

是不是嫌一期《故事会》上的笑话不过瘾？我们为您搜集了网上流传的爆笑段子，每周更新，保证内容新鲜火热，让您看到合不拢嘴哦！

您对于本栏目的设置有任何意见或建议，欢迎登录故事中国网www.storychina.cn 论坛反映。

> **友情提示：**尽管《故事会》是免费向您提供以上增值服务，不过您如果用手机上网下载音频、视频文件，将产生额外的流量费，且速度较慢，建议您在wifi环境下使用。

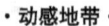

真假辩词

·神探夏洛克·

一个盗窃案件中，一位农夫被列为嫌疑犯，在受审时，神探夏洛克问："昨天晚上发生了什么事，你知道吗？"

农夫说："不知道，我一晚上都没有出门。"

夏洛克接着问："那你在做什么？"

农夫为自己辩护："昨晚家里养的十几只鸭子在孵蛋，我正准备迎接小鸭子的诞生。"你认为这位农夫的话是真的吗？请选择。

A.真　　B.假

（此题可加故事会微信参与有奖竞猜，具体方法详见P81）

超级视觉　掌心里的人脸

许多只手紧紧地握在了一起，竟然组成了一张人脸！叫上你身边的朋友，一起来试试吧？

思维风暴　趣味三角

我们用同样长度的6根火柴棍，摆出了2个正三角形。请问，只移动3根火柴，能否变成4个大小一样的正三角形？

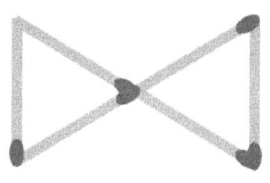

疯狂QA

有个瞎子跟几个朋友去爬山，不幸遇到山难，弹尽粮绝时，有人提议："公平起见，我们每人切一只手臂当食物吧。"大家都同意，瞎子也不疑有他，后来，他们真的得救了……

正当大家欢欣鼓舞时，瞎子突然暴怒，为什么？

想知道答案吗？方法一，直接扫描二维码。方法二，登录http://url.cn/GQ97Ep，查询"动感地带"答案的同步更新。方法三，购买8月下《故事会》！动感地带，与你不见不散。（上期答案见本期P58）

"字"中人生

- 味："未"到"口"的东西，更诱人胃口。
- 途：给别人留有"余"地，自己才有路"走"。
- 令："今"天努力一"点"，明天才有可能指挥别人。
- 劣：平时"少"出"力"，到头来必然差人一等。
- 伪：做假，不都是"人"之所"为"吗？
- 贪："今"天得到的宝"贝"再多，明天也会失去。
- 但：对"人"来说，命运的转折，也许就在"旦"夕之间。
- 评：谈论别人，出"言"一定要公"平"。
- 位："人"只有自己"立"起来，才能在别人的心目中占有一席之地。

（作者：黄小平 推荐者：兰明芳）

女友体重论

- 找个 80 斤女朋友是骨感，
- 找个 100 斤的女朋友是性感，
- 找个 120 斤的女朋友是肉感，
- 找个 140 斤的女朋友是情感，
- 找个 180 斤的女朋友，你那是幽默感。

（推荐者：子 夜）

·诙段子·

- 男人一直无法做到的一件事，微博做到了，那就是让女人的唠叨止于140个字。
  ——微博的力量
- 亲爱的女儿，刺激欧洲经济非你一己之力可及，宜审慎量力而为。
  ——老爸给刷爆信用卡女儿的一封信
- 有两句话，你只要随便挑上一句，就能使妻子安静下来。第一句："你是对的。"第二句："买吧。"
  ——读懂女人心

（推荐者：秋 刀）

妙句横生

·读段子·

要多损有多损

◆ 这两片嘴唇，切切都有一大碟子。

◆ 再发嗲，也改变不了你奔三的年龄和样貌。

◆ 不要相信什么一见钟情，因为你不能一眼看出对方挣多少钱。

◆ 你是我心中的太阳，可惜下雨了；你是我梦中的月亮，可惜被云遮住了；你是我心中最美丽的花朵，可惜开过了；你是天上的嫦娥降临人间，可惜脸先着地了。

◆ 问世间情为何物？圣人："废物！"

◆ 听说女人如衣服，兄弟如手足。你看你，竟然七手八脚地裸奔了20年。

（推荐者：小 光）

幽默是一种态度

◆ 别撑了，你又不是雨伞。

◆ 每次临时抱佛脚的时候，佛总是给我一脚。

◆ 真正可怕的不是对牛弹琴，而是一群牛对着你弹琴。

◆ 我的青春献给了那个叫义务教育的人。

◆ 人间正道是沧桑，活得不要太嚣张。

（推荐者：燕 子）

是幽默还是狡猾？

◆ 某人手机被偷了，发现后打那电话居然通了！然后他解释了一通，请对方还手机，对方问他怎么证明手机是他自己的，他想了想，说了他手机密码，然后，电话被挂断了。再打，语音提示："您拨打的电话已关机。"

◆ 今儿坐长途车，中途上来一聋哑女卖书，一上来就掏出聋哑证和聋哑人工作证，然后就把书拿到我眼前晃，晃了大约一分钟，我不耐烦了，对她说："你看，后面那个人要买。"她立马把头转过去了。

（推荐者：月星球）

80

·诙段子·

那些犯二的"真理"

◆ 上班休息好了，下班才有精神。

◆ 别看不上你老婆挑的东西，你也不过就是其中之一。

◆ 我其实是个天使，之所以留在人间，是因为体重的关系。

◆ 考试最崩溃的是看到一道题，模糊地记得老师讲过，但清晰地记得我没听。

(推荐者：周广清)

神奇的二楼

◆ 楼主：一直有人问我有更方便的菜推荐没，唉，多容易啊，煮一节香肠直接下饭吃！还有更简单的没？

二楼：把饭分成两份，指着多的那一份说，你是菜。

◆ 楼主：大家八一八上学时课文里读过最伤感的一句话是什么。

二楼：背诵全文。

◆ 楼主：网上发言，不要随便自称笔者，毕竟现在还有多少人是在用笔写作？这个词已经要汇入历史长河了。

二楼：那以后自称什么？键人？

◆ 楼主：为啥每次运动会都下雨？

二楼：没见运动会这三字里都有云吗，不定哪片就藏着雨！

◆ 楼主：为什么我总在情感的路上走走停停？

二楼：这还用说吗？肯定是你腿脚不好啊！

(推荐者：太阳树 王涛)

让段子飞

◆ 手机一没电，我整个人就自动关机了。

◆ 如果时间就是金钱，那ATM不就是时光机了？

◆ "听说你戒酒啦？坚持了多久？""坚持到酒醒。"

◆ "你脑袋让驴踢了吧！""那你赔我医药费！"

◆ 其实人的长相就分为两大类：一类是天生丽质，一类是天生励志。

◆ 瘦子永远体会不了胖子站在秤上的忧伤，胖子永远理解不了瘦子轻易被推倒时的凄凉。因此，我们要学会体谅……

(推荐者：二 子)

(本栏插图：安玉民 梁 丽)

红版编辑部各编辑邮箱：

姚自豪：yaobianji1950@126.com；

吕 佳：lujia411@yahoo.com.cn；

石莎莎：ssasha@163.com；

丁娴瑶：dingxianyao@126.com；

李 丹：lidan090@sina.com。

这个责任谁来负

□ 田守安

猪贩子大勇在养猪户维旺家收购生猪，看中一头重约 200 斤的猪，谈好了价格。原本等猪上车后就可以付钱了，可谁知那猪突然来了脾气，任凭众人吆喝拉扯，它就是不愿就范，而且火气越来越大，竟发疯似的冲向看热闹的村民阿尹，一头把他撞倒在地。

也真是不巧，阿尹倒地时，后脑壳撞到一块坚硬的石头上，顿时鲜血直流，人就昏死过去。村民们一看不好，赶紧跑到阿尹家报信。

阿尹的老婆大兰心急火燎地赶到现场，发现丈夫躺在血泊里，已经不省人事了，她急忙拨打了 120。经医生诊断，阿尹的颅内严重受损，大兰立刻回家凑了五千元钱，来到了医院。

经过几个小时的抢救，阿尹终于苏醒过来了。大兰轻声问道："老头子，是维旺家的猪把你撞成这样的？"

阿尹点点头，大兰听了，气恼地说："他家养的猪撞伤了人，应该负责任，怎么不见他们人影，我找他算账去！"

大兰一路小跑，找到了维旺，说明来意后，要求给个说法。维旺皱着眉头说："这猪原先是我家的不假，但这猪当时已经卖给猪贩子大勇了，这个猪也就是他的了。他的猪撞伤了人，这责任就应该他负。"大兰一听，觉得也在理，就向维旺要了猪贩子大勇的住址，又匆匆赶到大勇的家。

大勇听完来意后，很是不屑，还煞有介事地给大兰上起课来："大妈，不懂法可不行啊，这猪是我买下了不假，可这猪当时还没有被装上车，也没有付过钱。按照行规，猪装上车以后付了钱，买卖双方才算正式成交。你说说看，这个责任应该由谁来负？"

大兰听了，当时就跳了起来："我不管，我去找律师讨说法去，我家老头子的伤总得有人负责吧！"

大兰找了一家律师事务所，委托律师写了一纸诉状，将维旺和大勇一起告上了法庭。

不久，法院公开审理了此案，最后判决，由大勇和维旺共同赔偿受害人阿尹的医疗费和精神损失费，两家各自承担50%的责任。

律师点评：

这则故事涉及的法律问题是：生猪作为商品，在交易过程中应怎样确认归属；对他人造成伤害时，哪一方应负责任。法律规定：饲养的动物对他人造成伤害时，饲养人或者管理人应当承担民事责任。当动物作为一种商品时，在交易过程中，所有权除了另有约定之外，原则上从财产交付起转移。

故事中，生猪伤人事件正巧发生在买卖双方达成口头协议之后的交易进程中，除了双方均有一定疏忽外，生猪的权属也正在过渡之中，确实很难明确。所以，对阿尹的伤害责任应由两家一起承担。

（题图：安玉民　梁　丽）

故事会■新浪 微故事大赛

8月征集主题：第一次

篇幅最短、含"金"量最高的故事，等待你的挑战！

《故事会》杂志和新浪微博（weibo.com）联合主办微故事大赛继续进行，邀请各路故事名家、草根英雄和世外高人展开较量！

本次大赛所有作品通过新浪微博平台征集（@故事会微故事大赛），每月一个主题，当月设金奖1名，奖金1字10元（字数低于120的按120字计），银奖2名，奖金1字5元，另设年度奖项。优秀作品将在每月《故事会》上刊登，并结集出版。6月宝贝主题结果已经揭晓，详情请登录故事中国网（www.storychina.cn）查看。

8月微故事征集主题：第一次。人生有无数记忆深刻的第一次，第一次痛哭，第一次远行，第一次恋爱，第一次作弊……本月请你讲述第一次的故事。正文字数在130以下，力求情节出人意表，立意隽永深远，文字鲜明生动。本月的微故事达人或许就是你！截稿日期：8月21日。（本期刊物特别选登6月微故事大赛优秀作品）

最珍贵的『年货』

出租屋失火了，消防员闻讯赶来救火。这时，一个农民工模样的人从远处跑过来，直往里冲，消防员拦住了他的去路，农民工乞求说："你让我进去一下吧，就一下，里面有贵重东西。"

消防员下了死命令："什么东西能比命值钱？不行！"农民工不罢休，他趁消防员不注意，偷偷溜进房后，从窗户跳了进去。

火势很大，浓烟滚滚。等被消防员强制押出来时，农民工面目黢黑，头发也烧焦了。他光着上身，用上衣包了个包袱，紧紧搂在怀里。

"什么东西让你不要命了？"消防员严厉地问，"那里面全是钱吧？"

农民工满脸堆笑：打开包得严严实实的衣服，里面只是一张崭新的火车票。他动情地说："这张火车票可金贵着呢！爹娘早早就和我说了，无论有没有赚到钱，都要回家过年……"

消防员怔住了，他没想到：一张回家的票，就是最珍贵的"年货"。

（作者：倪西赟　推荐者：兰明芳）

实话实说

公司里有位保安，叫王伟。三年来从未出过差错。但是，有一天，他在值夜班时喝醉了，被执勤经理李杰看见了，在值班日志上做了记录，写道："2013年6月5日，保安王伟值夜班时醉酒。"

等王伟看到这句记录，知道这在他的职业生涯中是个抹不掉的污点，于是他找到李杰说明情况，并请求他在这句话后面添上一句："这在他的三年工作期间是第一次"。

李杰拒绝了王伟的请求，说道："你说的是实话，但我说的也是实话，你确实是喝醉了！"王伟很是恼火，可又没有办法。

第二天，轮到王伟写值班日志了，他写下这样一句话："经理李杰今天值夜班时没喝醉。"李杰看到这篇日志时急了，因为这句话是在暗

示：李杰只有今天夜里没喝醉，平时都是喝醉了的。

李杰找到王伟，王伟笑了笑，对李杰说："我说的也是实话，你今天夜里确实没喝醉！"李杰一听，哑口无言。

可见，片面的实话未必是实情。必要的解释和补充，能让我们更加接近真实。

（编译者：孙开元　**推荐者**：兰明芳）

每个周末下午，伊丽娜大妈都会早早来到"鲟鱼"酒馆，在一个靠窗户的位子坐定，点上两盘最便宜的小菜、一小壶低档酒，打开书，一边读，一边细细地品尝小菜。她还不时把酒杯端到面前，却只嗅不喝，一副自我陶醉的样子。

周末正是"鲟鱼"上客的高峰期，

酒馆里的客人们推杯换盏，热闹无比，酒馆外也排起了长长的队伍。即便如此，老板谢尔盖先生还是对伊丽娜大妈很耐心，从不催她离开，对她的"吝啬"也毫不抱怨。

回味你的酒气

这样过了很多年，伊丽娜大妈去世了。令人惊讶的是，她将所有遗产留给了"鲟鱼"，并留言说："谢谢你们，因为这满屋的酒气，让我觉得安德烈从未离开过我。"

原来，伊丽娜大妈的丈夫安德烈嗜酒如命，生前最爱来"鲟鱼"喝酒。这么多年来，伊丽娜大妈每次来这里，都是为了怀念她已故的爱人。

直到办完了继承手续，谢尔盖才发现：伊丽娜大妈的遗产价值惊人——几乎竟是"鲟鱼"15年利润的总和！他从未想到，自己一个小小的善意，能带来这么丰厚的回报，这回报无关乎金钱，而关乎人与人之间最真诚的包容。

（**作者**：徐立新　**推荐者**：兰明芳）

（**本栏插图**：安玉民　梁　丽）

学写作文，
从读故事开始

精明鬼遇上机灵鬼

□ 褚衍真

精三是个精明鬼，猴四是个机灵鬼。精三要结婚了，给猴四送上请柬，算计着他能送多少礼金。

大喜之日，精三掂着猴四送的厚厚的红包，乐了。正在吃喜宴的猴四偷偷地瞟了精三一眼，匆忙擦

了擦汗，又大吃起来。

精三送走猴四，拿出红包，打开一层又一层，也没见到礼钱，直到最后一层，才露出了一张大红请柬："猴四下月结婚，敬请光临。"

精三气得直吹胡子，等猴四结婚那天，他如法炮制，送上一个大大的空红包，还带着媳妇猛吃了两天，总算心里平衡了些。

两年后，精三母亲不幸病逝，给猴四送信回来，心想这次猴四总该掏钱了吧。

精三母亲出殡这天，猴四送上一张白纸条，上面写着："百年后，家母归天，此条折现金五百元。"精三掂量着白纸条，心想：白事也有送白条的，机灵鬼的便宜不好占啊！

几年后，猴母好好的，猴父却走了。那张折五百元的白条又完好无损地回到了猴四手里。一天，精三遇到猴四，说："人人都说我精明，遇到猴弟，我甘拜下风，下次我家有事，你再不随份子钱，才算你机灵。"猴四说："人人都夸我机灵，碰上精哥，我略逊一筹。下次你家有事，不让我白吃，才算你精明。"

一年后，精三的父亲再婚，又办了一场热热闹闹的婚礼，猴四真的又没随份子钱，精三也真的没让猴四去白吃。

为什么呢？因为精三的父亲娶了猴四的母亲。

见鬼了

□ 黄 健

老赵、老钱、老孙、老李四个人是多年的老同事，退休后正好又成了一圈麻将搭子，每天八圈雷打不动。他们打麻将也不图个什么输赢，就图个开心。

这老哥几个，老赵有个坏毛病，爱放屁，他放屁还有特点，是又响又臭，一股子大蒜味，别提有多难闻了。所以老哥几个在一起，都是各有准备：老钱一年四季都带把扇子，一听见动静就开始摇扇子；老孙平时不太抽烟，可一听响，立马点烟；唯独老李淡定得很，还时常说老钱、老孙不够兄弟。

一晃几年过去了，老哥几个中老赵不幸得了肝癌，先走了一步。老哥仨难过了好一阵子，可日子还得过啊，麻将打不成了，三个人开始玩起了斗地主。

一天晚上，老李抓了一把大牌，有双鬼、四个2、四个3呢，心里得意，正准备出牌，老钱忽然脸色大变，嘴里不停地念叨："鬼、有鬼。"

老李哈哈一笑把牌一亮说："有鬼，是有鬼，还有两个呢！"再看老孙，更是呆若木鸡。

老李说笑道："不至于吧，一把牌把你们吓成这样！"

老孙脸色煞白地说："老李、老李，你闻闻，这味道，这味道只有老赵在的时候才有啊！"

原来，房间弥漫着一股浓烈的大蒜味，和老赵放的屁是一个味道。现在老赵不在了，这不是见鬼了吗？

看见老钱、老孙吓成那样，老李实在忍不住了，哈哈大笑："实话和你们说了吧，这屁是我放的，当年老赵放得响，我放得臭，大伙在一起我又不好意思认，只好让老赵给我打掩护，他发信号我投弹，老赵走后我是一直憋着不敢放，刚才拿把好牌一高兴，不小心走火了……"

搜索强迫症

□ 郑丽丽

萍萍怀孕了，老公小邓乐坏了。不过烦恼也随之而来，小两口没经验，遇到一些孕期问题，还真是不知所措。

后来小邓出了个主意，有什么不懂的，上网搜索呗！萍萍立即响应，真没想到，就怀个孕，网上的资料多得数不胜数。按照网友的经验，萍萍把家里的床单、被罩全都换成了"胎教色"，还把家具都来了个乾坤大挪移，说是要"安胎神"。

没过多久，萍萍俨然成了一个不折不扣的网虫了！遇到问题，无论大小，她都要在第一时间上网搜索，比如孕期吃了狗肉要不要紧啊，可不可以看恐怖片，晒太阳多了会不会对胎儿有影响……

就连去产检，萍萍也要把报告单贴在网上，让网友帮忙看看有什么问题。小邓劝她："医生说的你都不信，网友说的你倒信？"萍萍听不进去，小邓只能干瞪眼！

一天，小邓在阳台抽烟，萍萍走了过去，看小邓没有掐灭烟头的意思，大发雷霆，嚷嚷道："网上说，孕妇吸了二手烟危害可大了！"

小邓听烦了，顶嘴说："什么都信网上的，网上说孕妇不要上网，你还天天上？"

萍萍一听马上不服气了，大吵大闹起来。小邓一怒之下，索性出门透气去。

小邓溜达了一大圈，心情渐渐平静下来，心想萍萍怀孕也不容易，自己抽烟本来就不对，还责备萍萍，真是有些过分了。想到这，小邓快步往家走去。

回到家，萍萍已经睡了，眼角却还挂着泪痕。小邓心疼地叹了口气，看到电脑没关，就过去看了一下，这一看却让他哭笑不得，原来，萍萍在网上提了个问题："孕期跟老公吵架了会有什么后果？"

想不到

□ 孙凡利

前段时间，大李参加了一个"想不到"杯征文大赛，得了个纪念奖。今天正是颁奖的日子，大李心里美啊，早早来到了会场。

一会儿，颁奖仪式开始，首先颁发的是一等奖，主持人声情并茂地说："我们为一等奖获得者准备了丰厚的奖品——"话音刚落，工作人员从旁边搬了一箱啤酒上来……

大李吃了一惊，那箱啤酒顶多值五十块钱，乖乖，这果真是"想不到"杯！

一等奖获得者悻悻地从台上走下来，随即二等奖的几位得主上了台，工作人员又搬出一箱啤酒，大李把眼睛瞪得大大的，只见工作人员把一箱啤酒的包装打开，给每人发了四瓶。大李看到这里，张大了嘴巴久久没有合上！

然后是颁三等奖，组委会又搬上来一箱啤酒，每人发了一瓶。到了这时，大李是彻底服了组委会啦！

终于轮到纪念奖了，大李走到台上，心想：莫非奖品也是一人一瓶啤酒？要不，再少？还怎么少？

这时，工作人员从箱子里把啤酒取出来，不过，他们没有直接把啤酒发给获奖者，而是拿出十几个大杯子，一杯正好装满一瓶，给他们每人端了一杯。

组委会的创意，的确是想不到啊，纪念奖获得的待遇比三等奖都高，不仅是一瓶啤酒，还有人给端着喝呢！大李被他们逗乐了，接过啤酒一仰脖，"咕嘟咕嘟"就喝干了，旁边的获奖者一看，也都不甘落后，全喝光了。

这时，主持人乐呵呵地开了口，说："由于你们得的是纪念奖，所以喝完以后，啤酒瓶不能带走。"

大李一愣，啊，这也太让人"想不到"啦……

妙用 "安全帽"

□孙 昊

这天一大早，工地上破天荒地发起了安全帽。可发了一圈，唯独少了吴老汉的，说他是看木料的，用不着。吴老汉气不过，转身回了屋。

上午九点，老板领着一行人来到工地，几乎所有人都戴着清一色的黄安全帽，唯有走在最前面的胖子，戴着一顶白色的，特别显眼。吴老汉认出来了，这胖子不就是电

视上经常亮相的李县长嘛！

吴老汉憋了一肚子火，有意跑到屋外，在人群里乱晃，光溜溜的脑袋瓜很扎眼。李县长看到，快步走到吴老汉跟前，语气和善地叮嘱道："大叔，在工地上干活要注意安全啊！"说着，把自己的安全帽摘下，小心翼翼地戴在吴老汉头上。

第二天，题为"县长亲手给农民工戴安全帽"的图片新闻就上了报纸。吴老汉心里乐开了花，逢人便说："李县长心里装着咱农民工，真是个好领导！"

秋收了，吴老汉回到村里忙活。干活时，他也不忘把安全帽戴上，一来遮风挡雨，二来心里高兴。不知是哪个嘴快的，把安全帽的来历露了出去，村里很快就传开了。

没过多久，工地上传来消息：因质量问题，脚手架垮塌，工地多人受伤，老板被带走，还顺藤摸瓜扯出了李县长。原来，负责提供脚手架安装的人，竟然是李县长家的亲戚。

消息传回村的那天夜里，吴老汉把自己锁在屋里，心情复杂。

第二天一大早，村里人看见吴老汉在默默浇菜，长长的竹竿上绑了一只粪勺。仔细一看，大伙儿不由吃了一惊：那脏兮兮的粪勺，可不就是那顶安全帽吗？

（本栏题图、插图：包丰一 顾子易）

541

2013

SEMIMONTHLY

下半月刊

8月

STORIES

故事会
——STORIES——

2013年8月
下半月刊·绿版

社　长、主　编：何承伟

副社长：夏一鸣

常务副主编(兼绿版负责人)：吴　伦

副主编(兼红版负责人)：姚自豪

本期责任编辑：朱　虹

电子邮箱：zhong98305@sina.com

绿版发稿编辑：

刘迎曦　黄美舟　颜轶超　陶云韫

美术编辑：王怡斐

电脑制作：郭瑾玮

本社办公室电话：021-64375030

上半月刊编辑部电话：021-64310547

下半月刊编辑部电话：021-64336469

(上海市绍兴路74号　邮编：200020)

主管：上海世纪出版集团

主办：上海故事会文化传媒有限公司

出版单位：《故事会》编辑部

发行范围：公开

出版、发行总监：张　凯

电话：021-64313938

广告业务：上海故事会文化传媒有限公司

广告总监：张　淮

广告业务：021-34010383

广告投诉：021-64333738

广告经营许可证

沪工商广字3100320080016号

发行：中国图书进出口上海公司

·笑话·

（本栏插图：包丰一）

收获

妻子在保险公司做业务员，丈夫给她出主意："推销保险，最关键的是人脉。要不，你借口叙叙旧，去把你从小学到大学的同学都找一遍，保管你有收获。"

妻子一听，觉得这主意不错，就照做了。几天后，丈夫问她："怎么样？收获如何？"

不料，妻子怒道："都怪你出的傻主意！我一份保险也没卖出去，倒是接连收到八张请帖，有七个同学要结婚，还有一个孩子满月！"

（李云贵）

省长

老师给一个小学生填写家庭情况表，问道："你爸爸是干什么工作的？"小学生想了想，说："我爸爸是……省长！"

老师吓了一跳，问："是哪个省的省长啊？"

小学生嘟着嘴说："我上幼儿园的时候，爸爸从不给我买玩具，能省就省，人家都说我爸爸是最省钱的家长，后来就叫成了省长。"

（陈燕）

承认

对恋人领完结婚证后，来到女方的家里。女婿拜见完岳父后，岳父意味深长地说："国家已经承认你们了，但我们民间还没有承认。"

女婿心领神会地连连点头说："是是是，我们一定办一场让你们满意的婚礼！"可心里却在感叹，国家对我真好啊！国家承认我们只要花九块钱，民间承认我们却要花几十万……

（黄杰）

转　圈

有个小伙子一脸沮丧地来到办公室，同事好奇地问他怎么了。

小伙子郁闷地说："刚才我去接女友，她一下车就冲我跑过来，我模仿偶像剧里的男主角，张开怀抱准备迎接她，可没想到居然被她扑倒了，这跟偶像剧里演的不一样啊！"

同事一听，不禁笑着说："老弟，你偶像剧还是看得少呀，你没注意到男孩把女孩抱起来之后都会转圈吗？"

小伙子一愣："转圈干吗？"

同事哈哈大笑道："那是为了缓冲，只有那样，才不会摔倒啊。"

（林　琳）

为啥不吃葡萄

小明听同学说，妈妈怀孕的时候吃葡萄，生出来的小孩眼睛会特别大。

于是，放学回家后，小明气呼呼地质问妈妈："为什么你怀我的时候不吃葡萄？害得我现在眼睛这么小！"

妈妈一听，正不知如何回答，爸爸突然笑着插嘴道："谁说没吃？只不过你妈妈怀你的时候，吃的是葡萄干……"

（高　雨）

小王练哑铃

小王下班回到家，见老爸正在呼哧呼哧地练哑铃，便心疼地说："爸，别练了，你都这么大岁数了，不适合练这个。再说，你练这个有啥用啊？"

老爸放下哑铃，擦擦额头上的汗，说："还不是为了你的宝贝儿子啊！不练不行啊。"

小王一愣，诧异地问："这和我儿子有什么关系啊？"

不料，老爸振振有词地说："这不马上要开学了嘛，我天天接送小孙子，给他提书包，要是不练练，怎么能提得动呢？"

（丁　丁）

孙知足

孙悟空得知弼马温一职原来就是管马的，顿时火冒三丈地赶往天宫，要去找玉帝算账："我还以为弼马温是多大的官呢，今天才知道，原来就是马夫。我这么大的能耐，你让我给你养马，这不明摆着欺负我吗？"

太白金星见状，赶紧拦住孙悟空说："你就知足吧，刚参加工作就能养马已经很不错了。你看那边那个太上老君，都多少年了啊，到现在还在烧锅炉呢！"

（于容俊）

感悟

李大妈最近情绪不好，动不动就朝老伴发火。这天，邻居王大婶来家里串门，李大妈兴高采烈地和她聊着天，老伴热情地给她们端茶倒水，两人一直聊到了晚上十点多。

送走王大婶，李大妈对老伴说："老头子，今天你表现不错，给我们添了好几回水。"

老伴一听，嘿嘿笑道："听你们一会儿说东家长的，一会儿又扯到西家短的，你终于恢复了神采。看来这女人呀，聊自家的事儿容易上火，聊别人家的事儿容易熄火。"

（晓静）

出了意外

一个男生去炒饭摊前排队买饭，等了半天，才轮到他。这时，排在他后面的女生接了个电话，说："别急，就快排到了，我前面只有一个人了……"

正说着，只听炒饭摊老板问男生："同学，吃什么？"

男生看了看后面的女生，不好意思地答道："十 十四份炒饭！帮同学带的 "

顿时，那女生脸都绿了，愣了老半天，对电话里说了句："出了点意外，还得再等会儿。"

（焦淳朴）

分手原因

有个女孩个子矮小,偏偏找了个高个子男友。可没过多久,女孩就找朋友哭诉:"我和他分手了,太伤自尊了……"

朋友忙问:"莫非他嫌你矮?"

女孩抹了把眼泪,说:"不是!这几天一直下雨,我们单位门前都是积水。下了班一到门口,别的女同事都是被男友背过去的……"

朋友好奇地问:"难道他不肯背你?"

女孩撇着嘴说:"岂止不肯背,他当着所有同事的面,直接用胳肢窝把我夹过去了。"

(夏 天)

补 妆

男孩和女孩第一次相亲见面,双方互有好感。

男孩故意逗女孩:"你的脸怎么这么红呀?"

女孩一听,害羞地站起身,说:"是吗?不好意思,我去洗手间补下妆。"

等女孩回来后,她忍不住问男孩:"刚才聊了那么多,你对我印象如何呀?"

不料,这回男孩羞红了脸,说:"要不,借下你的粉底,我也去补补妆?"

(悠 悠)

电蚊拍

儿子去邻居家玩,回家后跟妈妈说:"妈妈,隔壁家的电蚊拍可好玩呢,只要一电到蚊子,就一下子烧没了,咱家也买一个吧。"

妈妈一听,忙耐心劝道:"儿子,你还小,用电蚊拍不安全。如果有蚊子,妈妈会帮你点蚊香的。"

不料,儿子振振有词地说:"可电蚊拍杀蚊子时,有一股烧烤的味道。你平时都不让我吃烧烤,说对身体不好,那让我闻闻味儿总行吧?"

(赵 数)

本栏欢迎来稿,读者、作者可将有新鲜感、有精彩细节的笑话佳作投寄给我们。来稿一经采用,最高稿费为一则100元。本期责任编辑电子信箱:zhong98305@sina.com。

偷妙计的
老鼠

□ 杨汉光

诸葛亮派兵出征时，给领头的大将军一条锦囊妙计，叮嘱他必须到紧急关头才能拆看。大将军非常好奇，夜晚宿营的时候，拿着油灯，把锦囊照了又照。不料，那油灯一倾，几滴灯油落到了锦囊上。谁也不会想到，就是这几滴灯油，惹来了大麻烦。

夜深人静时，一只肚子很大的母老鼠钻进大将军的帐篷。它循着灯油的香味，来到锦囊前闻了闻，不禁喜出望外，当即将锦囊拖走了。

母老鼠费了好大劲，才把锦囊拖到地下的鼠窝。它以为这个香喷喷的袋子里，装的一定是美味佳肴，谁知，咬开袋子后，里面却没有任何食物，只有一张白纸，上面写着几行黑字。母老鼠非常生气，将写有妙计的纸撕得粉碎。

正撕得起劲，母老鼠感觉肚子疼了，它快要生崽了。母老鼠灵机一动，不如将这个漂亮的袋子和碎纸垫在窝里，既柔软又温暖，最适合刚出生的小老鼠睡觉。公老鼠也过来帮忙，夫妻俩将锦囊摊开，铺在窝里，再将碎纸叼到锦囊上，拢成蓬蓬松松的一堆。

弄好产房，母老鼠就趴在碎纸上等待生产。它已经饿坏了，就叫丈夫出去弄点吃的。公老鼠出去片刻，就慌慌张张地跑回来，嘴里只叼着一点草根。母老鼠不高兴地说："我快要生孩子了，你怎么还让我吃草根？那个大将军的帐篷里肯定有好吃的，快去叼点回来。"

公老鼠放下草根说："上面马上要开战了，我哪还敢去帐篷里偷东西？"正说着，洞口就传来战鼓声，紧接着万马奔腾，杀声震天。忽然，一只马蹄踏穿地皮，贴着鼠窝的边沿踩下来。母老鼠吓得尖叫一声，下身一热，第一只小老鼠就出生了。

这一带恰好是主战场，步兵和战马潮水般奔过来、冲过去，鼠洞里沙土纷纷掉落。母老鼠惊恐万状，趴在窝里艰难地生产。幸好丈夫不离不弃，冒着生命危险，忙前忙后照顾它。

等战场平静时，已经是第二天黄昏。母老鼠共产下八只粉嫩的小老鼠，累得筋疲力尽，它软绵绵地吩咐丈夫："上面的打杀应该结束了，你快去给我找点好吃的。"

公老鼠探头往洞外望了望，就缩回来说："嘿嘿，不用找了，我们家门口就有很多肉，想吃多少有多少。"

母老鼠将信将疑，拖着疲惫的身子来到洞口一看，顿时惊呆了。只见荒野上躺满了人和马的尸体，将士的尸体千奇百怪：有互相把刀捅进对方肚子的，有丢了脑袋只剩身子的，有身体被劈成两半的……离洞口不远，有一具披着战袍的尸体，正是昨晚睡在帐篷里的大将军。大将军身边躺着一个女人，女人怀里抱着个婴儿，一把长剑同时穿透婴儿和女人的身体。

母老鼠看得心惊肉跳，不由得想到窝里的孩子，幸好它们不是人，否则一定会像这个婴儿一样死在剑下。它颤抖着声音说："太惨了！我们老鼠打架时，大不了咬对方几口，没见过这么残忍的。"

公老鼠突然小声说："别出声，那边有人来了。"

夕阳下，两个满身血污的军官，一胖一瘦，手提宝剑，跨过一具具尸体走过来。母老鼠和丈夫趴在草丛里，一动也不敢动。两个军官一直走到大将军的尸体旁才站住。查看过大将军的尸体后，瘦军官说："听俘虏说，他们丢失了诸葛亮的锦囊妙计，才被我们打败的。"

胖军官说："谁知道诸葛亮的锦囊里装的是妙计还是蠢计？我看那俘虏也是瞎说。"

瘦军官忽然叫起来："咦，老鼠洞里有个漂亮的袋子！"

母老鼠躲在草丛里，也能透过马蹄踩出的缺口，看见窝里那只锦缎做的袋子，在夕阳的映照下闪着金光。

两个军官好奇地扒开泥土，发现

锦囊已被咬破，里面有一堆碎纸，碎纸上写有字，正是诸葛亮的计策。他们非常想知道诸葛亮有什么妙计，就小心翼翼地将碎纸拼好，结果大吃一惊。诸葛亮告诫出征的大将军，战场左侧山谷必有魏军的伏兵，开战时，须分兵应对。

这两个军官正是魏军伏兵的头领。这场战斗原本是蜀军占优的，紧急关头，他们率领伏兵从山谷里冲出来，杀了蜀军一个措手不及，才扭转战局，反败为胜。

瘦军官踢了踢大将军的尸体，得意地说："诸葛亮料敌如神，你小子却把他的妙计弄丢了，活该战死沙场。"

胖军官感叹道："幸好老鼠偷走了诸葛亮的妙计，否则，战死沙场的很可能是我们！真该谢谢这只老鼠。"

母老鼠小声嘀咕："诸葛亮是不是脑子进水了？为什么出征前不把妙计告诉大将军？偏要把妙计装到袋子里，结果弄丢了，害死这么多人。"

公老鼠暗暗用尾巴打了一下妻子，压低声音训斥："找死啊？闭上你的臭嘴。"

母老鼠满不在乎地说："我是他们的功臣，有什么好怕的？你没听那个胖军官说要谢谢我吗？"

说话间，胖军官发现了洞里的小老鼠，惊奇地说："哎呀，那母老鼠不但偷走了诸葛亮的妙计，还在锦囊

里生了一窝杂种！"说着把一条腿高高地抬起来。

母老鼠暗叫不好，想冲过去保护儿女，可是来不及了，胖军官的大脚已经重重地踏了下去。那些娇嫩的小老鼠叽叽叫了几声，就全被踩死了，母老鼠悲痛欲绝。

公老鼠见状，赶紧贴着妻子的耳朵说："这里太危险，快走！"

谁知，母老鼠哪里肯听："不，我要替孩子们报仇。"说着，仔细看了看四周，"嗖"的一声蹿到胖军官身边，奋力撕咬他的腿。胖军官见状，又是惊讶，又是生气，他抬起大脚，对着母老鼠狠狠地踏下去。

不料母老鼠躲得快，一下子蹿进一处浓密的草丛，伏在草根下不动了。胖军官见状大喜，将大腿抬过胸口，使出吃奶的力气踏下去。出乎意料的是，胖军官还没踩中母老鼠，就惨叫一声，将脚缩了回来。原来草丛里有一件类似钉耙的兵器，兵器上的利齿穿透了胖军官的鞋子和脚掌。

母老鼠得意地回到丈夫身边，看胖军官在那边痛得龇牙咧嘴，破口大骂："他娘的，诸葛亮的妙计都奈何不了我，却上了老鼠的当。"

（题图、插图：安玉民 梁 丽）

延伸阅读

本文是凤凰网原创文学大赛故事参赛作品。扫描右侧二维码，了解大赛详情。

画里与画外的差别，理想与现实的鸿沟，让人唏嘘不已，却又无可奈何……

画里画外

□ 刘 超

这天，向阳小学收到一个天大的喜讯：该校三年级学生马小龙，在省级绘画比赛中得了金奖。消息传来，学校专门召开了庆功会，吴校长邀请了县里分管教育的关副县长参加。

庆功会结束，吴校长再三邀请关副县长留下用餐。饭店就在学校对面，关副县长勉强答应了。

一行人走出学校，一看到校门口的情景，关副县长不禁眉头一皱。进学校时，他坐在车里没留意，可一走路就注意到了：这学校的校门位置选得真不是地方，偏偏选在一个狭窄拥挤的三岔路口上。街上人车混行，杂

乱无章，不但没有红绿灯，就连斑马线也是模糊不清。

关副县长不由得想起了马小龙获奖的那幅画。在马小龙的画中，街道宽敞整洁，一座美丽的彩虹桥飞天横跨在街道上，一队放学的"红领巾"正笑着从彩虹桥上走过。画中的情景与真实的情景相比，简直有天壤之别！

关副县长在吴校长一行人的保护下，小心翼翼地在车流中穿过街道，结果还是让一辆脏兮兮的三轮车蹭了一下，这让他很是恼火。

吴校长尴尬地笑着说："县长哪，这还不算啥，放学的时候那叫一个乱，我们老师不组成人墙拦着车，学生们根本过不了街。"

关副县长点点头，说："这事儿一定要解决，学生安全问题不是儿戏，过个街都这么艰难，那还谈什么一切为了孩子！"

吴校长赶紧说："县长啊，我们全校师生都盼着，能像马小龙画的那

样过街道呢！"

"是呀！"关副县长说，"修个天桥不就解决了，连一个三年级的孩子都能想到的事情，我们早该想到了。这个问题一定要解决好！"

吴校长激动地一拱手："那我先谢谢县长了！"

到了饭店一落座，吴校长就开始倒苦水，说他们学校地理位置偏远，学生家庭背景不够硬，属于那种爹不疼娘不爱的主。学生过街是个老大难问题，多年来已发生过多起交通意外。而在校门口修天桥的事，他们早就努力争取过了，但一直实现不了。如今，就等关副县长帮他们圆这个梦了。

说着，吴校长端起一杯酒到关副

县长面前："县长哪，我替全校五百多个孩子谢谢您了！"

到这会儿，关副县长终于品出味儿来了，怪不得学校三番五次地邀请他出席活动，又执意留他吃饭，用意全在一座桥上。事到如今，他只好接过酒杯一饮而尽："我说了，事关学生安全的问题一定要解决！"

接下来，大伙儿你一杯我一杯，你一句我一句，都向着关副县长去。关副县长经不住左吹右捧，头脑一热，"啪"地拍了桌子："这座桥我包了！公家不出钱，我自掏腰包也要建！"

吴校长一听，激动得差点跪在地上，他一口气干了好几杯，当场瘫在桌底下。

第二天，吴校长趁热打铁送上报告。关副县长虽然酒意已消，但倒也不食言，冲他拍起了胸脯，说一定会把它当作自己的事一样办。

一晃过了半月，马小龙的那幅画代表全省送京评奖，不料，结果却让人大吃一惊，那幅画竟然是剽窃的。一位资深老画家一眼就看出，那幅画是他很早以前评出的得奖作品。

消息传来，全省教育界一片哗然。不用说，这一不光彩的事件使得全县蒙羞，关副县长自然也脸上无光，他火冒三丈地打电话叫吴校长马上过来。吴校长很快来了，还带着那幅剽窃画一块儿来。

"你还有脸来见我！"关副县长

咚咚咚地敲着画，严厉地问，"到底是不是马小龙画的？"

吴校长迟疑片刻，摇摇头说："确实不是。"

关副县长怒不可遏："不是自己的东西，还敢拿去全国参赛，你把我们全县人民的脸都丢光了！"

"县长啊！"吴校长苦着脸申辩道，"画虽然不是马小龙画的，可画里的东西却都是实在的呀！我们盼了多少年，盼能有座天桥，让学生回家不用冒险……"

吴校长像祥林嫂一样，还想絮絮叨叨地说下去。关副县长一拳头擂在桌上："别说了！就算你有天大的理由，也不能这样弄虚作假。你就等着接受处分吧！天桥的事，到此为止！"

吴校长一听，像被点了穴一样，半天动弹不得。关副县长瞪他一眼："咋了，还不回去？"

"县长，您听我说。"吴校长急忙说，"画虽然不是马小龙画的，可也算不得剽窃啊！"

关副县长奇怪地问："那是什么意思？难道是你画的？"

吴校长连连摆手说："不不不，不是我画的，不过画的真正作者是咱自己人。您等等，我已经把他叫来了。"说罢跑了出去，不一会儿，带回来一个中年汉子，走路一瘸一拐的。

吴校长向关副县长介绍说："这位就是画的作者。"

不等关副县长发问，那汉子就上前说："我叫马大龙，这幅画是我上小学的时候画的。那时学校门口汽车虽然不多，但开得很快，我这腿就是被车撞瘸的，所以我一直梦想，学校门口要是能修一座天桥就好了，于是就画了这样一幅画，后来拿去参加全国比赛，得了金奖。"

关副县长哼了一声："那你们也不能合谋搞骗局嘛！"

"都怪我！"马大龙不好意思地说，"小龙说他要参加绘画比赛，非常想获奖，我一时糊涂，就让他把这幅画拿去了……"

关副县长怔了怔，问："马小龙是你什么人？"汉子不好意思地笑笑说："我儿子。"

关副县长眼睛一下子瞪得老大，好半天说不出话来。吴校长在一旁小声地问："县长，那桥的事……"

关副县长挥了挥手，说："你们先回去吧。"

出了门，马大龙问吴校长："吴校长，您看这事还成吗？"

吴校长苦笑着摇摇头说："怕是没戏了。"马大龙失望地说："那这幅画呢？"

"你还是拿回家好好保管吧。"吴校长长叹一声，"等再过个几十年，你孙子来上学了，再让他拿去参加比赛。"

（题图、插图：安玉民 梁 丽）

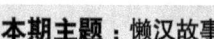

本期主题：懒汉故事

俗话说：没有懒地，只有懒人。的确，没有耕耘，哪来收获？这个道理亘古不变。本期为大家奉上一组生动诙谐的"懒汉故事"，他们各有懒法，懒得出奇，懒到极致……

懒汉与小偷

从前，有一个懒汉，天天在家里吃饭、睡觉、晒太阳，像一条死蛇一样，动也懒得动一下。懒汉的妻子嫌他太懒，赌气回娘家去了。

这天，懒汉睡到日上三竿才从床上爬起来，觉得肚子饿，就摸到厨房里，见没啥现成的吃的，也懒得生火做饭，又感到身上冷，就慢慢挪到门口，坐在门槛上晒太阳。

这时，一个剃头匠走过来，看见懒汉头发、胡子很长，就问："老人家，你剃不剃头？"

懒汉只是把眼睛睁开一条缝看看剃头匠，动也不动，话也懒得回。

剃头匠想，这人莫非是个瘫子，还是哑巴？他就把懒汉的头剃了，胡子刮了。见懒汉仍然不动不开腔，就自己进屋去拿了些粮食抵剃头钱。出门时，他又拿了懒汉妻子的一条花帕子包在懒汉头上，生怕他刚剃的光头被太阳晒痛了。

这时，又来了个卖胭脂水粉的妇人。她看到头上包着花帕子的懒汉，以为是个女人，就问："大嫂，你买胭脂水粉吗？"

懒汉照样懒得动懒得开腔。妇人就给懒汉脸上扑了粉，搽上胭脂。懒汉眼睛也懒得睁开，任她摆布。妇人给懒汉打扮完了，就自己进屋拿了些粮食走了。

一会儿，又来了个小偷，他见这家只有个女人在门口，就上前试探着问："大嫂，我是远方来的过路人，给口水喝吧！"

懒汉听到了，仍然耷拉着眼皮懒得说话懒得动。

小偷见了，以为这个大嫂睡着了，心想，这真是下手的好机会！于是，他进屋去把懒汉家所有值钱的东西装进一个大口袋，扛着从懒汉身边大模大样地走了。

下午，懒汉的妻子回来了，她先是看见门口坐着一个打扮得花里胡哨的女子，仔细一看竟是自己的丈夫，不禁笑起来。进屋一看，她又哭起来。原来屋里乱糟糟的，值钱的东西都没有了。她问懒汉，懒汉过了好一阵才慢慢说："被小偷偷走了，我懒得说。"妻子一听，哭着又回娘家去了，再也没有回来。

比比谁更懒

有一个懒惰到极点的人，因为实在太懒，最后拿到了三个饭团，被赶出了家门。

懒汉不知去哪儿才好，就把装有饭团的包裹挂在脖子上，毫无目的地走着。可是走着走着，肚子饿起来了。

"啊，肚子饿了，真想吃饭团啊，可是要取出来吃太麻烦了！"他只好忍着饥饿，边走边想，怎么没人来啊？要是有人来的话，就请他帮忙解开包裹。

这时，从对面走来一个头戴斗笠、嘴巴张得老大的男人。

懒汉心想：嘿嘿，莫非他饿坏了，才把嘴张得这么大？等对面的男人走近了，懒汉说："喂，能不能替我解下挂在脖子上的包裹啊？里面有三个饭团呢，送一个给你怎么样？"

不料，那男人回答说："你说什么呀，我的老弟，我正愁斗笠的绳子松了，而系起来又是那么麻烦，所以才张开大嘴，好让下巴去绷紧那绳带啊！"

懒汉养猪

很久以前，有个懒汉，他的妻子在家里养了一头小猪。

懒汉想用猪肉下酒，可小猪却长得很慢。他耐不住性子，便与小猪商量道："小猪啊，我正缺下酒菜，可又不忍心宰了你，要不先向你借一只耳朵用用？这样既能

·经典传递·

保住你的性命，又能使我解解馋，真是两全其美啊！"

小猪一听急了："主人，猪和人一样，也应该有耳朵的，怎么能借呢？"

"唉，我活了几十年，才那么小一对耳朵。你才几个月，要那么大的耳朵干什么？先割下一只吧！"懒汉边说边动手，疼得小猪直叫唤。

过了几天，懒汉又找小猪商量："小猪啊，你的耳朵左右不对称，很不雅观，另一只耳朵还是割下来吧，这样好看多了！"

小猪说："主人，我知道您又缺下酒菜了，既然您看中我剩下的这只耳朵，我又有什么法子呢！"于是，懒汉又动手了。

再过了几天，懒汉又来到猪圈，盯着小猪横看竖看。小猪说："主人，不用看了，我再也没有多余的东西可以给您下酒了。"

懒汉说："不，人类只有两只脚，你却有四只蹄子，看来看去，多了两只前蹄。"

小猪很生气地说："主人，您不是也有两只前蹄吗？"

懒汉说："胡说，我有一双手，怎么会是两只前蹄呢？"

懒汉的妻子忍无可忍地骂道："怎么不是两只前蹄啊？你一只蹄子端酒杯，一只蹄子夹菜，除此之外，什么事都不会干，还能算是手吗？"

懒汉贴对联

古时候有个人，好吃懒做，爱睡大觉，不愿劳动。平时虽靠着认识几个字，给人家代写书信，年末岁尾给村里人写写对联，弄来一点钱，但是不会精打细算，经常是寅吃卯粮，靠向左邻右舍借债度日。

快过年了，乡里乡亲的都在准备年货。可他家一贫如洗，米缸空空，颗粒无遗。大年三十晚上，为了自我安慰，他便在自家的大门上贴出了一副对联：

　　行节俭事，
　　过淡泊年。

贴罢，他就饿着肚皮，钻进冰冷的被窝，蒙着头睡起了大觉。

春节这天，日已过午，懒汉还在睡梦中，突然被门外的议论声惊醒。他赶快跳下床，打开门，看见一群人正指着他家门上贴着的对联，你一言我一语地谈论着。他仔细一看，昨夜贴在门上的对联，不知被谁在上下联各加上了一个字，变成了：早行节俭事，免过淡泊年。

懒汉细细品味了一下，从中受到了教育。

从此，懒汉起早贪黑，勤奋劳作，节约持家，日子一天天好起来。

懒汉吃大饼

有一个懒汉，过着衣来伸手、饭来张口的日子，平时都是由老婆照顾他的生活。有一天，老婆要回娘家，大概要耽搁好几天才能回来，不免担心丈夫怎么吃饭。左思右想，聪明的老婆想出了一个法子，烙了一个大大的饼，中间掏一个比懒汉脑袋稍大的洞，刚好能够穿过懒汉的脑袋，套在懒汉的脖子上。这个饼很大，足够懒汉吃上十天半月。老婆做完这一切，才放心地去了娘家。

但在娘家过了几天，老婆又开始担心起家里的懒汉丈夫，担心他会不会饿着，饼有没有吃完？娘家人见她食不知味，夜不能寐，只好让她回家。

这位善良的老婆回到家打开门一看，懒汉一动不动地躺在床上，一探，早已气绝。再看懒汉脖子上的大饼，只少了嘴巴够得着的地方，其他地方都没动。原来这懒汉懒得连头都不愿转动一下，只吃了他嘴巴够得着的饼，而后就这样活活饿死了。

有弟兄三个，个个懒得要命，什么活也不愿意做。

一天，他们的娘做了一大块香喷喷的糕，放在桌上，就出去了。弟兄三个都饿得肚子咕噜咕噜乱叫，看着

一家三个懒汉

那块糕出神，但是谁也懒得去拿。老大饿得难受，对老二说："兄弟，去把糕拿来。"老二翻了翻眼皮，对老三说："兄弟，去把糕拿来。"老三瞪瞪眼，扭脸对老大说："大哥，去把糕拿来。"反正三个人谁也不愿意动。

过了好久，三个人都饿得受不住了。老大对老二说："你是弟弟，应当听我的话。去，把糕拿来！"老二跟着扭头对老三说："你是弟弟，应当听我的话。去，把糕拿来！"老三一扭脸对老大说："你是哥哥，应当照顾弟弟。去，把糕拿来！"三个人还是谁也不愿意动。

老大生气地说："好，你们不去拿，看饿谁！"老二说："好，你们都不愿动，看饿谁！"老三说："你们都懒吧，看饿谁！"三个人憋着气，谁也不动弹。

又过了一会儿，老大想：不如想个妙法，使自己不用动就能吃到糕。他便对两兄弟说："咱们立个规矩：咱三个不分大小，蹲在这里不许说话，不许动弹；谁要是一说话或一动弹，就罚谁去拿糕。"老二和老三都答应了。

又过了很久，老大听见老二肚子里咕噜咕噜乱响，心想：快啦，老二饿坏了，就会去拿糕了。老二看见老大

一直流口水，心想：快啦，老三饿了，就会去拿糕了。老三听见老大直咽口水，心想：快啦，老大饿急了，就会去拿糕了。三个人还是望着糕，一动也不动。

这时，忽然从外面跑来一只猫。它闻见糕的香味，便蹿到桌上用爪子一抓，大口吃起来。老大看看老二，老二看看老三，老三看看老大，都没说话，也没动弹。

猫正吃得高兴，突然又跑进来一只大黄狗。大黄狗往桌上一跳，吓得猫"喵"的一声逃跑了。大黄狗一口把糕咬去一半，一伸脖子咽了。一大块糕眼看就要被狗吃完，老大直出长气，老二直咽口水，老三含着泪水，都是又馋又急又可惜，但都不愿意动。

这时，大黄狗已把嘴里的糕咽下去，张嘴又去吞剩下的一半。老三实在忍不住了，便"哇"的一声哭出来。老大、老二喜得巴掌一拍，说："你输啦，快去拿糕吧！"但这时，糕已被狗吃光了。

（本栏插图：安玉民 梁 丽）

绿版编辑部各编辑邮箱：

吴 伦：wulun54@126.com

朱 虹：zhong98305@sina.com

刘迎曦：liuyingxi1203@163.com

颜轶超：yanyichao1004@sina.com

黄美舟：huangmeizhou@163.com

陶云韫：taoyunyun1101@163.com

俗话说"一物降一物"，世上的每一种事物，总有另一种事物来制服它，就像毒药，总能找到解药来化解它。而夫妻之间呢，又何尝不是如此？

□ 宾一杰

解药

王大是个大老板。这天他和朋友去爬山，哪知回来时感觉脸上奇痒难忍，一路挠个不停。回家一照镜子，吓了一大跳，好端端的脸上横七竖八布满了血痕，就好像刚挨了一顿鞭子似的，既难看又恐怖。

王大急忙跑去医院，又是打针又是抹药，结果一点用都没有。他仔细一回忆，爬山时他不慎摔了一跤，脑袋一头扎进了一片藤蔓中，八成是被那些藤蔓害的。

老婆银花见状，心疼地说："要不，回村里找四爷瞧瞧吧。这些怪病，说不定还是农村的土办法管用！"

王大一听，眼睛一亮，是呀，村里的四爷十分精通农村那套土疗法，

说不准真有秘方，但转念一想，又把头一扭说："用不着！"

王大可不愿可怜巴巴地回村里求人。为什么呢？原来，王大以前穷的时候，觉得全村人都瞧不起他，都合着伙欺负他。因此在城里发了之后，非但没给村里造福，反而处处与村里人为敌，比如村里装自来水，他非但一毛钱都不肯出，还从中搞破坏，因此他在村里的名声很臭。

接下来的几天，王大戴着大口罩又跑了好几趟医院，可不但没治好脸，反而让那些血痕蔓延到了脖子。

银花看着都替他难受，又忍不住说："再等下去，恐怕连命都没了，还是去找四爷看看吧！"

王大一边挠一边叫："就算我愿意去找人家，可人家会帮我吗？"

"看你积的这些德！"银花一跺脚说，"我陪你去，总行了吧？怎么说，四爷也会给我点面子的。"

银花虽说跟王大是两口子，可对村里人的态度却是截然相反。银花经常瞒着王大悄悄给村里人办事，王大犯了错，她就暗地里补偿回来。就拿装自来水那事来说，她竟一家家登门道歉，还捐了几万块钱。

眼下，王大实在是痒得受不了，也就只好答应了。两口子开车回到村里，提着礼物来到四爷家。四爷一看他们夫妻一起来的，态度不冷不热。看见王大脸上怪异的血痕，他失声叫道："这是羊角藤害的，毒着呢！"

银花忙问："四爷，您有什么办法治吗？"

四爷似笑非笑地说："哎呀，这羊角藤我好多年都没见过了，还以为已经绝种了呢，没想到王大老板偏偏撞上了，这是好彩还是倒霉呢？"

王大一听，差点就要发作。四爷却说得兴起："这东西太毒了，一沾上就跑不了。我记得以前有个人沾到了脚，日夜挠个不停，一直见了骨头还在挠，最后只得砍掉了那只脚。可王大老板却是在脸上，这、这……"

王大不知他是不是故意吓唬自己，反正听得心惊肉跳，顿时软了下

来。

银花小心翼翼地说："四爷，我知道您有办法的，就算帮帮我吧！"

四爷收起笑容，缓缓摇头："这种毒无药可解。不过我倒是有些药水，管不管用，就看王大老板的造化了。"

王大默默忍受了四爷半个钟头的挖苦嘲笑，最终从四爷手上换得了一小瓶药水。回到家，往脸上一抹，果然效果奇佳，居然不痒了。可刚过半小时，脸上又痒了起来，只好又抹。一瓶药水用完，脸上一如既往，看来四爷的药水只能治标，不能治本。

王大痛苦不堪地对银花说："你再去一趟四爷家吧，求他把真正的解药拿出来，要多少钱都给他。"

银花迟疑地说，四爷大概不会有什么真正的解药，有的话，上次就应该给她了。

"你懂什么？"王大咬牙切齿地说，"这老头是想让我多受些罪呢！我看得出来，他一定有办法，他就是想变着法儿地报复我！"

王大不说还好，这么一说，银花火了："你还有脸说人家报复你，你也不想想你做过的那些缺德事，就这样还是看在你老婆的面子上呢！"

王大头一低，没有还嘴。银花叹了口气说："好吧，我再去一趟。"说罢，开车直奔老家。

四爷见银花二度登门，一点不惊讶，似乎早早算准了。银花恳求道："四

爷，我知道王大确实是个混蛋，他是自作自受罪有应得，可他毕竟是我的老公呀！您就看在我的面子上，帮帮他吧，我知道您老人家有办法。"

四爷沉吟道："银花啊，你对乡亲们好，大家心里有数的，王大再坏，也是你老公，我能见死不救吗？"

银花心下一宽："四爷，您真的有办法？"

"有！"四爷说，"羊角藤是有解药的，药到病除，而且天下只有一种。"说罢他进里屋去，过了一会儿出来，交给银花一个信封，说解药就在里面，还叫她回家当着王大的面拆开。

银花喜出望外，急忙谢过四爷。刚离开村子，她就忍不住拆开信封，一看却傻了，里面只有一张纸条，上面写着她的名字：银花。

银花糊里糊涂地把纸条拿回家，给王大一瞧，王大也怔住了，接着张嘴就骂："这死老头，也太不厚道了，连你也耍了，亏你还对他那么好！"

银花翻来覆去地看那张纸，说四爷应该不会耍她的，这里面可能藏着什么玄机，解药或许就在这个名字里。王大一听也来了精神，闭着眼苦苦思索，老婆这名字到底跟解药有什么联系呢？

琢磨来琢磨去，王大只想得头皮发胀，却什么也想不出来。往镜子前一站，只见脸上已经被他抓得血肉模糊、皮开肉绽，再这样下去，恐怕连

骨头都见到了。他不由长叹一声："四爷还是不肯放过我呀！好好好，我这就去给他磕头认错吧！"

两口子又来到四爷家，王大进门就跪下说："四爷，我知道错了，您老人家高抬贵手，救救我吧！"

四爷把他扶起来，说："哎呀，王大老板，你这是做什么？解药我不是已经给银花带回去了吗？"

银花一听，说："四爷，如果您

老人家还不解恨，我也给您跪下了！"

四爷急忙拦住，说："使不得，使不得啊！你们咋就不信呢！好吧，我就跟你们走一趟！"四爷叫王大带他去那天沾上毒藤的地方。王大不知他有何用意，生怕他反悔，也不敢问。

一行人先是坐车，然后下车走了一个小时，王大一指前面的高山，说他就是在山腰那里摔倒在藤蔓上的。

四爷边爬山边说："王大老板哪，说实话，这些年你对村里人做的事，让乡亲们心寒啊！你不知道，多少人想要断了你一只胳膊一条腿什么的，可一想到银花对村里这么好，就都作罢了，可以说是银花救了你几回呀！"

王大听得一惊，村里人恨自己，他是心知肚明的，却没想到自己不知不觉躲过了几场血光之灾。他不由自主地看了一眼银花，心情异常复杂。

"大伙都说你毒！"四爷继续说道，"可银花呢，却像一味解药，把你的毒化解了。要不然，嘿嘿，你就是给我一百万，我也不会跟你来这儿。"

王大听得又羞又怒，可现在有求于人，再难听的话也得忍了。

四爷还在喋喋不休："天下万物就是这么奇怪，相生相克，一物降一物。就好像两口子一样，男的凶，女的必定就柔；女的强，男的必定就弱。性格互补，两口子才能过得下去。王

大呀，你说是不是这个理……"

王大听得心头火起，猛地大声说道："到了！"

四爷这才收起嘴皮子，探头瞧了瞧王大所指的藤蔓，说道："果然是羊角藤。"说罢，他把头和手脚仔细包好，小心翼翼地从缝隙间钻进了藤蔓的根部。

过了几分钟，四爷钻了出来，嘴巴往手掌心一吐，吐出来几朵小花，然后又猛吐几口唾沫，使劲搓了几下，就往王大脸上一抹，边抹边说："等着吧，下了山就好了。"银花又惊又喜："四爷，这就是解药？"

"嗯。"四爷说，"这种花就长在羊角藤的根旁边，就是它恰恰能解羊角藤的毒，我们当地人叫它'银花'，刚好和你是同一个名字……"

顿时，王大恍然大悟，原来四爷之前给他老婆的纸条上，写的正是解药的名字，他却以为是老婆的名字，所以猜不透。不一会儿，王大就感觉脸上好受多了，这药果然是立马见效。他由衷地说了句感激的话："四爷，太谢谢您了！"

四爷哈哈一笑："要谢还是谢银花吧！我说银花是解药，你还不信。你大概想不到吧，解药往往就在毒药旁边，就好像一对夫妻……"

王大听出他的话外之意，心中百感交集。

（题图、插图：谢 颖）

谁

□廖华

是猴王

李然是个摄影发烧友，最喜欢拍摄动物和自然风光。一个偶然的机会，他听说通天峡有很多猴子，而且有一只与众不同的猴王，不由大感兴趣，立即启程前往，想一探究竟。

到了通天峡，李然发现山下有一家饭店。踏上饭店的台阶，他不由得眼前一亮，只见石头栏杆上蹲着一只猴子。这只猴子体型很大，而且神色傲慢。难道这就是传说中的猴王？

李然拿起相机，试探着接近猴王，不料猴王立即龇牙咧嘴地发出了

警告。李然吓了一跳。只听身后有人说道："你可别随便逗它，这猴子脾气不好，小心它抓你。"

李然回头一看，身后站着一个胖胖的中年人，便问道："难道这就是猴王？"胖子一愣，随即哈哈大笑："猴王？我就是猴王啊！"猴王竟然是个人？李然怎么也无法把眼前这个西装革履的胖子同猴子联系起来。

见李然一脸的不信，胖子挥了挥手，刚才还恶狠狠的猴子立刻跳下栏杆，乖乖地跟在胖子身后。胖子说："你跟我来，我让你见识见识。"

见胖子露这一手，李然不由得有些惊讶。他跟着胖子，走进了饭店。胖子指了指饭店的招牌，说："我这家饭店，就叫'猴王'饭店。"原来，胖子是这家饭店的老板。

胖子拍了拍手："上茶。"立刻就有一只小猴子摇摇晃晃地端上来一杯茶。见李然一脸的佩服，胖子得意地大笑："怎么样，想不想在我这里用餐，

享受一下'猴王'饭店的特色服务？我看你像个记者，我请你吃饭。吃完你给我宣传宣传就好了。"

李然确实有些饿了，他一边声明自己不是记者，一边问："你这里有什么特色菜？"胖子说："不是记者也没关系。我给你打折，你多拍些相片，发到网上给我宣传宣传就行。"

李然拿过菜单，一看菜名，不由得瞪大了眼：第一道菜竟然叫"凉拌猴脑"。他疑惑地问："这……能吃吗？"胖子笑道："这当然不是真的猴脑，这其实是一道豆腐做的菜。后面的'猴子捞月'是一道肉丸汤，'杀鸡儆猴'是清蒸土鸡，都是本店的招牌菜……"

不知为什么，李然突然觉得胃里一阵恶心，一下子就没了食欲，他找了个借口出了饭店。

上了几级石阶，李然发现前面的平地上围着一群人。挤进去一看，一个年轻人守着一个塑料布铺的摊子。摊子前一块牌子上写着"猴儿酒"、"猴儿药"，但塑料布上却空无一物。

年轻人身材精瘦，只听他打了声忽哨，突然从树上跳下来一只猴子，把一大捧草药放在了塑料布上。众人正啧啧称奇，年轻人又吹了声口哨，从石头后面跳出两只猴子，抬着一个酒坛。年轻人拍去泥封，顿时酒香四溢。年轻人大声喊道："看到没有？

本猴王给大家带来的猴儿酒、猴儿药，来自大自然，绿色无污染，祛病强身有奇效。"

众人纷纷感叹："这才是真正的猴王啊！"李然忍不住说道："下面那个饭店老板也自称猴王，你们俩到底谁是真正的猴王啊？"

年轻人轻蔑地说："他能指挥猴子采药酿酒？炒几个徒有其名的菜就敢称猴王了？"

这时，只听身后有人冷笑道："又在背后说我坏话了。我炒菜是徒有其名，你卖假药是不是坑蒙拐骗？要不咱俩再比划比划，看谁才是真正的猴王？"李然回头一看，正是饭店老板胖子来了。

"比就比！一山不容二虎。这山上也容不下两个猴王。"年轻人说着，吹了声口哨。他的身后顿时聚集了一群猴子。胖子冷笑一声，用力拍了拍手，一群猴子也围在了他身旁。

"两个猴王要干架了！"众人纷纷退开，让出一个圈子。李然也举起了相机。就在这时，突听一声断喝，一个干瘦的老头走进场内。一见老头，胖子和年轻人都露出了紧张的神色，他们身后的猴群也焦躁不安起来。胖子不停地拍手，节奏越来越快，年轻人不停地吹口哨，声音越来越响，似乎都要拢住猴群，但老头嘴里发出短促的吆喝声，声音不大，却清晰有力。说来也怪，那些猴子仿佛得到了什么不可违抗的命令，一眨眼就消失得无影无踪。两个猴王都对老头怒目而视。老头一言不发，转身就走。

围观的人慢慢地散了。李然却悄悄地跟在了老头身后。

老头头也不回地往山里走。羊肠小道越来越难走，走到一处峭壁下，老头突然不见了踪影。李然正在东张西望，突听头上有响动，抬头一看，峭壁上有无数黑点正在快速移动，原来那是一大群猴子。李然还没反应过来，就被一块石头击中了，一下子晕了过去。

醒来的时候，李然发现自己躺在一间草屋里。身旁坐着的，正是那个老头。李然疑惑地问："我怎么会在这里？"老头微笑着说："你跟在我身后，猴子以为你会伤害我，所以攻击了你。"

李然翻身而起："我知道了，原来你才是真正的猴王！"老头淡淡地说："我只是个没用的老头，哪里是什么猴王？"

李然站起来，四处看了看，发现这草屋真没什么特别的，就是间普普通通的山民的房子，也看不到任何与猴子有关的东西。难道老头真不是传说中的猴王？

李然走出草屋，发现草屋建在山上，屋外有几块绿油油的菜地，远处是层层叠叠起伏的山峦。山间云雾缭绕，景色壮美。他拿起相机，一通猛

拍。可让他遗憾的是，镜头里不见一只猴子。他拿起相机，放大了寻找，还是没有。

这时，老头跟出来问道："你在找什么？"李然答道："找猴子，还有传说中的猴王。"老头警惕地问："你是记者？"李然摇摇头说："不是。我只是个摄影爱好者，喜欢拍动物，在网上做点宣传，也算是做点保护动物、保护自然的事。"说着，把相机里以前拍摄的相片给老头看。

老头看了，点点头说："我没什么文化，也看不出啥美不美来，不

过，人和动物，就应该这样相处。"李然喃喃自语："哎，都说这山里有猴王，可现在连一只猴子也找不到……"

正在这时，老头突然发出一声长啸，声音在山谷里回荡。李然正惊讶呢，突然，远处山谷里传来了猴子的叫声，此起彼伏，似在回应老头。老头啸声不停，一声接着一声，猴群的回应也越来越多，越来越近，波浪般一浪高过一浪。

渐渐地，李然看见远处的树林动了，一个个移动的黑点越来越清晰，正是猴群越来越近。不一会儿，草屋四周的山头都蹲满了猴子，但它们并没有太接近草屋，也不嬉戏打闹，只是静静地注视着老头，仿佛一支纪律严明的军队，正静候着指挥官的命令。

"太不可思议了！"李然不停地按着相机快门，心中也在期待着老头的下一步表演。但老头却发出一阵短促的吃喝声。眨眼间，猴群就消失在森林里。

李然感叹地说："老人家，你才是真正的猴王啊！"

老头却摇了摇头，说："四十年前，就有人叫我'猴王'，当时我听了也沾沾自喜。那时，我是个耍猴的，能训练猴子做各种精彩的表演，因此赚了钱，娶了老婆，生了儿子。可是有一天，我惩罚一只不听话的猴子，猴子野性大发，竟然抓伤了我的妻子。

妻子伤口感染，一病不起，但她无论如何也不让我伤害那只猴子。临终前，她嘱咐我别再耍猴了，把猴子放回山里，说它们是属于大山的。我听了她的话，把那群猴子都放回了大山。这些猴子，都是它们的后代。"

听到这里，李然感动不已，想了想又问："可山下那两个人，他们怎么自称猴王？"

老头哼了一声："他俩也配称猴王？两个忘恩负义的东西，顶多算猴子猴孙罢了。"

见李然一脸的不解，老头又说："他俩都是我的儿子。我妻子奶水不够，他们都是吃猴奶长大的，却不听我的劝告，不想着报答，学了点皮毛就想靠猴王这个噱头赚钱！"

顿了顿，老头又说："这些年，我早就想明白了，我不是猴王，人就是人，猴就是猴，我们不能老想着在动物面前称王称霸。我只是它们的朋友。它们听我的，完全是出于对我的信任……"

临走前，李然犹豫再三，最终删掉了相机里的相片。他不想任何人来打扰那山，那猴，那人……

（题图、插图：谢　颖）

延伸阅读

您想阅读这位作者的其他精选作品和创作感言吗？请扫描右边的二维码。更多精彩，立刻体验。

出租凶宅

□ 张春风

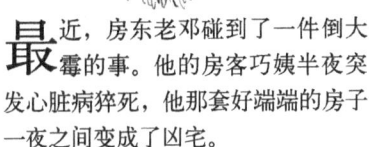

最近，房东老邓碰到了一件倒大霉的事。他的房客巧姨半夜突发心脏病猝死，他那套好端端的房子一夜之间变成了凶宅。

无奈之下，老邓只好低价将房源挂在网上，虽然吸引了不少人来看房，但当他们知道这是凶宅之后，都摇摇头走了。这套房子再也没有租出去过。

这天，老邓正在喝闷酒，电话突然响了。原来，一个叫刘二的男人想租房，他和老邓约定，第二天来看房。放下电话，老邓暗暗祈祷："老天爷保佑，一定要把房子租出去。"

第二天，刘二来了。这男人四十多岁，戴着一副墨镜，看样子流里流气的。刘二在房子里看了半天，慢悠悠地说："房子还不错，不过嘛，你这个价格还是太高了。"

老邓赔着笑脸说："怎么会呢？这么好的地段，这么大的面积，别人起码要一千块以上的租金，我才要六百块啊！"

刘二不为所动："一口价五百块，怎么样？"

老邓连连摇头："这已经是赔本价，不能再低了。"

刘二凑上前，压低了声音说："邓先生，咱明白人不说糊涂话，据我所知，这房子死过人吧？"

顿时，老邓哑口无言。

刘二狡黠地笑了："所以，五百块已经很合理了，而且我可以跟你签五年的合同。"

老邓心里盘算了一下，难得有人肯租这房子，而且一租就是五年。更何况，对方知道这是个凶宅，以后也不会有麻烦。想到这里，老邓痛快地点了点头："那成！"

当下，刘二就付了订金，说："这房子我是替别人租的，过两天，我带

她们来看看。"老邓当即答应了。

几天后，刘二果然带人来看房子了。老邓一看，那是一对母女，那女人衣着朴素，始终低着头，女孩大概十二三岁，紧紧拉着母亲的手。

进门后，刘二就没好气地说："看看吧，这就是我给你们租的房子，订金都付了。"

这时，那女人才抬起头来。老邓发现，她的眼睛红红的，似乎刚刚哭过。女人只是随便看了看，就轻声说了句："挺好的。"

刘二立刻说："那就定了！邓先生，来签合同吧。"

老邓刚想拿合同，突然，那女孩"哇"的一声哭了："爸爸，别丢下我们，呜呜……"

谁知，刘二睬都不睬，忙着从包里掏出合同和钱来。

这时，女孩走上前，抱住刘二，央求道："爸爸，离开那个阿姨，回到我和妈妈身边吧！求你了！"

刘二气急败坏地说："我和你妈已经离婚了，从今往后，别再来烦我……"边说边打那女孩。顿时，那女人冲上前护住女儿，大哭起来："你干吗打女儿呀，呜呜……"

老邓在一旁看不下去了，赶忙追问那女人。女人哭着断断续续地说出了事情的缘由。原来，这刘二前一阵有了外遇，就和老婆离了婚。离婚时，

他女儿才十三岁，法院判定，刘二要出钱给母女俩租房，将女儿抚养到十八岁。因此，刘二才找到老邓，低价租房五年。

老邓听到这里，鼻子都气歪了，指着刘二破口大骂："混蛋，赶紧给我住手，不然，我报警抓你！"

刘二住了手，心有不甘地吼道："这是我的家事，跟你有啥关系？别惹急了我，不租你这破房子！"

老邓咬了咬牙："这房子，我……我不租给你了，你简直不是人！"

一听这话，刘二愣住了。

这时，老邓将女孩扶了起来，羞愧地对女人说："大妹子，真是对不起呀！其实，我这房子死过人，晦气啊。你们还是重新找个干净的地方吧。"说着，掏出订金还给了刘二。刘二见状，只好骂骂咧咧地走了。

当晚，老邓的内心久久无法平静。原本，他一心只想把房子租出去，可刘二这件事，让他感慨万千。是啊，这可是个凶宅，给谁住都不合适。最后，老邓打定了主意，这房子情愿空关着，也不租给别人，不挣那个昧心钱。

打这以后的几个月，又有好几个人打电话询问租房的事儿，都被老邓一口回绝了。

这天上午，老邓突然接到一个电话，那人张口就说："邓先生，总算找到您了，您那套房子还空着吗？"

老邓说："对不起，这房子我不出租，以后，别打电话过来了。"

那人赶紧说："邓先生，请不要挂电话。"

老邓斩钉截铁地说："什么都别说了，这房子我不会出租的，实话告诉你，里面死过人。"

谁知，那人却说："这我知道，我希望能跟您见个面。"

老邓觉得很诧异，考虑片刻，还是同意了。

第二天，老邓提前来到那套房子里。很快，有个小伙子找上门来，他穿着光鲜，气度不凡，面容却有些憔悴。他试探着问："请问您是邓先生吗？"老邓点了点头。

小伙子不再说话，双脚不由自主地朝里走，一边走，一边呆望着屋里的摆设，还不时地抚摸着。老邓越看越觉得奇怪。

这时，小伙子转过脸来，泪流满面地说："邓先生，我是这里原先租客巧姨的儿子，我叫天佑，这么多年了，我总算找到她了……"

天佑告诉老邓，自己七岁那年，母亲抛夫弃子，跟着一个外乡人跑了，从此，杳无音讯。成年后，天佑有了自己的公司，日子过得不错，但对母亲始终无法原谅。然而，父亲临终前叮嘱他，一定要找到母亲，没有什么能比得上骨肉亲情。这句话，让天佑彻底释怀了。他费尽千辛万苦，终于

找到了这里。可是，母子俩已经阴阳相隔。

老邓听罢，眼睛也红了。

天佑擦了擦眼泪说："不管她犯过什么错，始终是我的母亲。从进门那一刻，我就确定，母亲一定在这里住过。因为，这里的摆设，和我记忆中小时候家里的摆设一模一样……邓先生，您可不可以破个例？我想租下这套房子，以后能经常来看看……"

老邓犹豫了一下，点了点头。天佑感激地说了声谢谢，就走到阳台，打起了电话。

不一会儿，有人敲门。老邓开门一看，竟然是刘二。

顿时，老邓就气不打一处来，吼道："你……你这个混蛋，还来这里干什么？"

这时，刘二也认出了老邓，脸色大变："我……"

原来，刘二是天佑的专职司机。之前，天佑看房的时候，他一直在楼下等着。刚才，天佑打电话让他上来先认个门，明天好把东西搬进来。没想到，就这么巧。

很快，老邓将刘二租房的事说了一遍。天佑听完，气得浑身颤抖，吼道："这……这是真的吗？"

刘二不敢隐瞒，憋红了脸说："老板，是……是真的！"

天佑火冒三丈地骂道："给我听好了！我的公司不允许有这样道德败坏的员工。现在，你有两个选择：要么，离开那个小三，回家祈求老婆孩子的原谅；要么，立马给我滚蛋……"

顿时，刘二傻眼了。

这时，天佑突然又说："邓先生，我有个不情之请，您能否把这套房子卖给我？"

老邓呆住了："什……什么，你要买下它？"

天佑点了点头，说："是的！因为，这是我母亲最后生活的地方，满屋子都有她的味道。我想买下来，将父母亲的遗像摆在一起。从今以后，他们再也不会分开了。"

老邓感动得连连答应："行！我按市场价的八折卖给你。"

天佑摇摇头，说："不，我就按市场价买下来！谢谢您，肯将房子卖给我。"

（题图、插图：佐　夫）

不能坏了
规矩

□徐树建

都说一行有一行的规矩，就连小偷这个行当也不例外。这不，小黑拜师学"艺"有一段时间了，师傅语重心长地对他说："小黑，你的手艺学得差不多了，可以随我外出干活了。不过，你一定要记住，咱这行有个规矩，那就是——领导视察过的地方不能偷！"

小黑一听，诧异地张大嘴问道："这是为什么？"

师傅长叹一声，说："这是你师祖留下的遗言，是他老人家用性命换来的教训。多年前，你师祖在电视上看到领导视察一农户家，那农户家里各式家电应有尽有。谁知你师祖到了那里才发现，那些家电全是临时借来应付领导的，领导一走就还回去了。你师祖气得摔动了下门，不料惊动了农

户家的一条狗，接着全村的狗都给惊动了，结果把你师祖咬得很惨，连他赖以成名的手指都给咬断了。你师祖因此郁郁而终，临终前留下了这个遗嘱。小黑，记住没有？"

小黑迟疑地答道："记、记住了。"

可接下来的好多天，师徒俩无分文进账。这天晚上，他俩正垂头丧气地看电视，看着看着小黑瞪大了眼，原来电视上放的是本地领导视察乡村的场景，只见山坡青青牛羊成群，新型农村住宅区里，漂亮的商品房连成一片，崭新的小汽车一长溜地停放着。

小黑两眼放光，指着电视机提议道："师傅，要不咱试试这个地方吧，看起来富得流油啊……"

师傅一瞪眼，骂道："你这小子这么快就忘了你师祖的遗嘱？"

小黑撅着嘴说："可咱们都好多

天没开张了啊！"

这句话一下子击中了师傅的软肋，他想了想，只得无奈地说："要不就试一下吧。"

说干就干，深夜时分，师徒俩来到了电视上领导视察过的那个村。师徒俩商量好了，就偷高档小轿车。

师徒二人盯上了一辆，小黑正要动手，却被师傅一把拉住，说："别急，这种车型的锁很难撬，而且具有自动报警功能，一碰就响，必须想个万全之策。"师傅说着点燃一支烟，蹲下苦苦思索起来。

小黑暗暗佩服姜还是老的辣，便老实地呆着。突然，师傅一扔烟头，

叫道："我知道怎么撬了，拿工具来！"

小黑忙递上工具包，师傅精心挑选出两样，埋头刚要撬，小黑忽然低叫一声："什么味道？"

师傅一惊，忙凝神一嗅，果然有股浓烈的味道。说时迟那时快，"轰"的一声火光四起，火苗直扑二人，原来是小轿车着火了。眨眼间两人的头发眉毛不知烧了多少，皮肤更是烫了无数个泡。

师徒俩嘴里叫着"妈呀"，慌乱中又一头撞上了另一辆小轿车。怪事再次发生了，他们俩啥事也没有，可那辆小汽车却瘪了下去！

小黑一愣，师傅随即暗暗叫苦："我知道怎么回事了，小轿车是用纸板糊的，外面再刷上油漆，结果被烟头点着了。天哪，上当了！"

师徒俩疼得倒吸冷气，好在火势不大，村民也睡得沉，并没有发觉。师傅有点泄气了，想打道回府，可血气方刚的小黑不乐意了："师傅，既然来了，总不能又空手而回吧。咱不能让他们白烧吧！"

徒弟话说到这个份上，师傅当然也不能再示弱了。两人当即选了一户独门独户的人家下手，谁知刚爬上院墙，就听得汪汪汪的狗叫声炸响了，正是这户人家的狗发出的。这一声就像号令一样，全村的狗都狂叫起来，随后家家户户的灯也亮了。一时间人叫狗吠，一起朝师徒俩追了过来。

这下，师徒俩吓得魂都没了，跳下院墙撒腿就奔，小黑一边狂奔一边气喘吁吁地问道："电视上明明没看到狗啊，怎么又出来了？"

师傅哭丧着脸说："还用说嘛，肯定是在领导视察前家家户户都把狗拴起来了，以免惊扰到领导。天哪，弄虚作假害死人！"

两人像没头苍蝇似的乱跑，结果跑到了一座小山上，没有路了，而后面的村民和狗依旧紧追不舍。小黑吓坏了，师傅却得意地笑着说："小黑，你忘了电视上的画面？这山坡上长着长长的青草，现在咱们就从山上滚下去，那速度，一下子就能摆脱他们。"

小黑一听大喜，连忙和师傅一起抱头往山下滚去，谁知刚滚一下，两人就惨叫起来。原来山坡上除了坚硬的石头，根本没有半根青草。

惨叫声中，两人一路滚到山底，全身上下不知道擦破了多少处，火辣辣的，疼得不得了，不过总算摆脱了村民和狗的追杀。

两人在地上躺了半天才缓过气来，师傅咬牙强撑着站起来，伸手到山坡上摸了摸，然后仰天长叹："又上当了，这青草怕是用绿油漆漆的！"

小黑揉着伤口都要哭了："师傅，我认输了，回去吧！"

师傅却大叫起来："回去？现在正是杀回马枪的最佳时机！告诉你，你师傅我从来都没有吃过这么大的亏哩，今晚非报这个仇不可！独门独户的偷不了，我就不信连商品房里的人家也偷不到！"

两人当即赶到那连成一片的商品房楼下，此时楼内一片漆黑，大伙儿全睡了，半点动静也没有。更巧的是，楼底下还有一架梯子，师徒俩暗叫一声"天助我也"，立刻架上梯子，一前一后、轻手轻脚地爬了上去。

在二楼窗户口，师徒俩伸手一扒，窗户竟开着，太顺利了！师傅小声说道："我数一、二、三，咱们一起跳进去，打主人家一个措手不及，如若遇到反抗，也好一起制服他。"

小黑点点头，于是师傅悄声数起来："一、二、三，跳！"

师徒俩纵身一跃，不料一跳就觉得不对劲，身体怎么一直往下落，只听"通、通"两声，两人不知摔到了什么地方，痛得哇哇大叫。顿时，不远处又传来了狗叫声……

听着外面越来越近的捉贼声，师徒俩这次再也动不了了。小黑痛苦地呻吟道："这是怎么回事啊？咱们掉到哪里去了？"

借着朦胧的月光，师傅看了又看，绝望地叫道："天哪，原来这只是一堵景观墙，从外表看像是商品房，可实际上仅仅是一堵薄薄的墙，里面还有道深沟，现在咱们全掉沟里了。师傅啊师傅，我真后悔没听您的啊！"

（题图、插图：刘为民）

父亲背上的

斑

□ 邢 东

都说百事孝为先，这不，有一对兄弟叫王孝和王顺，正在外出差，突然接到消息说老父亲因心脏病突发去世了，于是连夜坐飞机赶了回来，一进门就哭得上气不接下气。

哭了一会儿，哥俩想起来父亲特别爱干净，可不能让他脏着身子走，便打来一盆温水，开始给父亲擦洗身体。擦到后背的时候，哥俩惊讶地发现，父亲的后背心有一小块褐色的斑，乍一看，像一只展开翅膀的小鸟。

王孝用温水使劲擦了擦，那块斑的颜色不但没有消失，反而变得更鲜亮了。这让兄弟俩的头皮有点发麻，按照当地的说法，去世的老人身上出现莫名其妙的斑痕，应该是有心愿未了。这兄弟俩一向都很孝顺，说什么

也不能让父亲带着遗憾离开啊！

王顺盯着那块斑看了半天，问："哥，爸身上这块斑，不会是胎记吧？"

王孝摇了摇头，说："你不记得吗，小时候，咱爸经常带着咱俩到山上的温泉去洗澡，你什么时候看见过咱爸背上有这么一块斑？"说着，他仔细看了看那块斑，突然一拍脑袋："我想起来了，这斑可能跟一个人有关，这件事过去好几年了，当时你还在上大学，我就没跟你说。"

原来，六年前，王孝在城里买了房，就把独自呆在乡下的父亲接进城来，想让父亲颐养天年。可没想到的是，父亲来城里还不到一年，就和跳大秧歌的黄莺阿姨互相产生了好

感,最后竟然到了谈婚论嫁的地步!

这下,保守的王孝脸上有些挂不住了,他明确提出不同意他们继续交往。没想到父亲竟然勃然大怒,给了王孝一巴掌,扭头拉着黄莺阿姨走了。

王顺从来没听哥哥说起过这件事,听到这里,他不禁奇怪地问:"那咱爸是怎么和黄莺阿姨分开的?"

王孝一下把头垂到了胸前,说:"当时我铁了心要搅散他俩,就想了一个馊主意,一天半夜,我打110报警,说有人在卖淫嫖娼……后来,黄莺阿姨离开了爸爸,爸爸气得一个劲儿要回乡下,是我跪在他跟前拦着才没走成。他要是走了,我王孝就成了不孝了!"

说到这里,王孝扑通一声跪在父亲的床前,砰砰砰磕了三个响头,说:"爸,我知道您的心思了,您背上出现这块小鸟形状的斑,是想告诉我们,您觉得对不起黄莺阿姨是不是?您放心,我明天就去跟黄莺阿姨说,我错了,求她原谅我!"

第二天,还没等王孝去找,黄莺阿姨自己就来了。她胸前戴着一朵白花,在灵前深深鞠了三个躬,泪水刷刷地流了下来。王孝走上前,咕咚一声给黄阿姨跪下,说:"阿姨,我混蛋,当初是我不对……"

黄阿姨扶起王孝,叹了口气,说:"几年前的事了,还说它干吗?再说

了,我跟你爸分开,也不能全怨你。当时我提议和他离开这座城市,可你爸不肯,我看得出来,他是怕他一走,你们会疯了一样去找他!后来,我就骗他说自己要嫁人了,为此你爸害了一场大病,再也不肯见我了。要说对不起,也是我对不起他。"

听黄阿姨这么一说,王孝的心里稍稍坦然了一点,他迟疑了一下,问:"黄阿姨,有件事我想问您一下,我爸他……后背心的位置有……有一块斑,应该是后来才有的,您……您知道是怎么回事吗?"

黄阿姨有些诧异,说:"当初我和你爸交往的时候,他的后背上可是干干净净的,什么也没有。你爸是个特别爱干净的人,每次洗澡都让我给他搓背。搓背的时候,他总是再三嘱咐我把后背心那儿搓得干干净净的,因为那个地方他自己的手够不着。"

王孝摇了摇头,说:"这就怪了,这块斑到底从哪儿来的呢?"

黄阿姨思忖了一会儿,突然想了起来:"对了,有一个人可能知道原因。自打我们分开以后,你爸经常去大众浴池洗澡,每次都找一个叫刘叔的搓澡工搓澡。两个人好得跟兄弟一样。你们去找他问问,看他知不知道你爸背上的斑是怎么来的。"

送走了黄阿姨,王孝跟弟弟商量,要去大众浴池找刘叔。谁知王顺

·新传说·

一个劲儿地摇头："哥，还是不要去吧，这个刘叔，我认识……"

王孝愣住了："你认识刘叔？"

王顺点了点头，告诉哥哥：自己大学毕业后，把挣到的钱全放在父亲那里。一天，父亲突然跟他商量，说要借给刘叔五万块钱，给刘叔患白血病的孙子治病。他当时寻思刘叔就个搓澡工，这五万块钱借出去准是肉包子打狗——有去无回，所以就没同意……

王孝叹了口气说："弟弟，这事儿也不能说你做得不对，借钱这事

儿，借给是情意，不借是本分，刘叔也怪不得咱。最重要的是，如果找到他，能证明父亲背上的这块斑是早就有的，咱哥俩的心也就安了。咱不能让人说咱是让父亲带着未了的心愿走的。"

王顺想了想，同意了。他给大众浴池打了个电话，一问，刘叔还在。可当他告诉刘叔，自己的父亲已去世的时候，电话那边的刘叔哇的一声哭了出来："老哥，我对不起你啊！"

没多大工夫，刘叔就带着花圈赶来了。到了灵堂，看着遗像，刘叔哭着絮叨开了："老哥啊，我对不起你啊，千不该，万不该，我不该让老哥你为难啊……"

他这一哭，倒让王孝和王顺迷糊了——这到底是谁对不住谁啊？

等刘叔的情绪平稳些了，王顺凑上前去，问："刘叔，你刚才说对不住我爸，是怎么回事？我怎么听我爸说，他老觉得对不住你呢？"

刘叔擦了擦眼泪，说："你爸爱干净，每次去澡堂，总挑我给他搓澡，说我的手艺好，搓得干净。可自打出了借钱那事儿之后，你爸就再也没去过浴池，我们哥俩的情意就这么断了。要是当初我不找你爸借钱，老哥俩关系依旧，那该多好啊！"

听了刘叔的话，王顺的心里有点不是滋味，他试探着问："刘叔，以前我爸常去找你搓澡，你知不知

36

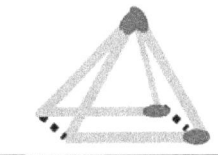

道，我爸的后背心有一块斑？"

刘叔摇摇头，说："你爸的后背心有斑？我怎么没见过？我记得清清楚楚，他的后背光溜溜的什么都没有！"

王顺愣了："那就怪了，莫非我爸身上生出斑，真是有未了的心愿？"

刘叔有些诧异："你俩都是大学生，怎么还信那些东西？你爸背上的斑在什么位置？你指给我看看。"

王顺转到刘叔的身后，用手在刘叔的后背心上比划了一下。只觉得刘叔身子一激灵，再看刘叔，眼泪又哗哗地流下来了。

王顺吓了一跳："刘叔，你……你怎么了？"

刘叔没说话，抬脚朝卫生间走去，王孝和王顺紧紧跟在后面。进了卫生间，刘叔四处看了看，指了指墙上挂的一个痒痒挠，说："就是它，你爸背上的斑，就是它弄的！"

哥俩一看，只见墙上挂着一个竹片做的痒痒挠，痒痒挠的头上，用布条捆着一块肥皂大小的圆石头，黑乎乎的，上面布满了小孔。

刘叔指了指石头，说："这叫搓澡石，是你爸爸最后一次让我搓澡的时候，找我要的。"

王顺还是不明白："这跟我爸背后的那块斑有什么关系？"

刘叔叹了口气，说："你爸特爱

干净，每次洗澡，都会觉得后背心那儿没洗干净，就把搓澡石捆在痒痒挠上，用搓澡石使劲搓。这搓澡石粗糙，劲儿用大了就会把皮肤搓破，可你爸并不知道。每当伤口快好的时候，伤口都会发痒，他以为那个地方又脏了，于是又去搓。时间长了，那块皮肤反复受伤后，就留下了疤痕。"

刘叔擦了擦眼泪，继续说："如果当初我不找你爸借钱，他身上怎么会留下这块斑？老哥这么爱干净，可临了，却在身上留下了一块洗不掉的斑啊！"

哥俩听了，心里的一块石头总算落了地。可不知为什么，两人的心里有种怪怪的感觉，这感觉，就像父亲背上的那块斑，想够够不着，想洗又洗不掉……

（题图、插图：陆小弟）

2013年8月(上)动感地带答案

神探夏洛克： B。因为只有野鸭才会孵蛋，家养的鸭子经过长期的人工选育已经退化，是不会孵蛋的。

疯狂Q A： 因为瞎子听到了朋友们鼓掌的声音。

思维风暴： 摆成金字塔形即可。

·新传说·

行善是门技术活

□ 韩倚风

李福是家小饭店的老板。这天，他在网上看到一则有关"待用咖啡"的新闻，说的是国外许多人会在买咖啡时多买几杯，供穷人免费享用，以表达自己的爱心。

行善竟如此简单？李福一向很有爱心，他决定效仿老外，在自己的饭店里推出"待用简餐"，平时定价是十元，如果有顾客愿意付钱替穷人买，就只收五元，这样等于是自己和顾客一起行了善。

说干就干，他立即写好告示，第二天一早贴在门口最显眼的地方。然而来吃饭的客人大多只是扫上一眼，到了晚上，也没有一个人提出要买。

这时，一个老顾客来到收银台结账，李福鼓起勇气，问道："要不要加一份待用简餐，献个爱心？"

老顾客摇摇头："老板，不是我泼你冷水。你这个想法虽好，做起来却有问题。大家都是工薪族，口袋里的钱也是辛辛苦苦挣回来的，捐给慈善机构都不太放心，哪敢随便放在你这里？我怎么知道这笔钱花出去，确实能帮到一个需要帮助的人？"

李福被对方说得哑口无言，当晚他想了一宿，又有了新主意。

第二天，李福在饭店推出了"待用餐券"，顾客可以以五折的价格买券送给穷人，让他们凭券来领取简餐。这下，咨询的人多了起来，不少人当场付钱买了好几份，李福高兴极了。

38

快打烊时，忽然有人把一张餐券放到了收银台上："老板，来份简餐。"

李福抬头一看，站在面前的男青年很眼熟："哎，小伙子，你不就是中午买餐券的人吗？"

男青年丝毫没觉得不好意思："餐券上又没写名字，我买了以后可以给别人，也可以给自己啊。"

李福张口结舌："可我们的餐券是为了帮助穷人……"

男青年生气地反问道："我每天从早忙到晚，也就赚个几十块，难道我不算穷人？"

李福只好收下餐券，给他打包了一份简餐。看来这个办法也不行。

李福想了想，从家里拿了个透明玻璃罐，放在收银台上，打算请顾客把买的餐券都放进罐子里。这样，真正的穷人看到罐子里有餐券，就可以随时来索取。

可这样一来，那些想半价买餐券占小便宜的人，看到新规定后都放弃了，玻璃罐也一直空荡荡的。

李福正有些灰心，这时有人来到了收银台前，说："老板结账，再买四份待用简餐。"

李福又惊又喜，抬头一看，正是之前跟自己聊过的老顾客，他立即兴奋地答应一声，算账找零，再郑重其事地把四张餐券放进玻璃罐里，然后由衷向对方了声"谢谢"。

老顾客却微笑着摆摆手说："这不算什么，你的努力我都看在眼里，希望你能把这件好事坚持下去。"

正说着，忽然传来一个怯生生的声音："请问，这里真有免费的简餐吗？"李福和老顾客转头一看，哟，这回还真来了个流浪汉，穿着破衣烂衫。

李福急忙点头说："有！有！"说着，从玻璃罐里取出一张餐券，回头对着厨房喊了声，"一份简餐打包。"

当李福亲手将简餐交给流浪汉的时候，老顾客带头鼓起了掌，他笑着拍拍李福的肩膀，说："老板，祝贺你，万事开头难，现在终于帮到了需要帮助的人。"现场还有个年轻人

用手机拍下了这个场面。

有了这个示范，其他客人也开始买餐券投入玻璃罐。打烊时李福数了数，虽然不多，倒也积攒了十几张，这一晚他睡得特别香甜。

可没想到第二天，报上就刊登了"待用简餐"的新闻，还配发了李福把简餐递给流浪汉的照片。这下不得了，他的饭店门口很快排起了队，全是周边的孤寡老人、贫困户和流浪汉。

这么多人，餐券哪够用？发完最后一份简餐，李福无奈地看看空玻璃罐，抱歉地向排在后面的人说："对不起，待用简餐已经发完了。"

没领到餐券的人纷纷抱怨，怀疑他是不是真的在做善事，这让他心里很不是滋味。

更让他气愤的是，次日一早，本市的另一份报纸上竟登出了针锋相对的新闻，标题是"连跑数趟空手而回，待用简餐疑似炒作"。顿时，昨天还门庭若市的饭店，今天变得冷冷清清。

李福郁闷地坐在收银台后面，一整天没说话。快打烊的时候，才快快地撕下告示，空玻璃罐和那堆餐券也被他扔进了厨房。

"怎么，不打算坚持下去了？"忽然有人敲了敲收银台，问道。

李福回头一看，还是那个老顾客，他苦笑了一下："我现在才知道，想做件好事，竟然也那么难！"

老顾客同情地说："也许做件好事，确实要面对很多猜疑、压力和突发状况，但你让我相信，不求回报的好心人还是存在的。别管人家怎么说，量力而行，问心无愧就够了。"

听到这里，李福心中涌起一股暖流。他仔细地咀嚼着老顾客的那一番话，忽然脑子里灵光一闪，脱口而出："你说得对，量力而行，问心无愧。虽然这个计划失败了，但我还可以用自己的方式去帮助别人。"

老顾客饶有兴趣地问："哦，你打算怎么做？"李福神秘地冲他一笑："明天你就知道了。"

第二天，小饭店门口又贴出了新的告示："本店从今天开始，每晚九点至十点为免费用餐时间，提供简单菜肴和白米饭，先到先吃，吃完为止，欢迎有需要的人前来就餐。"

李福是这样想的，每天快打烊的时候，厨房里还会剩下些食材，放到明天就不新鲜了，丢掉又很可惜，不如加工成菜肴请大家免费品尝，一方面能避免浪费，另一方面又能帮到别人，还能让更多的人了解自己饭店的口味和水准，说不定还能带来许多回头客，一举多得。而且，一般人这个时间早就吃完晚饭了，肯饿着肚子等到那时的，一定也是最需要帮助的人。

当天晚上，小饭店里来了不少特殊的客人，李福忙得满头大汗，却感到分外幸福。

（题图、插图：佐　夫）

穷秀才暴富

□ 曲凡杰

话说这一年夏天，久旱无雨，禾苗焦枯，县老爷在十字街头贴了一张布告，重金募人祈天求雨。

布告一贴就围了不少人，其中有一位白秀才。他看过布告后，心情再难平静。天哪，不管哪路高人奇才，只要祈出一场雨来，县老爷就赏给白

银一百两！想想自己也就一个落魄秀才，一事无成，每天在这街头摆张破桌，给人写些对联，挣几文小钱度日。唉，早年自己如果钻研奇门遁甲之术，学一些呼风唤雨的本事，此刻不就能把这百两银子弄到手吗？

回到家里，白秀才还是心神不宁，唉声叹气。老婆黄菊花是个巧妇，烧得一手好菜，在西街的马大户家当厨娘。此时，她被丈夫的叹息声弄得很心烦："不就是想得到那一百两银子吗？明天你去把那布告揭了就是！"

白秀才诧异地说："我去揭布告？你开什么玩笑，你能让老天爷下雨？"

黄菊花神秘地一笑，说："我保证，三天内一定会下一场雨！"

白秀才还是不放心："如果不下雨呢？"黄菊花不屑地说："如果天不下雨，大不了挨一顿板子，你一个落魄秀才，脸面有什么要紧？你也好从此死了盼着天上掉馅饼的心！"

到了第二天早上，发财心切的白

秀才还真去把布告揭了。

这县老爷正为全县干旱的事急得嘴角起泡，老早在郊外的一处高地上筑起了祭坛，就等有人揭榜救民。现在白秀才站了出来，县老爷一刻也不停顿，请他马上登坛作法祈雨。大家一听白秀要祈雨，那真是人人吃惊，个个诧异。从来没有听说这个灰头土脸的白秀才会作法，只怕是财迷心窍找打吧？街坊邻居纷纷奔往郊外，等着看祭坛上白秀出丑。

白秀才当然不会作法。可他读过四书五经，这会儿就微闭着双眼，装模作样地念念有词。远远看去，还真有些法师作法的样子。

两个时辰过去，天边突然飘来一块乌云，不偏不倚地遮住了太阳。接着温度骤然下降，冷风飕飕地让人身上直起鸡皮疙瘩。再接着是狂风大作，

豆大的雨点噼里啪啦就砸了下来。

一场甘霖，旱情顿解。县老爷也不食言，把白秀才请进县衙好生招待一顿，临走又如数奉上一百两赏银。

突然得了这么多银子，白秀才几乎要高兴疯了，回家就砸了那张破桌，再不去十字街头摆摊写对联了。他又去西街找到马大户，自作主张替老婆黄菊花辞了工。咱如今是有钱人了，为什么还要替别人打工？还买了些鸡鸭鱼肉，让老婆回家大显身手。

黄菊花却没有给白秀才好脸色，埋怨道："你也不和我打个招呼就把工给辞了？我们两个人什么都不干，就指望那一百两银子过生活，日子长了还不是坐吃山空？"

一夜暴富的白秀才却不这么看："俗话说运气来了，门板都挡不住，咱们今年明摆着是交了财运，今天挣一百两银子，明天可能就会有二百两银子飞入咱家呢！"

这话还真被白秀才言中了。没过三天，省城的巡抚老爷就派了一匹快马把白秀才接走了。这巡抚老爷肩负着全省的抚军安民重任，时刻把春种秋收挂在心上。可眼下全省旱情严重，正在心急火燎的时候，突然得知本省有个白秀才能够呼风唤雨，不由喜出望外，立马把白秀才接到了省城，开门见山地说："你尽快给我祈出一场雨来，如果在三天内解了旱

情，我就赏你五百两银子！"

五百两银子？下半辈子的吃喝都有了！这可真是时来运转，好事连连。白秀才惊喜异常，几乎要跳起来了。可三天内会下雨吗？白秀才心中没有一点数，这事必须问问老婆才行。

巡抚老爷见白秀才没有马上答应，脸上有些不悦："救灾刻不容缓，你就不要磨蹭了！"

白秀才只好委婉地说："大人有所不知，这事儿必须有我老婆的配合才行。"

巡抚老爷更加不悦："据我所知，大凡请神作法，必先沐浴斋戒，远离女色，以示虔诚。你倒与众不同，首先想到的竟是女人！也罢，只要能祈雨解旱，什么条件我都可以满足你。不就是想玩女人嘛，何必非得老婆？这省城明妓暗娼多的是，环肥燕瘦任你挑！"

白秀才见巡抚老爷误会了，急忙编造理由解释说，天为阳，地为阴，阴阳交合则生雨。这道理简单，男女交合不是都叫云雨吗？所以法师祈雨之前，也须男女交合。而这个女人，必须是自己的老婆。如果滥交，则是对神灵的不敬。亵渎了神灵，自然是祈不来雨的。

巡抚老爷将信将疑，但为了祈雨救民，也只能照办。他当即派人带了一顶轿子，去白秀才家接黄菊花。

巡抚衙门的官差日夜兼程，第二天下午就把黄菊花接到了省城，送进了白秀才下榻的客房。白秀才急忙掩上门，拉着老婆问："你快说说哪天能下雨？对于咱们来说，下雨就是下钱，只要三天内下得了雨，五百两银子就到手了！"

黄菊花问清了情况，不由瞪大了眼睛："我怎么知道哪天会下雨？你是不想要命了吧，怎么敢胡乱答应巡抚老爷？"白秀才说："上次你不就说准了吗？"

黄菊花着急地说："那时我在马大户家当厨娘，人家的厨房里挂有干咸鱼，我观察几年了，只要干咸鱼身上出汗，三天内肯定会下雨。现在我不给人家当厨娘了，咱们家又没有干咸鱼，我怎么知道什么时候会下雨？"

啊？白秀才大吃一惊："你怎么不早说？"

黄菊花叹着气说："要不是你急着把我的工辞了，我天天在马大户家的厨房里看着那干咸鱼，总能看到下雨的日子。现在倒好，什么时候下雨，只有天知道了。"

顿时，白秀才急得拿头撞墙，这可怎么办呢？

（题图、插图：黄全昌）

延伸阅读
　　您想阅读这位作者的其他精选作品和创作感言吗？请扫描右边的二维码。更多精彩，立刻体验。

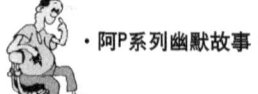

阿P遇贼

□ 阮华君

清明那天，天气很热，阿P回乡下老家。临走前，老婆小兰非要他买些东西拎在手里，阿P嫌麻烦，说："我直接给爹娘钞票岂不省事吗？"小兰不依，说："你每次都是两手空空，不知内情的邻居会说我们不孝呢。"

阿P说不过老婆，只好买了很多东西，装进一个拉杆箱里。

阿P坐着长途车回到了老家。他家离汽车站还有十多里路，此刻又是艳阳高照，阿P下了车，在乡村公路上没走多久就满头大汗了。

爬上一段缓坡，阿P忽然一阵内急，看看四下无人，就把拉杆箱放在路旁，自己一头扎进路边的矮树丛。

阿P办完事，一身轻松，他提上裤子，出了矮树丛，猛一抬头，咦？

拉杆箱怎么没了？再四下里一扫，发现一个光着脑袋、身穿迷彩服的矮个子中年人，拎着拉杆箱，往阿P的方向飞奔，估计已有百米远了。

不好，碰到贼了！阿P张嘴刚想喊，却又突然停住了。原来他冷不丁想起一个绝妙的主意：自己参加过县里的业余马拉松比赛，还得过第二名。如今火辣辣的太阳底下，小偷是朝着自己老家方向逃窜，那何不让这小子帮我捎一段行李？主意打定，阿P运了下气，大喊一声"站住"！前面那伙回头一看，坏了，被失主发现了，赶紧一路狂奔起来。

阿P一看，正中下怀，这里一马平川，一眼望去，十几里地尽收眼底，而阿P又是本地人，熟门熟路，还怕被小偷甩了不成？阿P故意装

44

出气喘吁吁的样子，嘴里断断续续地喊着："站、站住……"实际上一直和小偷保持着二百米左右的距离。

就这样不知不觉跑了三四里路，小偷有点体力不支，渐渐慢下来。阿P也急忙放慢了速度，心里那个美啊！再有三四里路差不多就到家了，那时一个冲刺追上……小子！谢谢啦！

正想着，身后开来一辆拖拉机。阿P回头看看司机，不认识，也没在意。拖拉机从身边过去了，眨眼开到了小偷身旁。只见小偷向司机招手示意，没等拖拉机停下来，就把箱子往拖拉机上一扔，飞身上了车。

阿P一看，不好！他迈开大步猛追，嘴里大喊："停一下！他是小偷！"可这拖拉机"嘣嘣嘣"的声音震耳欲聋，司机根本听不见。

阿P尽管得过县里的业余马拉松比赛第二名，但自从他当了股长，养尊处优惯了，三四里路下来，被拖拉机甩下好长一段路。更要命的是前面来到了马家集，那是一个大集镇，阿P眼睁睁地看着拖拉机进了马家集，消失了。

等阿P追到马家集，再一望：前面是村庄挨着村庄，哪里还有拖拉机的影子？问问路边的住家，都是些年老体弱的老人，不是说没看见，就是耳聋眼花，问了半天，不知所云。

阿P心里这个气啊！都是小兰这个娘们，出的什么馊主意！正气恼着，就听身后传来摩托车的鸣笛声。阿P回头一看，竟是自己的小学同学大超。

大超见阿P满脸通红，上气不接下气，不知出了什么事，忙问："阿P，回来啦，你怎么啦？"

阿P也不隐瞒，对大超一五一十地说了自己的遭遇。当他说到那贼的特征时，大超笑了："我知道了，准是根柱那小子！他是我同村的，就住在前面不远。这小子喜欢偷鸡摸狗顺手牵羊，我有他的电话号码，我这就给他打电话，让他把东西还你。"说着，拿出手机正准备拨电话，阿P突然眼前一亮，一把按住了大超的手："不行，你又没有当场抓住他，他要是不承认，你能咋办？"大超一听有理："那你说怎么办？"

阿P摆出一副见过大世面的样子，胸有成竹地说："我来打！"说着，拿出手机，向大超要了号码，立刻打了过去。

电话一通，阿P用柔和的声音问道："喂，你好，你到家了吗？"只听电话那头说："你是谁啊？""……我是谁啊？我就是刚刚跟在你屁股后面的那个人啊……什么？我怎么知道你电话号码的？这你就不用知道了，你只要把东西还我就没事了……"啪，对方把电话挂了。

阿P再拨过去，对方就再也不

接了。大超有点急了，说："要不上他家去？"阿P显得很有大将风度："我给他发条短信，保证他立刻送来。"

大超将信将疑，伸头看阿P编写短信：我的拉杆箱装有GPS，我手机就能追踪到。它现在就在你家里，你看是你自己送来，还是让派出所警察去取？

这条短信发出去，阿P觉得还不够，又编了一条：别想扔掉了事哦，扔到哪里都能找到。上面有你的指纹，刚刚我把通话录了音，拿到派出所就是铁证。

第二条短信刚发过去，阿P手机就收到一条短信，打开一看，上面写着：对不起，好汉，我错了。到我家来拿吧。

阿P对大超一笑，赶紧又打电话过去："去你家拿多不方便，旁边邻居问起来也不好解释。你赶紧找辆摩托车送到小马庄阿P家，就说在路上遇到我阿P，看我拿着很吃力，顺便帮我送回家的，保证他们客客气气的。限你半个小时之内送到，否则……哼哼……"

对方赶紧答应："好好好，是是是。P哥你的大名我早就知道，有眼不识泰山，大人不记小人过……"

阿P笑着挂了电话，大超对他直竖大拇指。恰在此时，大超手机响了，居然是根柱那小子打来的。大超按下了免提，只听根柱说道："大超哥，到家了吗？摩托车借我用一下，我要去趟小马庄。"

大超一听这话，急忙用手捂住嘴，才没有笑出声来。阿P赶紧朝大超做了个手势，大超心领神会地说："哎呀，真不好意思，我这会儿在外面办事回不去呢……"

根柱一听，只好失望地挂了电话。放下电话，阿P和大超都笑弯了腰。

和大超分手后，阿P就哼着小曲，朝家里慢慢走去。刚到家没几分钟，就见根柱满头大汗地拖着他的拉杆箱往村里走来。阿P心里那个美啊！他腆着肚子迎上去，像大领导接见下属那样，神气地说："同志，你辛苦了……"

（题图、插图：顾子易）

俗话说：一人拾柴火不旺，众人拾柴火焰高。然而，在现实生活中，却未必如此……

救不得的
树苗

□ 杨　璇

张大叔承包了一座荒山，每年春天都到山上种树，几年下来，满山皆是绿树。就在隔河相望的对岸，也有一座荒山，每年春天都有几百个干部上山种树，可几年后，山上依旧一片荒凉，看不见绿树的影子。

这年春天，张大叔在山上护理树木，看见河对面又有几百个干部在种树。为什么几百个人年年在山上种树，却看不见绿树呢？张大叔决定涉水过河，去看个究竟。

到了对岸，张大叔才发现，负责分发树苗的干部是自己的一个远房表弟，叫刘守仁，专管后勤工作。张大叔看看地上的树苗，有的缺根少须，有的枝干折断，质量很差。他随手拿起几棵残缺的树苗，扔到沟里。刘守仁叫起来："不能扔。"说着跳到沟里，把树苗捡回来。

张大叔不解地问："这几棵都是种不活的，要它们干什么？"

刘守仁笑了笑说："我们每人一棵树苗，定好数量的，扔掉几棵就有几个人没树种了。"

说话间，干部们就来领树苗了。他们不在乎树苗的质量，领到树苗，就笑容满面。有一位穿长裙的女干部，领到一棵根须全无的树苗，照样兴高采烈，她一只手拎着树苗，另一只手撩着裙摆，踮着脚走了。

领了树苗，干部们就挖坑种树。

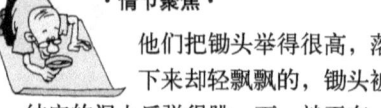

他们把锄头举得很高，落下来却轻飘飘的，锄头被结实的泥土反弹得跳一下，就歪在一边。刚才那位女干部，第一锄恰好落在石头上，震得锄头脱手掉下山坡，她很夸张地叫了声"哎哟"，惹得旁人哈哈大笑。女干部连锄头都懒得捡了，她把去年种的一根枯苗拔掉，将那棵没有根须的树苗插下去，今年的植树任务就算大功告成了。

张大叔担心再看下去会骂人，就下了山坡，依旧涉水过河，回到自己的山上。张大叔朝河对面一望，发现河那边光秃秃的山坡上不知几时拉起一幅大标语，红底白字写着：千名干部大造林，誓叫荒山换新颜！张大叔不禁往脚下吐了口唾沫。

春天过后，干旱少雨，烈日火炉般烤着两座小山。张大叔的山上早已绿树成林，什么事也没有。干部们种的树可就顶不住了，那些树苗原本就有毛病，种得又浅，哪经得起这种烈日？张大叔实在痛心，进城买东西时，就顺便到政府大院去找刘守仁，着急地说："表弟，你们种的树苗快晒死了，赶紧派人挑水浇一浇，也许还有救。"

刘守仁很客气地说："知道了，谢谢表哥。"

可此后一连几天，都没有人来给那些可怜的树苗浇水。张大叔忍不住又去找表弟，叫他派人救那些树苗。

刘守仁有点不耐烦地说："我忙得很，你就别给我添乱了。"

张大叔自荐说："要是你实在派不出人，我帮你护理那些树，随便给几个辛苦钱就行。"

刘守仁沉下脸说："表哥，你不要贪这点小便宜。那些树死就死吧，反正年年要种的。"

张大叔这才知道，表弟压根就不想救那些树。他无奈地走出了办公室。

回家的路上，张大叔又去看了看干部们种的树。满山树苗被晒得蔫蔫的，像奄奄一息的孩子，让人揪心。

当天晚上，张大叔做了一个梦，梦见干部们种的树苗变成一群衣衫褴褛的孩子，围在他身边哀求："爷爷，救救我们！"梦醒后，张大叔叹着气说:"唉,那些树苗像生错家门的孩子,太可怜了,还是救救他们吧。"

第二天,张大叔就到河那边去,挑水救苗。刘守仁恰巧路过,问他挑水上山干什么,张大叔边走边答:"浇树苗。"

刘守仁追问:"谁叫你浇的?"

张大叔说:"没人叫,我自己想浇。"刘守仁不高兴地说:"表哥你好大胆,竟敢到这边来管闲事。"

张大叔以为表弟怕他要工钱,就解释说:"我是义务帮你们浇树苗,不要一分钱。"

刘守仁着急地说:"一分钱不要也不行,快把水倒掉。"

张大叔没听刘守仁的话,放下担子,就舀水浇起树苗来。

刘守仁一下子火了,大步跨过来,稀里哗啦把两桶水倒掉。张大叔又心疼又气愤,指着表弟的额头问:"你……你怎么这么不讲道理?"

刘守仁拍拍张大叔的肩膀,语气缓了下来:"表哥,好多事你不懂,我也不想跟你说。你还是回家休息吧,以后不要到这边来浇树了。"

张大叔摇摇头,只好挑着空水桶回家去了。

回家后,张大叔想,那么多树苗眼看快要枯死,太可惜了,不如移到自己的山上来种。张大叔又一次到河那边去,将干部们种的树苗移植到自己的山上。

张大叔本以为自己做了一件好事,不料,几天后,两个警察来到张家,"咔嚓"一声,给张大叔戴上手铐,不由分说,塞进警车,一溜烟带走了。

被带到公安局后,张大叔才知道,有人报案,说他偷盗树苗。张大叔把自己移植树苗的来龙去脉告诉警察,说自己不是偷树苗,而是救树苗。警察将信将疑,把刘守仁请到公安局核实情况。刘守仁可不想让表哥蹲大牢,就跟警察说,是他让张大叔移植树苗的,报案的人不了解情况,纯属误会。警察当即释放了张大叔。

从公安局出来后,刘守仁让张大叔赶紧把移走的树苗再移回去种好,他特意叮嘱:"你种下去就行了,不用浇水。"

张大叔着急地说:"那怎么行?这种季节,浇水还怕种不活呢。"

刘守仁怕张大叔再坏事,就索性把真相告诉他:"表哥,你不是外人,我就跟你明说了吧。河边那座荒山离市区近,山坡又平缓,去那里种树很方便。如果那座山长满了树木,附近就没有荒山了,我们必须到龙虎山去种树。你也知道,龙虎山不但离市区远,而且非常陡峭,那些坐惯办公室的人,谁不怕?大家都希望留一座荒山在附近,方便搞植树活动。你这死脑筋,怎么就是想不通呢?"

(题图、插图:佐 夫)

· 3分钟典藏故事 ·

钻石心里的玫瑰

从前，有一位国王，他拥有一颗王族世代相传的大钻石。国王把钻石放在博物馆里，向所有人展览。

一天，一个士兵紧急报告国王说，在没有任何人触碰钻石的情况下，钻石自己碎裂了。国王跑去察看，确如士兵所言，钻石的中央出现了一道明显的裂纹。

国王立即招来全国所有的珠宝商。但当珠宝商们一一检查完钻石后，却告诉国王一个坏消息，说这颗钻石没有价值了，因为它的裂痕无法修复。国王很痛心，感觉仿佛失去了一切。

后来，不知从何处来了一位自称是珠宝商的老人，他主动要求察看碎裂的钻石，并对国王说："请不要再伤心，我能修复它，甚至能使它变得比以前更好。"国王听后既吃惊又怀疑，但老人却自信地保证说，一周后他将交出一颗修复完好的钻石。

国王立刻为老人安排了一个房间，并提供其需要的工具。

一周后，老人手捧钻石出现了。令国王难以相信的是，老人竟把弯曲的裂纹作为茎干，在钻石里面雕刻了一朵盛开的玫瑰花，精致、璀璨极了！

国王十分高兴，允诺送给老人半壁江山，但老人却当着众人的面拒绝说："尊敬的国王，我并没有做什么，不能收下您如此丰厚的奖赏。我只不过是把一件内心有裂痕的东西改造成了艺术品。"

（编译者：班 超；推荐者：张国英）

善意的隐瞒

小时候，鲁尔就发现父亲走路的样子与众不同，总是一脚高一脚低。但父亲依旧是鲁尔的骄傲，他是一名科技工作者，有很多发明。

鲁尔上学后，发现有很多体育项目他都做不好。回到家，他伤心地哭了，父亲安慰他说："对不起，都是爸爸的错，这是家族遗传，你爷爷、爸爸在运动平衡能力上都有着天生的缺陷。跟爸爸相比，你已进步很多。"

鲁尔听了，稍稍放宽了心。可没多久，他无意中听到老师说："鲁尔小时候曾是个脑瘫儿。"鲁尔无法相信这一切，他跑回家中，向父亲求证。

父亲平静地说："不错，你小时候的确得过脑瘫，但只是轻度的，跟爸爸小时候相比好多了！"鲁尔吼道："难道又是遗传？您别再骗我了！"

父亲说："是真的，难道你没发现爸爸走路时总是一只脚高、一只脚低吗？这是严重脑瘫留下的后遗症。但是，这种病的后遗症并不可怕，你看爸爸不是一直都很好吗？"

此后，鲁尔不再为自己曾是脑瘫儿而自卑。他以优异的成绩进了大学，毕业后又找到了一份很好的工作。

突然有一天，父亲因脑溢血死亡。按照家乡的风俗，在火化前，鲁尔要亲手帮父亲换寿衣和鞋袜。当鲁尔脱下父亲的皮鞋后，惊讶地发现：两只鞋的内部鞋底竟然不一样高，一只比另一只要高出三厘米，高的那只鞋内放着用厚厚鞋垫做成的"内增高"！

这时，母亲揭开了真相："你父亲怕你消极悲观，一边隐瞒真相，一边从你两岁起故意穿不一样高度的鞋子，他把自己装成有脑瘫后遗症的样子……"

鲁尔的泪汹涌而出，二十多年来，父亲一直用"一高一低"的走路方式，来表达着他的爱……

（作者：徐立新；推荐者：庄妃轩）

爱的缠绕

为了让蜜月过得特殊而有意义，一对新婚夫妇决定跟随探险队去探险。

进行自由活动时，夫妇俩迷失在原始丛林中，没有仪器指明方向，没有食物填充肚子，他们东奔西跑，像无头苍蝇一样。

妻子鼓起勇气对丈夫说："我们还是分开找吧，这样或许能多一线希望。"

夫妻俩相互鼓励一番后，便分头寻找探险队伍。刚走出不远，丈夫回过头，脱下婚前妻子为自己织的毛线衣，并把毛衣上的线头交给妻子。

太阳一落，丛林中的气温骤然下降。毛线衣拆到尽头，丈夫又脱下自己的毛线裤接上去。拆到最后，丈夫只剩下单薄的内衣，没多久，就冻死在丛林中。

第二天，探险队伍发现了丈夫的尸体，他的手上死死地捏着一根伸向丛林深处的毛线。沿着毛线伸展的方向，探险队员终于在十几里以外的地方，找到了奄奄一息的妻子。

（编译者：佚 名；推荐者：赵 雨）

（本栏插图：安玉民 梁 丽）

学写作文，从读故事开始

好事成双

□ 王静者

民国初年，保定府的秀水胡同有个叫傻三的人，有点缺心眼，靠打零工为生。离傻三家不远，是侯四家。侯四可谓秀水胡同的地头蛇，和当时曹锟总统府的护院拜了把子。

这天，傻三刚出家门，便被侯四叫住了："三儿，你天天打零工，啥时才能娶上媳妇？还是干点别的吧。正好我家有木炭，一块大洋卖给你，你卖了木炭，赚些本钱做点小买卖吧。"

傻三连连点头，来到侯四家一看，居然是根被烧焦的房梁。傻三这才想起来，一个多月前侯四家曾失过火。侯四见傻三有点反悔，就吹起牛来，最终把傻三说得高高兴兴地买下了这根烧焦的房梁。

从这天起，傻三天天扛着这根烧焦的房梁，站在秀水胡同一家寿衣店旁边叫卖，惹得人们纷纷讥笑。可傻三毫不在乎，还是天天如此。

这天，侯四听说傻三卖炭的傻事，也跑来了，他笑得嘴里的金牙都要掉了，一转眼珠，坏水又冒了出来。他走过去拍着傻三的肩说："三儿啊，卖木炭是要劈成小块的。我之所以一块大洋卖给你，就是因为我没劈开。而且木炭好烧不好烧，人们心里也没谱，你劈开后，应该边烧边卖，这样才是卖炭的样子。"

傻三真听话，第二天就把房梁劈

成一小块一小块的，边烧边吆喝。人们更乐了，天下哪有这么傻的主儿，一块没卖出去呢，却白白烧掉了好几块。

傻三这么边烧边卖的，他身旁的寿衣店老板不干了，万一失了火，殃及自己呢，于是跑出来制止。

傻三一梗脖子说："我又没堵你店门口，你凭什么不让我卖？"

老板说："谁不让你卖了？我是说别烧木炭了，万一走了火，烧了我的店，你赔得起吗？"

傻三说："我当心着呢。再说了这是侯四哥给我出的办法，我听侯四哥的。"

老板不吭声了，原来侯四家失火后，几乎全秀水胡同的买卖人都给侯四送礼，而自己因为那几天得病，没顾着这事，莫非……想到这里，老板立刻换了脸色，说："三儿，我家正缺木炭呢，你开个价吧。"

傻三说："我一块大洋从侯四哥那里买来的，我又费劲劈了半夜……两块大洋行吗？"

老板二话不说，掏出两块大洋。卖了木炭后，傻三就跑到侯四家，把消息告诉了侯四，说："侯四哥，我赚了一块大洋，接下来我该做什么买卖呢？我听你的。"

侯四又惊又奇，再听说傻三居然有两块大洋了，顿时贪心就起了，说："三儿，你知道咱保定府谁最有钱吗？"

傻三摇摇头。侯四说："洋人啊！洋人又喜欢啥啊？"

傻三还是摇头。侯四说："中国的古董！正好，我家有个当年乾隆爷用的夜壶。只不过年头久了，有了条裂缝。看你这么相信哥，哥就成全你了，两块大洋卖给你。"

傻三当即掏钱，捧走了"乾隆爷用过的夜壶"。侯四笑得眼泪都出来了，什么乾隆爷用的夜壶，是我用的。几天前摔裂了，正想扔了呢。这下可好，又卖了两块大洋。

再说傻三，转过天就把这个夜壶捧到秀水胡同，扯开嗓子吆喝："乾隆爷用过的夜壶，三块大洋，谁买啊？"

人们纷纷围了过来，看完后都笑死了，根本没人搭理傻三。一晃又是好几天，傻三真执著，天天来卖"乾隆爷用过的夜壶"。

这天，傻三正大声叫卖呢，一个洋人走了过来，拿起夜壶左看右看了半天，接着又说又比划了半天，最后掏出三块大洋，递给傻三，捧着夜壶走了。

这下，整个秀水胡同都震动了。傻三更是兴高采烈，一路小跑地来到侯四家，把经过说完后，掏出那三块大洋，说："侯四哥，你说，接下来我该做什么买卖？"

侯四跟听天书一样，直到傻三掏

出大洋才缓过神来。老天爷，这傻三撞什么大运呢？得，既然你肥猪拱门，我要是放下屠刀，就是我傻了。于是，他转了转眼珠说："好，那哥就再给你指条财路。你呀，别做买卖了，去当兵。"

"当兵？"傻三眨巴着眼说，"为什么？"

侯四说："如今这世道，有钱不如有权，有权不如有兵。如今曹锟大总统正招兵买马呢。你连洋人的钱都能赚，绝对会被曹锟大总统看上，到时候荣华富贵要啥有啥。不过，这需要打点打点。我的义兄在曹锟府当护院。所以，只需要六块大洋就能办成这事。"

傻三愁眉苦脸起来，说："侯四哥，

我就只有这三块大洋。要不，我给你写个欠条，等我当成兵后，有了钱就给你。"

侯四强憋着笑，说："好说好说，谁让我是当哥哥的呢。"

几天后，傻三真当成兵了。但在曹锟手下当兵，军饷却一次没领到。傻三不在意，反正有吃有喝就成。可别人不干啊，早就憋着气呢，纷纷咒骂曹锟，为当大总统，拉票时你有钱，发军饷却没钱了，于是由一位连长带头，要秘密刺杀曹锟。方法是用大炮轰炸曹锟府——保定光园。恰好，傻三就是那位连长手下的兵。由于傻三人傻，好使唤，连长便安排傻三做装弹手。

傻三得知是要炸曹锟后，顿时不干了。侯四可是说过的，自己会被曹锟看上的，现在却要杀死曹锟，那我的荣华富贵不就泡汤了？可他又非常怕连长，于是，在炮轰总统府的头天晚上，跑到侯四家把这事告诉了侯四。

侯四脸都白了，急忙拉着傻三去见自己的义兄。于是，曹锟知道这事了，慌忙离开光园。前脚刚离开，后脚就响起爆炸声。原来，连长得知傻三失踪后，感到事情不妙，提前开了炮。

曹锟惊险地躲过这一劫，立刻派人抓住了所有参与者。处理完这件事后，曹锟论功行赏，亲自接见傻三、侯四等人。真是王八看绿豆，曹锟一眼就喜欢上了傻三，当即便把傻三留在自己身边。为啥？曹锟未发迹前曾被称为：曹三傻子。这也算是"英雄惜英雄"吧。

傻三一步登天了，自然忘不了侯四，他在曹锟面前为侯四说好话。曹锟被说动了，问侯四："说吧，你想要什么奖赏？"

侯四多精，一通慷慨表白，居然不要奖赏。曹锟大为感动，连呼"国士之风"，最后一挥手说："既然你不要，那我要是强给呢，似乎有失君子之风……"说到这儿，皱起了眉。

侯四心里骂道：我就是谦虚一下，你还真不给奖赏啊？难怪你挨炸呢。但嘴上却依然慷慨激昂："为总统效些微薄之力，是我义不容辞的责任和无上的光荣，总统不必为这区区小事操心了。总统的心里，装的应该是江山社稷和天下百姓。"

曹锟连连点头说："说得好！就因为我心里装有江山社稷和天下百姓，所以我决定，奖赏你一件意义非凡的东西。"说着，他令人捧出一个夜壶。傻三和侯四一看，都傻眼了，这正是傻三卖给洋人的那个夜壶。

原来，洋人在秀水胡同买了个夜壶，居然成了震动保定府的新闻。各种"震撼消息"满天飞：什么夜壶是乾隆用过的，是无价之宝；什么洋人买夜壶有不可告人的险恶用心；什么

夜壶上刻有龙脉图，一旦夜壶被洋人运走，就是亡国……总之，越传越邪乎，最后传到了曹锟的耳朵里。

曹锟出于好奇，让手下假扮商人，找到那洋人，一则探个究竟，二则是看能不能买回来。结果，洋人干净利落地以五块大洋卖了。至于当时为啥要买，洋人说："看着好玩，尤其那个卖夜壶的中国人，更好玩，一时性起就买了。"

曹锟知道后，懊恼不已，自己这不是吃饱了撑的吗？可若扔了，又觉得丢面子，只得让人先收起来，谎称另有他用。

如今，就真派上用场了。但曹锟哪里知道，眼前这两人正是夜壶事件的始作俑者。为了以示庄重，曹锟板着脸，说："这个夜壶是当年乾隆皇帝御用的，堪称国宝，却被洋人窃走。我半个月前才追了回来，目的只有一个：我中华之物，绝不能流落他国。现在，我把这个夜壶郑重地赏给你，权当我曹某对天下百姓，以表心志：鞠躬尽瘁，死而后已，就算是个夜壶，也要保住！"

侯四接过夜壶，哭笑不得，正不知如何回答呢，傻三却突然叫了起来："是乾隆爷用过的那个夜壶，没想到如今也被大总统用过了，这真是……真是好事成双！侯四哥，恭喜你啦！"

（题图、插图：谢 颖）

东野圭吾，日本著名推理小说家，1958 年生，他的作品情节跌宕诡异，故事架构匪夷所思，代表作有《放学后》《秘密》《白夜行》等等。本篇改编自他的小说。

苦涩的蜜月

这天，伸彦和新婚妻子尚美出国度蜜月。在飞机上，他们邂逅了一个气质儒雅的老人和他的太太，之后还恰巧入住了同一家宾馆。

进入房间后，尚美觉得有些累，就躺在床上睡了。此时，伸彦坐在她的身旁，用一种奇怪的眼神盯着她。突然，伸彦伸出双手，慢慢地掐住了尚美的脖子。

尚美微微睁开双眼，用颤抖的声音问道："怎么了？"

"回答我！"伸彦低声喝问，"宏子是不是你害死的？"

宏子是伸彦死去女儿的名字。因为伸彦的前妻早逝，所以宏子是由他一手拉扯大的，今年已经四岁了。此时，伸彦的眼前又浮现出了那个令他悲痛欲绝的早晨。

那是个异常寒冷的早晨，伸彦照例准备先送女儿去姐姐家，然后再去上班。出门前，他关了暖炉，无意间发现暖炉里的煤油快用完了。接着，他拉着女儿走出客厅，让女儿待在走道上，自己则下楼去取车。

发动车子引擎后，伸彦发现自己忘记带工作需要的卡式录音带了，于是便下了车，打算到不远处的便利店里买。不料，他刚进便利店，就被人打晕了。等他恢复意识时，发现自己被救护车送到了医院。

经过检查，所幸伤势并无大碍。这时，有警察向伸彦问话，伸彦这才知道，自己在便利店遇到了劫匪。他想起宏子还一个人待在家里，便立刻打电话给姐姐，拜托姐姐赶紧去他家看看宏子。他自己还要办一些手续才能回家。

过了一会儿，伸彦打电话回家，想问问姐姐有关宏子的情况。奇怪的是，接电话的不是姐姐，而是尚美。尚美呼吸急促，带着哭腔喊道："伸彦，不好了！宏子她……她一氧化碳中毒，好像是暖炉的火不完全燃烧的关系。"

伸彦愣了一下，暖炉？不可能！自己出门前，明明已经关了暖炉。他发疯般地冲回家，只见很多人聚集在家里，姐姐和尚美都在伤心地哭泣，宏子一动不动地躺在床上。伸彦猛地发出了撕心裂肺的喊声："不——"

过了许久，伸彦才冷静下来，开始思考问题：难道是宏子自己点的暖炉？但早上，他明明看到暖炉油桶上的指数几乎为零，可现在的容量竟还有一半。是谁装的呢？然而，尚美和姐姐都说不是自己装的。

过了几天，伸彦无意中听邻居说，那天早晨她看见尚美从后门提了桶煤油进去。顿时，伸彦心中一动，尚美为什么要那么做？又为什么要对他说谎？

伸彦还注意到一个细节：意外发生后，尚美对警察说，用来分隔客厅和厨房的百叶窗帘是关着的。但伸彦记得他并没有关百叶窗帘，更不可能是宏子关的。可如果窗帘是开着的，就不会构成意外死亡了。

伸彦又联想到，宏子一直都不喜欢尚美，莫非尚美因此心生恨意，杀了宏子？

想到这里，伸彦已经十分确信了，他不想交给警察处理，他想用自己的办法让真相大白。于是，他和尚美结了婚，再带着她出来度蜜月……

"回答我！"伸彦在手上加大了力度，逼问道，"是你杀了宏子吗？"尚美却悲哀地看着他，沉默不语。

伸彦怒吼道："为暖炉加油的是你吧！为什么要那么做？"

尚美还是一声不吭。

伸彦快要失去理智了："为什么不回答？你这样算是默认吗？"

尚美嘴角露出一丝苦笑，说："蜜月旅行……原本该、该是幸福的……"接着绝望地闭上了眼睛，说，"如果你想杀我　就杀吧！"

"果然……"伸彦咽了下口水，再一次用了力。看着尚美的脸色越来越难看，突然间，他松开了手，跌在地上，大口大口地喘着气，毕竟杀人太恐怖了……

等伸彦醒来的时候，他发现尚美不见了。他没有出去找，而是一直呆呆地坐着。

不知过了多久，忽然响起了敲门声。伸彦开了门，站在门外的，正是在飞机上遇到的那个老人。他手握酒瓶,微笑着说:"要来一点吗?"伸彦没有拒绝,让老人进了屋。

老人环顾了一下房间,问道:"咦,你太太呢?"伸彦假装平静地说:"哦,她出去买东西了吧!"

老人点点头,便和伸彦喝起酒来。喝了一会儿,伸彦突然问道:"我可以问件事吗?你是否曾想过要……杀死……尊夫人?"

老人似乎一点也不惊讶,他淡淡地说:"有!毕竟我们相处已有五十年了。"

伸彦惊讶地说:"看不出来,你们看起来感情很好。"

老人微微一笑:"是吗?但不管是多么要好的夫妻也会有危机,也会有误会。为对方着想所采取的行动,却不被对方理解,而造成误会……"

伸彦摇头说:"如果只是单纯的误会,对方为何不辩解?"

老人意味深长地说道:"有时候,不辩解是为了对方好。既然爱她,就应该信任她!"说着,他站起来告辞,走到门口,又突然回过头来说,"只想到对方的行为,往往无法解开误会,一定要好好通盘考虑才是。"

伸彦反复咀嚼着老人的话。突然,他想到了什么,发疯般地跑到老人的房间前,猛敲房门。老人开了门,伸彦发现尚美就在老人的房间里。

伸彦奔过去,用颤抖的声音问:"你为什么不告诉我?害死宏子的人就是我自己吧?"尚美没有回答,但早已泪流满面。

这时,老人说道:"白天,我们发现她倒在树林里。"说着,举起尚美的手。伸彦这才发现,她的手腕处包着厚厚的纱布。原来她出去是打算自杀,幸好被老夫妇发现了。

"对不起!"伸彦朝尚美低下头去,"我不敢乞求你的原谅!但请你告诉我,是你关了我车子的引擎吗?"

尚美痛苦地点点头,深情地看着丈夫说:"我无论如何也说不出口,因为我不愿见到你痛苦的样子……"

"果真如此,你是为了替我掩饰才……"伸彦痛苦地闭上了眼睛,瘫在地上。

原来,这一切都是伸彦的疏忽。那天早晨,他打开车子引擎后,想起要去买卡式录音带,于是没关引擎就去了便利店,却没想到在便利店里遇到了劫匪,造成了他的迟归。当时车子排出的废气顺着楼梯进入家中,并逐渐弥漫在整条走道上,而此时,宏子正习惯性地在那里打瞌睡。当尚美赶到时,宏子已经在汽车废气里闷死了。为了替伸彦掩饰过失,她加了煤油到暖炉里,并拉上窗帘,制造出不完全燃烧使宏子中毒身亡的假象。

(推荐者:辰 宝)

(题图:佐 夫)

最后的
母爱

□ 娄献忠

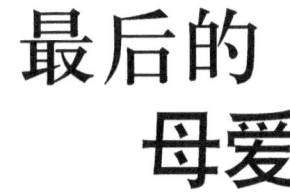

大牛在城里打工，不慎摔伤了腿，落下了残疾。他一时找不着合适的工作，再加上已经好几年没回过家了，心里就萌发了回老家看看母亲的念头。

谁知，到了家才听说，母亲病得很严重，是食道癌晚期，住在县医院里。大牛急忙赶到医院，母亲已被病魔折磨得瘦骨嶙峋。她一看到儿子回来，立刻高兴起来，口中却埋怨道："孩子，你回来干啥？妈没事的。"见儿子走路有点跛，又心痛地问，"孩子，

你的腿怎么了？你怎么瘦成这样？"

大牛心里一酸，不由得放声痛哭，把自己摔伤腿的事说了一遍。母亲心痛地看着大牛，说："孩子啊，妈这病反正看不好，咱明天就出院回家吧。趁我还能动弹，给你做几天饭，好好养养你的身子。"

大牛拗不过母亲，只好让她出了院，骑自行车载她回家。快到村头的时候，大牛看见路边有一处新坟，他随口问了一声："这是谁的坟呀？"母亲说："这是我们村李簸箕的坟，死了有两个月了。埋他的时候，可……"母亲说到这里，突然不说了。大牛想，可能是这个话题引起了母亲的忧伤，在心里直骂自己混蛋。

很快，母子二人回到了家中。母亲不顾绝症在身，坚持把屋子打扫了一遍，又给墙壁上的旧挂钟上紧了发条，家里顿时有了温馨的气息。可没

过几天，母亲的病就急速恶化，很快就吃不进一点东西了。

这天，母亲把大牛叫到床头问："孩子，咱家东边责任田里那个窝棚，你还记得吗？"大牛点点头，说："记得。那是爹生前看瓜搭的。"母亲说："你爹为人木讷，我跟他过了几十年，他跟我说的话不超过一箩筐。妈这身子，眼看就不行了，妈想去窝棚那里看看，和你爹说说话。"

大牛听了，红着眼把母亲搀扶到那间破旧的窝棚里。母亲躺在地上的干草上，说："大牛，你爹当年最爱吃我烙的葱油饼。你回家把油壶拿来，再带点面和水，还有那个小煤球炉子、

小铁锅以及和面的盆子都拿来。我想再给你爹烙几张葱油饼。"

大牛知道，这是母亲最后的愿望了。他来回跑了两趟，把母亲要的东西都拿了过来。母亲挣扎着身子烙葱油饼，烙好一张，让大牛先尝尝。大牛含泪咬了一口。母亲问："好吃吗？"大牛说好吃。母亲笑了，说："后山你大姑也爱吃葱油饼。锅里这一张也烙好了。你给你大姑送去吧，让她也尝尝。这些日子，多亏了她跑前跑后照应我。"大牛不忍心离开母亲，但又不想让母亲的愿望落空，只好带着葱油饼往大姑家走去。

到了大姑家，大牛把母亲病情危重的消息告诉大姑，大姑急忙和大牛一同回去。刚走到半路，大姑突然停住脚步，指着前方说："快看！那边是不是正在冒烟？"大牛定睛一看，不由得惊叫一声："糟糕，好像是窝棚的位置在冒烟！"两人急忙往冒烟的地方跑去。

山路崎岖，等他们赶到时，窝棚已经烧成了灰烬。闻讯赶来的邻居和警察把大牛母亲的尸体从灰烬里扒了出来，可惜已经烧焦了，场面十分凄惨。

好端端的窝棚，怎么会失火呢？警察仔细勘察了现场，认定大牛母亲是把油壶里的油浇在身上后，躺在窝棚里的干草上点火

自焚。至于自焚的原因，警察推测，可能是她不堪忍受病痛的折磨，才寻了短见。

大牛悲痛之余，总觉得母亲的自杀有点不对劲。母亲一向乐观，为什么要选择这种痛苦惨烈的自焚方式呢？他冥思苦想，也找不出合适的理由来解释。人死不能复生，他只好和大姑张罗着给母亲办丧事。

村里一向民风淳朴，谁家有了婚丧嫁娶的大事，乡亲们都会不请自到，前来帮忙。不料，到了出殡的日子，零零散散竟然只来了十来个中老年男人，显得冷冷清清。

张二叔佝偻着腰，点了一下人数说："再等下去也就这些人了。大牛啊，这几年，年轻人都出去打工了，咱村里就剩这点老弱男丁了。没几个壮劳力，恐怕抬不动这棺材。埋李簸箕时，三个村子才凑齐了两班抬棺手。我看，你也得去别的村里请些人来。"

原来，当地有风俗，丧事如需请外村人帮忙，必须丧家亲自上门磕头，一不能打电话，二不能让别人代劳。但山区交通不便，到邻村得在崎岖山路上走大半天，大牛的腿脚又不便，要请满抬棺手得花多长时间啊。

这时，李大爷说话了："张老头，你就别难为大牛了。你说的问题，我也考虑过。但这一回，大家不用为抬不动棺材发愁，这里面嫂子的身体都烧焦了，肯定没有李簸箕的棺材重。

咱们老哥几个分两班，咬咬牙就可以了。"

听到这里，大牛感激地看了一眼李大爷。本来按照村里的风俗，出殡时，丧家的长子得先抬起棺材的一角递给帮忙的人，可大牛这几天累得伤腿隐隐作痛，正担心自己无法把棺材抬起来呢。经李大爷这么一提醒，大牛不由得松了一口气。

到了快出殡的时候，大牛往家里的挂钟上扫了一眼。透过钟摆前的玻璃，他隐约看见里面有一张纸。大牛忙好奇地打开钟门，拿出纸一看，只见上面歪歪扭扭地写着一行字：妈不会成为你的负担。上面的日期正是母亲在窝棚里自焚的那一天。

顿时，大牛一切都明白了。母亲肯定是自知来日不多，怜惜他腿上有伤，怕他抬不动棺材，也怕他为四处磕头请抬棺手而犯难，就想法子把自己给"火化"了。母亲的选择，无疑是减轻棺材重量的最好办法。怪不得那天经过李簸箕坟墓的时候，母亲欲言又止。现在看来，从那时起，母亲心里就有了自焚的念头。

"出殡了——"李大爷长长地吆喝了一声。八个抬棺手一齐弯下腰来，把手搭在了棺材上。此时，大牛已是泪流满面，他大叫了一声"妈"，猛地一挺腰板，没用多大力气，就把棺材的一角先抬了起来。

（题图、插图：陆小弟）

招聘真难

□ 张运国

$小$亮在厂里负责招聘新员工，可连着一个星期他一个人也没招到。厂里生产又紧，急需人手。老板非常生气，质问道："你干什么吃的，连个人也招不到，是不是不想干啦？"

小亮很委屈，低下头争辩道："现在是'用工荒'，招工竞争激烈，我把嘴皮子都磨破了，也没人愿意来。"

老板皱着眉头，说："你就不能想想办法，活人还能让尿给憋死？"说着，挥挥手对小亮下了死命令，"今天你再去招，如果还招不到一个新员工，明天你就卷铺盖给我滚蛋！"

小亮心里凉飕飕的，硬着头皮又来到火车站广场。这里是招工的主战场，好多单位都派人在这里招工。小亮支起招工大牌子，大声招呼着过往行人："快来看啊，我们厂大量招聘新员工啦，条件好，待遇高，包吃包住，月薪两千，不看后悔一辈子啊！"

小亮喊得嗓子都要冒烟了，可除了偶尔有人瞥两眼外，几乎没有一个人坐下来正儿八经地谈招聘的事。眼看天快黑了，小亮又是毫无收获，想起老板的话，他忍不住长吁短叹起来。

这时，一个年轻人走到小亮面前，小亮连忙高兴地向来人介绍招工情况。来人一摆手，指着不远处的摊位，说："算了，你别费事了，我跟你一样，也是来招聘的，忙了一天，颗粒无收。我看你脸色难看，这才过来跟你聊聊，相互宽宽心。我叫东子，你呢？"

原来是同行，两人一下子拉近了距离，各自倒苦水似的，诉说着招工的烦恼，越说越投机，很快成了一对朋友。说到最后，小亮叹息着说："今天还能坐在这里招工，明天我就得卷铺盖滚蛋了，一个人没招到，老板要炒我的鱿鱼。"

东子惊讶地说:"怎么你老板也给你下了这样的死命令?我老板也一样,说我再招不到人,明天就滚蛋。可是,招不到人怨我们吗?这些老板都一个样,又想马儿快点跑又不想马儿吃草,也不看看外面的用工形势,舍不得提高待遇,谁肯来啊?"

小亮哭丧着脸说:"我俩同是天涯沦落人啊,这回算是死定了。"

不料,东子眨了眨眼,压低嗓门说:"不过,我倒是有个自救的办法,保我们俩没事。"他凑到小亮耳边,跟他说了几句。小亮想了想,说:"死马当成活马医吧,能混一天是一天。"

很快,小亮领着一个年轻人回到厂里,找到老板:"老板,今天我费了九牛二虎之力,终于招来了一个新员工,就是他——东子。"

老板高兴地拍拍东子的肩膀,鼓励道:"好好干,到了我们厂,保你前途一片光明!"转过头,又笑着吩咐小亮:"快领东子去宿舍休息,让他明天就上岗。小亮,今天是个很好的开头,明天继续努力,招来更多的新员工进厂。怎么样,招聘是有难度,但绝对不是死路一条。"

小亮点点头,喜滋滋地带着东子,走出了老板办公室。

一个小时之后,东子又领着小亮走进自己老板的办公室,说:"老板啊,我今天累了一天,磨破了嘴皮子,终于招来了一个新员工,就是他——小亮。"

东子的老板喜形于色地说:"好好好,你看吧,只要用心招聘,再难也能招到新员工。你带他去宿舍休息,让他明天就上班。你明天继续去招工,招得多,我重重有奖。"

走出老板办公室,小亮和东子相视一笑。

第二天一早,小亮的老板把小亮叫到跟前,黑着脸呵斥道:"昨天你招的那个叫东子的新员工呢,怎么不见他人影?"

小亮掏出一张纸,说:"这东子狡猾得很,进厂就四处打听,知道我们厂的情况后,二话不说就辞职了,这是他的辞职书。"

老板没有接辞职书,劈头就问:"他为什么要辞职?"

小亮小心地解释说:"他嫌……工资太低……"

老板想了想,最后命令道:"今天你继续去招工,把工资待遇提高到每月三千元,我就不信招不到!"

小亮忙不迭地赶到火车站广场,一眼就看到东子早已到了,两人笑着点点头,然后各自忙活起来。小亮忙里偷闲,仔细看了看东子面前的招工启事,顿时眼前一亮,原来他那里的工资也提高到了每月三千块。

很快,两个人的摊子前,都围拢了不少求职者。

(题图:安玉民 梁 丽)

一路信任

□张　曦

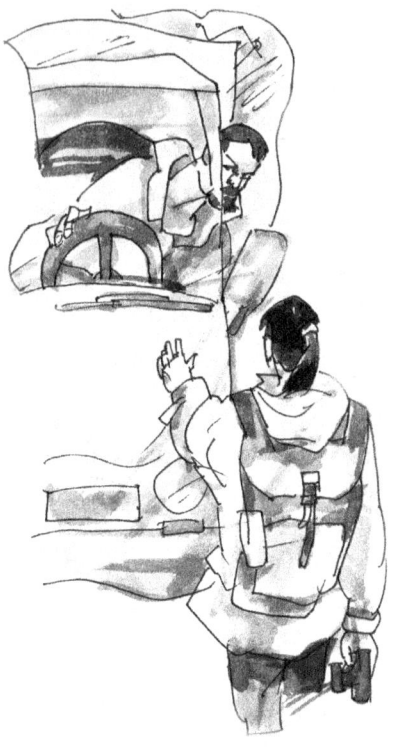

我是一名大学生，为了完成一项课题调研，我决定放寒假时，搭车回家。

回家这天，我试着在公路上拦车，很快便拦下了一辆小货车，司机是个大胡子大叔。我拿出相机给他的车拍了张照，上车后又给司机拍了一张，然后拿出笔记本记了下来。

大胡子奇怪地问我在干什么，我向他解释，我搭车是为了完成一项调查，现代人越来越不愿意搭车，大多是因为缺乏信任，我要向大家证明，人与人之间还是值得信任的。大胡子听了，微微摇头，似乎不太愿意聊这个话题。

车子开了一会儿，突然进了一个加油站。大胡子表情有些怪怪的，说："不好意思，我身上只剩几十块钱，你能不能借我几百块钱加油？"

我一愣，还没来得及作出反应，他就反问道："怎么？不信任我？我

一定会还你的。"我脸微微一红，只好取出钱来递给他。

加完油继续上路，大胡子对我说："别担心，大叔家就在前面，到家了马上还你！"我嘴上没说什么，心里开始有了警惕。

过了一会儿，大胡子说，他家就快到了，问我是在这里下车，留个银行卡号给他，还是直接跟他去他家里拿钱，拿完钱他再送我出来。

我犹豫了一下，说还是留下卡号吧。大胡子点点头，想找一个车流量大的路口放我下来，方便我后面继续

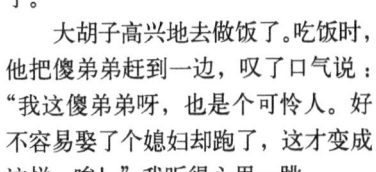

搭车。谁知，没过多久，前面出现了大堵车，看样子，还不知什么时候能通呢。

大胡子见状，就把车拐进一条泥泞的小路，说是他家就在附近，反正现在堵车走不了，不如先去他家拿钱。我心里不禁打起鼓来。

很快，车子停在了路边的一个院子门口，大胡子热情地招呼我进屋坐。我迟疑着走进屋，一眼就看见里面坐着一个头发蓬乱的男人，目光呆滞，嘴角挂着口水。

我吓了一大跳，大胡子忙说："别怕，这是我弟弟，是个傻子，但他不会伤人的。"接着告诉我，他就和弟弟住，有个女儿在外面上大学。说话间，他给我端来一碗水，但我没敢喝。

大胡子叫我坐一会儿，因为家里刚好没现金，他得去村里借。他一走，我更是坐立不安。好在大胡子很快回来了，不过却说对方人不在，没借到。我忙说："那算了，以后你再打卡吧。"

大胡子抬头看了看天色，说："现在天快黑了，你很难搭到车的。要不，你就在我家住一晚，明早再走吧。"

我听了一惊，慌张得连连摆手。"别害怕！"大胡子爽朗地笑了，"这么晚了，我还不放心你一个去搭车呢！我也有个念大学的女儿，我能害你吗？"

我一时间有些犹豫，大胡子笑着说："你不是说要信任别人吗？这个时候你应该信任我呀！"事到如今，我只好勉强答应了。

大胡子高兴地去做饭了。吃饭时，他把傻弟弟赶到一边，叹了口气说："我这傻弟弟呀，也是个可怜人。好不容易娶了个媳妇却跑了，这才变成这样，唉！"我听得心里一跳。

大胡子拿出一瓶酒问我要不要喝，我连忙摆手。他也不多劝，说："那我自个儿喝了，你就随便吃菜吧。"喝了酒，他的话就多起来，眼睛还直盯着我看，看得我心里发毛。

我草草吃了碗饭，大胡子把我带到一个房间，说是他女儿住的。我看了看，里面的摆设用具果然都是女孩子的，心里顿时安稳了不少。可当我要关门时，却发现门锁坏了。情急之下，我只好找了个玻璃瓶子放在门边。

不知什么时候，迷迷糊糊中，我突然听到"咣当"一声，我条件反射一样坐了起来，大喊一声："救命！"定睛一看，大胡子在门口探头探脑。我吓得尖叫："你想干什么？"

大胡子怔怔地盯着我，过了半晌，才摇了摇脑袋，说："对不起，我走错门了。"说着，飞快地把脑袋缩了回去。我赶紧搬了一张桌子堵着门，暗暗决定，等天一亮就走。

天亮后，我刚走出房门，又吓了一大跳。那个傻弟弟怔怔地站在门口，递给我一张纸条，原来是大胡子的留

言：昨晚的事对不起，我不是故意的。我现在去找朋友借钱，很快回来，请在此等我！还有，等我回来再洗脸。

往院子里一看，大胡子的车果然不见了。我心里又没了主意，等不等呢？犹豫了一会儿，我还是悄悄走出了院子，撒腿就跑。

可跑着跑着，心里又后悔了：倘若大胡子做的一切都是好意呢？就这样一走了之，自己这个调研岂不是一场笑话？这样想着，我猛地一咬牙，掉头往回跑。幸好，大胡子还没回来。

我开始从包里取出毛巾洗脸，哪知突然有人从后面抱住我。从镜子里一看，正是那个傻弟弟。他嘴里嘟囔着："媳妇……媳妇……"

我吓坏了，一边尖叫，一边拼命挣扎。正在这时，大胡子突然冲了进来，一把将傻弟弟拉开，啪啪就是两巴掌，吼道："她不是你媳妇！"接着，转过来对我说："我不是叫你等我回来再洗脸的嘛！他看见镜子里有女人，就以为是他老婆！"说罢，从口袋里掏出钱递给我，说："拿着，我们现在就走吧。"

车子很快驶上了公路，我的心情一下子放松了，笑着说："大叔，之前我还以为你对我不怀好意呢！刚才我已经跑了一次，后来又折回去的。"

"你笨呀！"大胡子扭头瞪我一眼，"还自己跑回去？就不怕我留下你给我弟弟做媳妇？"

我咯咯一笑："我相信你！"大胡子却忽然板起脸，教训起我来，说我信任别人是没错，但也得有个度。

我不服气地说："可结果证明我是对的！"

大胡子苦笑着摇摇头，说："那是因为你遇上的是我。"顿了顿，又说，"昨晚那件事对不起，我喝多了，半夜起来看见房间亮着灯，还以为是女儿回来了……知道吗，你真的很像我女儿，看见你，总让我想起她，可是她再也不会回来了……"

顿时，我吃惊地看着他。此时，大胡子的脸上已挂满了泪水："我没有告诉你，是怕你害怕不敢住。三年前，她也像你这样，一个人搭车去外地，结果永远留在了那里……"听到这里，我不禁呆住了。

很快，大胡子在一个车来车往的路口把我放下，然后回去了。我一个人呆呆地站在路口，好像忘了自己该干什么。

突然，一辆车停在我面前，司机探出头来问："要搭车吗？"我抬头一看，居然是大胡子！

"上来吧。"大胡子真诚地说，"我不会再让你一个人走了，我送你回家。"

我跳上车，眼泪终于掉了下来。

（题图：谭海彦）

她是重婚吗

□ 汤祥龙

公司会计李晓萍休完年假，第一天上班，发现大家看自己的眼神怪怪的。好姐妹王大姐悄悄对她说："保卫处的人来找你好几次了！"李晓萍一惊，问道："找我干什么？"

王大姐摇摇头，说："你快打开电脑看看，你的事都成公司一大新闻了！"李晓萍急忙打开公司内部网。出现在她眼前的是一条惊人新闻：传公司会计李晓萍犯重婚罪，保卫部门正在取证……

李晓萍只觉得脑袋嗡嗡直响，问道："这是谁写的？这不是胡说吗？"

王大姐责怪道："我的姑奶奶，你是真傻还是装傻？说说看，这些天你请假都干了些啥？"

李晓萍愣了一下，她确实有难言之隐。李晓萍有过一段不幸的婚姻，三年前和同公司的张大虎结婚，不到一年因感情不和，经法院调解离婚了。去年，她又认识了赵林，经过一年的交往，他们决定结婚。这些天休假就是去办理婚事的。因为是第二次结婚，所以她刻意低调，谁也没告诉。谁想到，如今不但全公司的人都知道了，而且莫名其妙地被诬陷犯了重婚罪。

李晓萍越想越气，一怒之下，来到了保卫处。一进门，她就铁青着脸，对保卫处许处长大声嚷道："我报案，有人诬陷我！"

许处长站起身来，严肃地说："李晓萍，我们已经找了你好多次了，你倒说说看，谁诬陷你了？"

李晓萍摇摇头，说："我不知道，但网上说我犯了重婚罪，就是诬陷。"

许处长从办公桌上拿起《中华人民共和国刑法》，提醒道："喏，上面

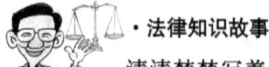

清清楚楚写着：有配偶而重婚的，或者明知他人有配偶而与之结婚的，处二年以下有期徒刑或者拘役。重婚可是犯法啊！"

李晓萍越听越糊涂，她从包里掏出结婚证，放到桌上，大声说："我结婚是受法律保护的！"

许处长见她口气很硬，不由叹了口气，从办公桌抽屉里取出一本结婚证，打开来，是李晓萍和前任丈夫张大虎的结婚证。许处长把两本结婚证放在一起，说："举报人就是你的前夫张大虎。看看吧，两本结婚证，说你重婚，你还不服气，这不是事实吗？"

李晓萍一见，急忙说道："我和张大虎早已离了，他一定是见我结婚，故意找茬！"

许处长看看两本结婚证，思索了一会儿，说："据我了解，办理离婚手续时，民政部门是要收回结婚证的，然后才发离婚证，你有离婚证吗？"

李晓萍愣住了，自从法院判决后，她还没想到要去民政部门取离婚证。难道自己真的在不经意间犯了重婚罪？李晓萍不寒而栗！见李晓萍低头不语，许处长严厉地吩咐道："重婚是要坐牢的。你现在马上停止手头的工作，准备接受处分。对于这件事，公司肯定要严肃处理的！"

回到家，李晓萍越想越不对头，如果我是重婚，那民政部门又怎么会给我开出结婚证呢？明明是法院判决离婚后再去结的婚，为什么却被说成是重婚呢？

第二天，李晓萍来到了律师事务所，找到离婚时聘请的王律师，诉说了心中的疑问。王律师听了，立即安慰她："没事，你们单位对重婚的理解有偏差！"说着就和许处长取得了联系。王律师告诉许处长，法院的民事调解书上已写明离婚，有了法院判决，就不需要再领离婚证。因此，李晓萍前夫张大虎告她的重婚罪是不成立的。

事后，许处长不好意思地对李晓萍说："看来我们当领导的要多学点法律知识才行，要不，下一个下岗的人就轮到我了。"

律师点评：

这个故事涉及的是法院调解文书的法律效力问题。

根据法律规定，民事调解书是通过法院对双方达成的协议确认的法律文书，与判决书具有相同的法律约束力，一经双方确认签收后即发生法律效力。同样，本故事中的李晓萍与她前夫的离婚调解协议，因为经过了法院的认定，所以合法有效，而与前夫的结婚登记自动失效。到不到民政部门办理离婚证，均不能否认已经离婚这个事实。因此，李晓萍没有重婚。

（题图：丁德武）

在候鸟南迁的漫漫长路上，有暴风雨雪，有电闪雷鸣，更可怕的是还有唯利是图、不择手段的捕鸟贼，于是，一场正义与邪恶的殊死较量就此展开……

千年鸟道

□ 刘春山

1．蹊跷的窃案

刘教授是著名的鸟类专家，退休前在鸟类研究所工作。这天，他在花鸟市场溜达了一上午，下午才回到家，刚打开门便大惊失色。

只见家里被翻了个底朝天，一片狼藉，显然被小偷光顾了。刘教授急忙冲进书房，里面珍藏着许多关于鸟类方面的书籍，都是刘教授的宝贝，此刻却被扔得满屋都是。

刘教授心疼得一屁股坐在地上，捶胸顿足，不知过了多久才冷静下来，开始清理书房。这些关于鸟类的书籍是刘教授一生收藏所得，其中不乏古籍善本，有的甚至是绝版，每一本都

价值不菲，更重要的是这些古籍善本的学术价值更是无法用金钱来衡量。

好不容易清理完毕，刘教授不相信地揉揉眼睛，又仔细梳理一遍，居然一册古籍善本也没丢。刘教授暗自庆幸：多亏贼是外行，不然来个照单全收，非要了自己这条老命不可。

既然宝贝没丢，刘教授也就释然了，开始收拾其他房间，等到把所有东西归了原位，刘教授更是丈二和尚摸不着头脑。为啥？不仅古籍善本没丢，就连金银首饰也原封未动！嘿，这是什么样的贼？

忙乎了大半天，终于清理完毕，刘教授累得瘫在沙发上，就在这时，

门外传来"咚咚咚"的敲门声，刘教授打开门一看，不禁有些惊讶，警察来了。

他急忙把警察让进屋里，其中一个老警察问："听说你家遭小偷了，丢了啥东西没有？"

刘教授介绍了下情况，老警察诧异地说："什么也没丢？不可能，你再仔细检查检查。"

刘教授又仔细检查了一遍，还是啥也没少。"真是怪事！"老警察边踱步边喃喃自语，突然猛地回过头，"再仔细想想，还有没有更重要的东西？"

"更重要的东西……"刘教授边说边想，忽然猛地一拍大腿，"呀，还真有一件。""是什么？"几个警察几乎异口同声地问道。

刘教授风风火火奔进卧室，来到一把老式的太师椅前。这是一把紫檀木的太师椅，光亮中透着古朴，一看就是老玩意。刘教授拿了一把锤子，小心谨慎地卸下了一个椅腿。

一旁的老警察莫名其妙地问："卸椅腿干啥？"刘教授也不答话，转身拿来一把小镊子，探进椅腿里面。警察们这才看清，原来椅腿是空心的。不一会儿，他夹出了一个小纸卷。

刘教授长出一口气，说："好在宝贝还在，就是这一屋子的古籍善本也换不了这个小纸卷。"说完小心翼翼地摊在桌面上。

小纸卷展开来足有一尺见方，上面密密麻麻标满了箭头、地名、山川、湖泊等。"这是啥？"此时，老警察的眼中突然透出一股犀利的亮光。

刘教授激动地说："这是一张千年鸟道图！"

"千年鸟道图？干啥用的？"老警察追问道。经过老教授的讲解，众人终于明白了。

鸟儿每年是要南迁的，但候鸟南迁的路线千年以来一直是个谜，刘教授穷毕生精力，历经千难万险，历时三十余年，终于绘制出了候鸟千年以来南迁的路线——千年鸟道图！

听完刘教授的介绍，老警察拿过千年鸟道图，仔仔细细上上下下看了好几遍，喃喃自语："可找到你了，可找到你了！"说完，就像捧着宝贝一样再也不撒手。

刘教授惊讶地问："什么，你找千年鸟道图？"这下老警察哈哈大笑，笑声越来越狰狞。原来这几个警察是假的，他们是一伙特殊的贼，之前早就掌握了刘教授的饮食起居规律，趁刘教授上午去花鸟市场的空当，来到他家里行窃，目标就是这张千年鸟道图，没想到刘教授藏得太深，他们翻个底朝天也没见踪影。于是，一计不成又施一计，这才假扮警察来破案，最终骗到了手。

骗到了千年鸟道图，几个贼想溜之大吉，刘教授手一拦："慢着，我有话要说。"一个小胡子立马瞪起眼："糟老头子，想找死呀。"说着就要下手。还是那个"老警察"有城府："慢着，听他说啥。"

刘教授冷冷地问："你们如此费尽心机找这张千年鸟道图，到底想干啥？"这回"老警察"也不再隐瞒，一五一十道出了原委。刘教授一听，顿如万丈高楼一脚踏空。

原来这是一伙捕鸟贼，他们不择手段寻找千年鸟道图，当然是图的钱，这可是不折不扣的摇钱图。如今，吃珍禽的人越来越多，可鸟类越来越少，俗话说物以稀为贵，因此鸟的价格一路看涨。要知道这些珍禽平时都散布在深山野岭，一般人很难碰到，更别说捕捉了，但南迁的时候则不同了，这些珍禽会聚在一起，沿着千年鸟道集体南飞，正是捕捉的良机，所以说找到了千年鸟道图，就是寻到了摇钱图。

此时，刘教授反而不着急了，慢吞吞地说："哦，原来是为了捕鸟呀，看来要白费心机了。"

"白费心机？"见刘教授话中有话，"老警察"急忙反问。

刘教授微微一笑，掷地有声地说："对，白费心机，因为这张千年鸟道图是假的！"

"老警察"似乎被震住了，但马上绽开笑脸，说："算了吧，这图竟然藏匿在椅腿里，肯定是真图，别唬我们了。"

老教授哈哈大笑："不信就算了，但有一点要告诉你们，从你们一进门，我就知道你们是假警察。"

几个捕鸟贼一听，面面相觑。还是"老警察"沉稳，不慌不忙地问："你咋看出来的？"

刘教授冷冷一笑，说他回来后一直忙着整理他的宝贝书籍，根本就没想起来报警，况且邻居也不知道他家被盗了，而他们这些"警察"不请自到，显然是假冒的，所以才故意取出了假图。

刘教授分析得头头是道，捕鸟贼们追悔莫及，千算万算，怎么也没想到这点！

就在这时，意想不到的事发生了，刘教授趁"老警察"放松的时候，一

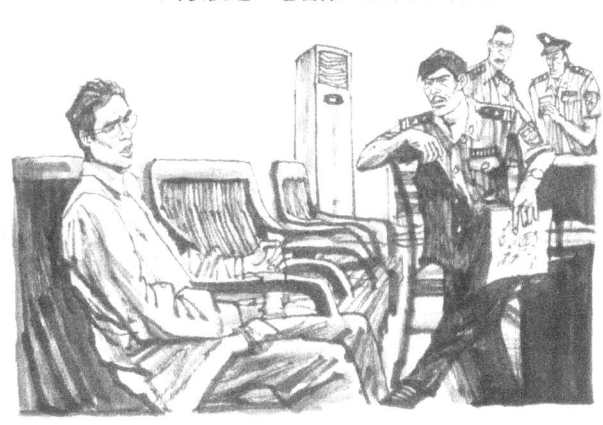

把抢过千年鸟道图，飞快地跑进卫生间，同时反锁上门。等捕鸟贼撞门进去，刘教授已经把千年鸟道图撕成碎片，扔进马桶让水冲走了。原来这张图是真的！

捕鸟贼们眼睁睁地看着千年鸟道图被毁，急得捶胸顿足："大哥，到嘴的肥肉没了，下一步咋办？"只见假扮老警察的大哥从容地点上一支烟，慢条斯理地说："别急，千年鸟道图早在这里了。"说完，指指刘教授的脑袋。众人恍然大悟，可不是嘛，刘教授不就是一张活的千年鸟道图吗？

突然，大哥猛地一掌击晕了刘教授，一行人消失在茫茫的夜色里。

2.阴险的诡计

不知过了多长时间，刘教授悠悠醒来，睁开眼，发现自己坐在车后座的中间位置，双手被反绑，身旁还坐着两个彪形大汉。车子飞快地行驶着，刘教授偷偷用余光扫向车外，尽量记住车外的地形地貌。

这时，坐在前排的大哥说话了："醒就醒了，别装了。"刘教授一惊，大哥慢条斯理地继续说道："放心，只要你带我们找到千年鸟道，立马放你，我们只求财，不求命。"

刘教授明白用意，斩钉截铁地回绝："你们还是断了这个念头吧，我死也不会带路的。"

大哥神秘一笑："话别说绝，到时你会主动告诉我们的。"说罢眯起眼不再说话，一副胸有成竹的样子。

不久汽车拐进了大山，沿着盘山公路蜿蜒而上，不知过了多久，忽然停了下来，紧接着黑暗中跑出一个人："大哥，得手了？"刘教授心里咯噔一下，看来还有同伙接应。大哥摇下车窗说："死的千年鸟道图没有，活的有一个。"说罢指指刘教授。

汽车重新启动，刘教授发现后面跟上了一辆厢式货车，显然是这个同伙开着。刘教授说："找千年鸟道用不了两辆车呀。"大哥说："错了，我们已经找到了千年鸟道，这辆厢式货车是装鸟用的。"刘教授嘴一撇，心想，原图已经毁了，我又死活不说，看你们怎么找！

汽车走了一段盘山公路后，又拐进了山间土路，起初刘教授不以为然，走着走着，忽然觉得不对劲，窗外的景物咋有些眼熟？他仔细搜索记忆，忽然惊得差点叫出来，呀，这个地方来过，再往前走就是鬼爬坡，正是候鸟南迁的通道，当年自己费了千辛万苦才发现的，怎么，难道捕鸟贼们真发现了千年鸟道？

刘教授的心怦怦直跳，真要被发现了，对鸟类将是一场灭顶之灾。这时大哥开口了："刘教授，这个地方眼熟吧,实话告诉你,我们早发现了千年鸟道,当地人叫鬼爬坡的地方就是。"见对方说出了准确地名,刘教授心底最后一点侥幸被彻底击碎了。

不一会儿,山路也没有了,车子停了下来。下了车,捕鸟贼们开始从车上往下搬东西,什么粘网、猎枪、竹竿等等捕鸟工具一应俱全,奇怪的是还有两个大探照灯,一个微型发电机。刘教授不由自主地问道:"这干啥用?"大哥撇撇嘴说:"照鸟呗。"

刘教授浑身猛地一哆嗦。鸟有趋光性,一照就会俯冲下来,地上的大网就会一网打尽,这么高科技的捕鸟手段都用上了,看来这是伙专业捕鸟贼,而且身后还有一条巨大的产业链——捕杀、运输、贩卖一条龙。但让刘教授不解的是,既然他们已经找到了千年鸟道,干吗还要寻找千年鸟道图?为啥还要绑架自己?

一伙人押着刘教授上了鬼爬坡顶部,一溜架起五张大网,几乎将整个坡顶都控制了,然后又架起微型发电机,竖好探照灯。眼下正值秋末冬初,正是候鸟南迁的季节。

做好这一切,大哥斜着眼问刘教授:"告诉我们,鬼见愁在哪儿?我们要找的是千年鸟道上的鬼见愁。"此话一出,刘教授心惊肉跳。

鬼见愁是千年鸟道上的咽喉。其实千年鸟道并不是窄窄的一条通道,一般宽度在几十公里,平原地带甚至

有上百公里,候鸟在这个宽度的范围内南迁,但鬼见愁则不同,大约只有一公里宽,而且所有南迁的候鸟必须通过这个窄窄的通道,因为鬼见愁两侧全是高耸入云的崇山峻岭,鸟儿根本飞不过去,所以说这是千年鸟道上的咽喉。

所幸的是,这帮捕鸟贼还没找到鬼见愁,否则对鸟将是一场毁灭性的灾难。想到这儿,刘教授心里略感安慰。见刘教授死不开口,大哥意味深长地说:"你不说是吧?没关系,一会儿你会求着告诉我们的。"

刘教授心想:大不了一死,连死都不怕,你还能撬开我的嘴?这样一

想反而释然了，不一会儿迷迷糊糊睡着了，正睡得香甜呢，忽然被人摇醒了，大哥诡异地笑着说："走，带你去看场好戏。"说罢领着刘教授向远处的一片树林走去。

这伙捕鸟贼蹑手蹑脚，连大气都不敢出，生怕惊动了什么。离树林大概二百米远时，众人停了下来，大哥拿出望远镜仔细张望了一会儿，然后递给刘教授，指指树林说："你看看。"刘教授接过望远镜，好家伙，望远镜也是高倍的红外线望远镜，夜晚看得清清楚楚。看着看着，刘教授几乎惊叫出声，他看见树林外面有一只大雁。

这可不是一只普通的雁，叫守夜雁，就是雁群休息时站岗放哨的，现在正是候鸟南迁的季节，树林里肯定休息着雁群。大哥得意地说："怎么样？你再不说，我可要大开杀戒了！"

看着捕鸟贼们手里的猎枪，刘教授这回像被点中了死穴，他向来爱鸟如命，怪不得大哥说他会开口的，原来早把他的脾气秉性研究透了。刘教授心乱如麻，正无计可施呢，忽然灵光一闪，有了一个绝妙的主意……

3.要命的筹码

一伙人继续偷偷摸摸向树林靠近，猎枪射程近，眼下还无法猎杀。这时，刘教授脚下暗中一使劲，一块小石子骨碌碌滚动几下，尽管声音很

小，可大雁是警惕性极高的鸟类，耳朵又特别灵敏，只见守夜雁振翅飞起，嘴里还发出凄厉的尖叫声，刹那间树林里的雁群腾空而起。

捕鸟贼们不敢动了，悄悄趴在地上，大气也不敢出，刘教授心里这个乐呀，但没过一会心又抽紧了。咋回事？雁群毕竟是鸟类，见没啥动静，盘旋了一会儿又落回了树林休憩，所幸的是那只守夜雁还在站岗放哨。

捕鸟贼们继续往前走，走着走着，忽然一阵风吹来，吹得树叶簌簌直响，刘教授更有把握了，他脚下暗中一使劲，一粒石子又滚动起来，这回小石子滚动的声音完全淹没在摇曳的树叶声中，但守夜雁能清晰地分辨出来，眨眼间守夜雁发出了预警，雁群又一次腾空而起。

可雁群盘旋了一会儿，又落回了树林。这下，刘教授额上冒出了汗珠，捕鸟贼们可高兴了，继续蹑手蹑脚地靠近。眼看就到了猎枪的射程范围之内，这回刘教授豁出去了，他猛地抄起一块石头掷出去，石头"啪"地落在守夜雁身边，守夜雁惊叫着飞了起来。

这时最不可思议的事情发生了，尽管守夜雁报警，可树林里的雁群纹丝不动，大哥领着众人扑了上去，等到雁群发现危险时已经晚了，几把猎枪同时响起，一扫一大片。等到屠杀结束，大哥指着满地的死雁对

刘教授说："看见了吧，多亏你帮忙，我们才猎杀了大雁，你也是凶手之一。""啥？我也是凶手？"刘教授义愤填膺，可大哥的一番话说得刘教授哑口无言。

原来大哥早发现了刘教授的小动作，他是故意让刘教授通知守夜雁。为啥？第一次、第二次守夜雁发出预警，树林里的雁群相信危险来了，故而起飞盘旋，但到了第三次根本就不相信了，反而责怪守夜雁多事。大哥正是了解了大雁这个习性，这才一再放任刘教授报信。刘教授虽然是鸟类专家，但对于如何捕杀鸟类却是门外汉。

大哥得意地盯着刘教授再次追问："你到底说不说鬼见愁在哪儿？"刘教授心如刀绞，但始终不说。大哥气急败坏地说："好好好，让你再看场好戏。"说罢一行人回到了张网的地方。大哥说得没错，另一场更加残酷的杀戮就要上演了。大雁是高空飞行的鸟类，不怕人类惊扰，所以白天飞晚上休息，而一些低空飞行的鸟类就不行了，必须等到晚上飞，张网等待的就是晚上飞翔的鸟。

果然没过多久，先是有鸟儿陆陆续续

飞过，到了午夜时分，铺天盖地的鸟群飞了过来，刹那间遮蔽了天空。微型发电机顿时轰鸣起来，两束探照灯的光柱一起射向天空，顿时亮如白昼，按部就班的鸟儿在强光的刺激下一下子乱了阵脚，纷纷俯冲进网中……刘教授难过地闭上了眼睛，不忍再看。

等到刘教授睁开眼睛的时候，五张大网已经成了名副其实的鸟网，这时大哥又开始逼问了："咋样，你总不能眼睁睁看着这些活蹦乱跳的鸟儿成了餐桌上的美味佳肴吧？"此时，刘教授坚定自己更不能说鬼见愁的位置了，虽说这里也是千年鸟道，但毕竟只是一小部分鸟儿经过，附近还有其他很多鸟道，鬼见愁则不同了，那是所有南迁鸟儿的唯一通道。

见刘教授态度坚决，大哥也无可奈何，只得催促众人逮鸟，正逮得不

亦乐乎呢，忽然刘教授撞开众人，发疯般扑向大网……

捕鸟贼们还没反应过来，刘教授已经动手救一只鸟了，可鸟头伸进了网眼，越急越拿不出来，他又不敢硬来，怕伤了鸟。这时大哥等人回过神来了，死拉硬拽地架走了教授。

大哥觉得很奇怪，网里这么多鸟，刘教授怎么单救这只？看着看着，忽然发现了异常，这只鸟的羽毛白里透红，惊艳极了，大哥阅鸟无数，这种鸟还是第一次遇到，更重要的是这只鸟的腿上箍了一个亮晶晶的小金属环。大哥捕鸟是行家，但对这个小亮环一无所知，可凭直觉，小环肯定有来历。想到这儿，大哥小心翼翼地取出了这只特殊的鸟，凶神恶煞地来到刘教授面前，威胁说："你到底说不说鬼见愁在哪儿？不然我可下手了。"说完就要往岩石上摔。

刘教授见状，拼命大叫"住手"，最后终于屈服了，答应带他们去鬼见愁，不过提了一个条件："把这只鸟儿放了！"原来，这只鸟来历不凡，更重要的是它和刘教授还有一段渊源。

这只鸟的学名叫朱鹮，目前存世量很少，是珍品中的珍品，如果遭遇不测，这个鸟种可能就永远消失了。那年刘教授在内蒙古大草原考察鸟类时，忽然听到草丛中传出一阵鸟叫，

那不是一般的叫声，是发生危险时的哀鸣。刘教授赶忙循声望去，一个不可思议的场景出现在他眼前：只见一条大蛇吐着鲜红的信子，吸着一只鸟儿往后走，鸟儿拼命地振动翅膀，可就是飞不起来，眨眼间，鸟儿被吸进了蛇嘴……刘教授素来爱鸟如命，急忙掏出野外随身带的刀子挥向大蛇。

顿时，硕大的蛇头落地，刘教授救出了蛇嘴中的鸟儿。可鸟儿受了重伤，刘教授养了它一个多月才痊愈。放飞大自然的时候，他按照国际通行的惯例，在鸟儿腿上箍上了环志，也就是那个小金属环。可以这样说，这只鸟儿就像刘教授的一个孩子。

现在孩子遇险，实在没办法，刘教授才答应去见愁。这时大哥反而犹豫了，怕放了朱鹮后刘教授反悔，他想了想，说到了鬼见愁才能放生，否则免谈。刘教授救鸟心切，只得答应下来。

4.说话的石头

有了朱鹮做筹码，大哥信心十足，押着刘教授驱车南下。这天，他们来到了一个大峡谷，车是开不了了，一行人徒步钻了进去。这个山谷怪石狰狞，阴森恐怖，不时地透出阵阵寒气，大哥的脊梁背直冒凉气。怪呀，大山里讨生活，什么样的穷山恶水没见过，但进了这个山谷总感觉哪里不对劲。

大哥不走了，问："还远吗？"

刘教授说："不远了，再走个把时辰就到了。"

大哥怀疑地问："你别是骗我们的吧，这山谷咋这么瘆人？"刘教授哈哈大笑："你想想，荒凉的地方人迹罕至，鸟儿才敢放心地飞过。"

大哥想想也是，就又走了几里。突然十几米宽的山谷豁然开朗起来，足足有一个足球场那么大，刘教授说："穿过这片开阔地就到了。"本来捕鸟贼们已经筋疲力尽，见马上要到鬼见愁了，重新像打了鸡血一样兴奋起来。

大哥太得意忘形了，竟把装朱鹮的鸟笼子挂在树上，机不可失，刘教授一个健步蹿过去，三下两下打开鸟笼，刹那间朱鹮飞走了。

等捕鸟贼们发现时，为时已晚，大哥气急败坏地拔出匕首刺向刘教授。刘教授见朱鹮逃生了，死而无憾，也就凛然面对。但大哥的匕首并没有扎下去，毕竟还没找到鬼见愁。刘教授似乎看出了大哥的心思，说："你还是死了这条心吧，这个地方根本不是鬼见愁，我把你们引进了绝地。"

"绝地？什么绝地？"大哥紧张起来。刘教授哈哈大笑，指着这个巨大的山谷说："知道这叫什么地方吗？八卦谷，只要进来了休想出去。"

大哥是个老江湖，根本不信这一套。刘教授笑笑说："不信你就试试，看能不能走出去！"大哥不信邪，掏出指南针，不看则已，一看不禁倒吸

一口冷气，指南针失灵了。原来这里磁场特别强，指南针根本不好使，刘教授当年探寻千年鸟道的时候，就差点葬身谷里，要不是运用了特殊的寻路方法，恐怕早到阎王那儿报到了，今天他是特意引捕鸟贼们到这里来的。

见指南针失灵，大哥并不气馁，他长年累月翻山越岭，辨别方向还是有一套办法的。可说来也怪，他想尽了各种办法，折腾了大半天，转来转去还是回到了原地。刘教授开怀大笑："你们不是伤天害理吗？今天就给那些死去的鸟儿殉葬吧！"

捕鸟贼们个个垂头丧气，一筹莫展。忽然一个捕鸟贼说："快看。"顺着手指方向望去，刘教授惊出一身冷汗。原来那只朱鹮并没有飞远，此刻落在不远处的一棵树上，正冲着刘教授叫呢，箍在腿上的环志在太阳的照射下闪闪发光。刘教授心里这个气呀，好不容易放你走，你咋不远走高飞呢？刘教授顾不得许多了，撒腿跑到树下又喊又叫外加挥手，终于朱鹮惊叫着飞走了。

眼看煮熟的鸭子又飞了，大哥气急败坏，拿起猎枪对准刘教授就要打去，一个捕鸟贼慌忙拦住，低声说："大哥，慢着，你看看上面。"说完还做了一个掩嘴的动作。大哥抬头一看，心里乐开了花，原来那只朱鹮又落回树上，正眨巴着眼睛往下看呢。刘教

授也发现了，想重新轰走，大哥早料到了这招，抢先把刘教授架走了。

朱鹮可是唯一的救命稻草，只有它才能要挟刘教授带领众人走出绝地，然后找到鬼见愁，问题是必须抓活的，否则刘教授不会买账。

可眼下朱鹮在高高的树上，上树逮吧，怕惊飞了，不逮吧，一会儿又飞走了怎么办？大哥急得团团转。

过了一会儿，朱鹮忽然晃晃悠悠飞了起来，刘教授这个乐呀，心里直喊阿弥陀佛。但高兴劲还没过，心立马又抽紧了，这回朱鹮没往上飞，而是冲刘教授飞来，最后颤颤巍巍落在

他的手上。这时，刘教授才发现，原来它粘在网上的时候翅膀受伤了，根本飞不远，这回倒好，想轰也轰不走了。

情况急转直下，大哥可乐了，他抓住朱鹮装回鸟笼，然后慢条斯理地说："这回好了，反正也走不出绝地，正好有朱鹮陪葬。"这下，刘教授真陷入了两难境地：领捕鸟贼们走出绝地吧，这是一群祸害，说不定有多少鸟儿要遭殃；不带出去吧，自己死倒是小事，可朱鹮……思来想去，还是先顾眼前吧，保住朱鹮要紧！

说话间太阳就要落山了，大哥催促道："快走吧，天快黑了。"刘教授呢，反而不慌不忙躺下了。大哥干着急没办法，可转眼一想，反正朱鹮在手，不怕你刘教授不带他们出绝地。

等呀等，天完全黑透了，这时刘教授却爬起来了，领着众人走入茫茫黑夜。大哥心里直打鼓：白天都走不出去，晚上怎么走？走了没多远，只见刘教授将耳朵贴在一块大石头上，过一会儿又来一次，如此循环往复。大哥实在沉不住气了，问："刘教授，你干吗呢？"刘教授神秘地笑笑："没什么，我在跟石头打听路，它告诉我怎么走出八卦谷。"

捕鸟贼们一听，也来了兴趣，纷纷把耳朵贴在石头上。刘教授哈哈大笑，说："你们不行，血腥味太重，石头不会说的。"还甭说，过了几个

时辰，刘教授带着众人真走出了八卦谷，来到一棵老歪脖树下，进谷前曾在树下打过尖，所以很熟悉。

见走出了绝地，捕鸟贼们欣喜若狂，直夸刘教授神奇，能听懂石头说话，大哥一撇嘴："哼，这种小把戏就是一层窗户纸，一捅就破，现在我也能听懂石头说话了。"其余捕鸟贼忙问："大哥，到底咋回事？"

大哥真是精明，一语道破天机。原来，上午太阳照石头的东边，下午照西边，石头吸热慢散热也慢，这样到了晚上，石头的西边就温热一些，东边就冰凉一些，至于耳朵贴上去听是装的，主要还是用脸来感觉温度，所以能准确辨出东西的方向。

5. 险恶的圈套

很快，一行人回到车上继续南下。此时，刘教授的处境十分艰难，朱鹮的伤一时半会儿好不了，想飞也飞不起来，最后实在不行，只有舍弃这只珍贵的朱鹮。鬼见愁是万万不能去的，否则就不是朱鹮堪忧，而是上百种珍稀濒危鸟类的灭顶之灾了。

三天后，他们来到了一座大山口，鬼见愁就在大山深处。经过连续几天的奔波，大家已经精疲力竭，这晚一行人住在山下的路边小店，大哥特意包下了整个店，并派两个人专门看守刘教授。

晚上，捕鸟贼们要了一桌丰盛的

佳肴，正吃得欢呢，忽然店老板来了，先是给众人相相面，然后压低声音问："你们是捕鸟的吧？"大哥大吃一惊，接着故作镇定地说："不是，我们是过路的。"

店老板哈哈大笑："算了，看见你们车上的网了，早已经过去了十几拨，全是去鬼见愁捕鸟的。"

刘教授一听，大惊失色："你说什么，去鬼见愁捕鸟？有十几拨人？"

店老板得意地说："对呀，每当秋末冬初的时候，鬼见愁的鸟铺天盖地，起初我们当地人只是捕鸟吃鸟，近两年鸟的行情看涨，好多外地人就专门开车过来，要不我咋一眼就看出你们是捕鸟的呢？"

真是踏破铁鞋无觅处，得来全不费工夫，大哥欣喜若狂。刘教授则心急如焚，他要用这条老命来制止这种滥杀行为。在他的带领下，一行人火速赶往鬼见愁，

终于到了鬼见愁，好家伙，中间窄窄一条山谷，两边全是万丈高山，怪不得叫这个名字。这时大哥哈哈大笑，指着刘教授说："你上当了！"

上当？起初刘教授没明白，但环顾一下四周，对呀，店老板不是说来了十几拨人吗，怎么连个鬼影也没有？刘教授确实上当了。原来大哥吃饭前就重金买通了店老板，编了一套有鼻子有眼的谎话，加上店老板是本地人，本地人确实有捕鸟吃鸟的习

惯，刘教授这才信以为真。大哥早摸透了刘教授的心思，一听说过去了十几拨捕鸟贼，肯定心急火燎地要去看看，这不，正好领路。

不过，说来也怪，一等就是十天，南迁的鸟儿杳无踪迹，算算时间，看看季节，南迁的鸟儿该过了。有的捕鸟贼沉不住气了，问大哥是不是上了刘教授的当了，这要错过了南迁的季节，今年的收成可是竹篮打水一场空了。不料，大哥却稳如泰山，说："鸟儿没来就对了，要是来了反而就不是鬼见愁了。"这样一说，众人更是一头雾水。

这天早上，大哥起得很早，说领众人出去散散心，看看西洋镜。很快，他们到了一个大山坳，山坳里到处是参天大树。忽然大哥举起猎枪冲天空一扣扳机，就在众人吃惊的时候，树林里腾起了一片黑云，再细看，竟是铺天盖地的鸟群，呀，原来南迁的鸟儿早来了，都躲在这里！一个捕鸟贼问："大哥，你是神仙呀，咋知道藏在这里？"大哥笑笑说："这只是冰山一角！"说罢又领众人转到其他山坳，好家伙，树林里全是鸟，少说也有几十万只。

这时，一个捕鸟贼问："大哥，这些鸟是不是真有灵性，知道咱守株待兔，所以藏在这儿迟迟不飞过鬼见愁？"大哥不屑地撇撇嘴："你知道啥，这儿是鸟的中转站。"

原来鸟儿南迁的路程很漫长，少则几千公里，多则上万，所以必须找一个地方停下来，栖息个十天半月，以便囤积脂肪，补充体力。因为鬼见愁一带深山野岭人迹罕至，加上水草丰茂、虫类繁多、食物充沛，于是便成了千年鸟道上的中转站。

大哥的一番话说得众人心悦诚服，此时，刘教授的最后一丝希望也破灭了，他本以为拖延一些时日，见鸟群总也不从鬼见愁经过，捕鸟贼们就会走的，哪知道大哥对鸟的习性了如指掌，连"中转站"都摸清了。

到了第十三天晚上，一个手拿望

远镜的捕鸟贼忽然喊道："快看。"定睛细瞧，朦胧月光下黑乎乎的一片正向埋伏地点飞来，还隐隐约约听见鸟叫声。捕鸟贼们顿时像打了鸡血一般，欢呼雀跃。说话间鸟群就飞过头顶，可大哥却按兵不动。捕鸟贼们齐声催促："大哥，快动手吧，不然就晚了。"大哥却慢条斯理地说："算了，放它们过去吧，大老远飞到这不容易！"

"大哥，不能发善心呀，咱全指望这个吃喝玩乐呢。"捕鸟贼们躁动起来，只有刘教授恨得牙痒痒，心想，装什么善人，现在飞过的是鸟群的尖兵，换句话说就是探路的，惊扰了尖兵，后面的大队鸟群就会心生警惕，就算不能绕飞鬼见愁，最起码也会再观察几天。大哥显然对鸟的脾气秉性烂熟于胸，故而隐忍不动。

这天晚上，陆陆续续飞过了许多小队鸟群，它们是不同鸟类的尖兵部队。刘教授知道，大队鸟群马上就要踏上征途，它们哪里想到要飞过的不是鬼见愁，而是鬼门关，而这个把关的鬼就是我们人类。

6.惊魂的断崖

第二天早上，刘教授面色凝重地对大哥说："反正鸟儿白天也不飞，这样吧，我带你们去个地方。""去哪里？"大哥心生警惕，他怕刘教授又要啥花样。刘教授淡然一笑："放心吧，不远。"说完指指不远处的断崖。

大哥断然拒绝："大山里到处都是悬崖峭壁，没啥稀奇的，不去。"刘教授微微一笑："知道这个断崖叫什么吗？断头崖。"刘教授接着补充，"这可不仅仅是个地名而已，真能断头的，敢去吗？"说完斜着眼睛看大哥，一脸不屑的样子。

大哥看了看断头崖，崖面也就是光滑平整些而已，没啥特别；再说了也就几百米远，不会迷路的。想到这儿，大哥让众人带上猎枪，一行人跟着刘教授往断头崖走去。

很快，众人就来到了断头崖前，好家伙，足足几百丈高，崖面平滑如镜，更重要的是崖下面一股难闻的气味扑鼻而来。大哥惊叫："上当了。"说完，带着众人撒腿就往回跑。

大哥为啥如此心惊胆战？古书上常有记载，南方的深山老林里，由于气候湿润，常年累积的腐草败叶会产生瘴气，也就是毒气。跑出好大一段路，大哥才大口喘着气，嘴里说着："好悬呀！"

等到冷静下来清点人数，呀，坏了，刘教授没了！准是借机跑了！大哥正四下张望，忽然一个捕鸟贼喊道："大哥，在那里。"放眼望去，刘教授已经坐下了，显然是因为他年岁大了跑不动，中了瘴气。

这时，大哥作出了一个出人意料的决定——回去救人。一个捕鸟贼反对道："大哥，危险，弄不好我们

也得搭上。"

大哥却坚决地说："我们是求财不是求命，不能见死不救。"说罢就往回跑，他要把刘教授背离险地。

可走近了却发现，刘教授恭恭敬敬跪在地上，正冲着断崖磕头呢，一点事也没有！刘教授没事，说明这里没有危险，但众人还是被他怪异的举动惊到了。大哥小心地问："老教授，你在干啥？"刘教授肃穆地说："给亡灵们磕头呢！"

大哥追问道："亡灵，真有亡灵？"刘教授缓缓地说："一会儿你就看见了。"说完闭上双眼，只见两颗晶莹的泪珠顺着他脸颊滚落下来。

呀，难道真是断头崖？众人和刘教授这些时日打交道以来，从没见他如此伤心欲绝过。就在这时，令人毛骨悚然的一幕出现了：只见几只鸟儿缓缓飞来，快到断头崖的时候猛然加速，径直撞了上去……这样的场景断断续续持续了好几个小时，少说也有上千只鸟儿撞崖。

众人看呆了，尤其是大哥，对鸟习性的了解可以说是专家级的，但从没见过这种场景。刘教授缓缓地问道："知道鸟儿为什么自杀吗？"大哥摇摇头。过了许久，刘教授才道出缘由。

原来，候鸟南迁是一个漫长艰难的过程，或者说是一场死亡之旅，有暴风雪，有电闪雷鸣，更可怕的是还有人类，于是这些病鸟、弱鸟、伤鸟经过一段时间休整后，确实不能继续长途飞行的，为了保证大队鸟群顺利到达目的地，每年都会到断头崖前义无反顾地举行这场死亡葬礼，所以崖下才会有难闻的气味。众人来到崖下一看，果然如此，自杀的鸟儿有的翅膀沾着油污，有的腿上缠着网绳，还有的身上有个铅弹……

看着这些，众人都惊呆了。过了许久，大哥从牙缝里慢慢挤出四个字："金盆洗手！"

（题图、插图：杨宏富）

延伸阅读

您想阅读这位作者的其他精选作品和创作感言吗？请扫描右边的二维码。更多精彩，立刻体验。

禁烟有奇招

□ 陈新祥

王经理最近很沮丧。因为一份眼看到手的订单打了水漂，客户拒绝他的原因，竟然是考察时发现他们公司的男厕所烟味太重，公司形象大打折扣。

痛定思痛，王经理决定禁烟。他先在男厕所张贴标语，希望员工自律。可公司那帮大老爷们早习惯了如厕时吞云吐雾，根本不把标语当回事。无奈之下，王经理只好每天巡查，抓到违反者罚款。可半个月不到，他就累得差点趴下了。

烟屡禁不止，王经理心急如焚。这天，他无意间看到天花板上一种叫"烟雾感应器"的消防装置，顿时眼前一亮：烟雾感应器遇烟后会发出警报，并自动喷出水花。如果把它安装在厕所里会怎样呢？

说干就干。王经理立马找来水电

工人，在每间男厕所顶上装了个烟雾感应器。

还别说，这招看起来虽毒，效果却极好。接下来的日子，除了几个不信邪的顽固分子"顶风作案"，最后被淋成落汤鸡外，再没有人敢在如厕时吸烟了，男厕所卫生状况大为改善。

过了一个月，一位女客户来公司考察，王经理信心满满地带着她在车间参观。正逛得兴起呢，突然，男厕所传来警报声。女客户吓了一跳，忙问什么情况。王经理只好如实回答。谁知没等他说完，女客户突然一拍大腿："坏了！"

王经理一愣，忙问怎么了。女客户红着脸说："刚忘了跟你说，我是和我先生一起来的，下车后他说内急，就先去了厕所。"

"什么！"王经理一听脸色大变，慌忙向男厕所跑去。刚跑到门口，就见一男子浑身是水，惊慌失措地从男厕所跑出来，嘴里嘀咕道："这公司真奇怪，厕所的冲水器竟然装在头顶上！"

打哑谜

□ 张淑霞

这天，甄局长让秘书去买一箱酱油和一箱梨，给刚刚离休的纪检书记老张送去。

秘书愣住了，他知道局长和老张不和，但这礼物也太拿不出手了。

见秘书没动，甄局长有些不高兴了，说："让你去你就去，这两样东西是有深意的，老张是个文化人，一看就明白。"

秘书只好硬着头皮把东西送了过去。老张接过来一看，脸色一下变了："看来甄局长是恨透了我，他让你送酱油和梨来，就是想告诉我，老张你已经'梨'（离）休了，以后就是'打酱油'的了，别再多管闲事了！"

秘书正想告辞，老张把一本《道德经》和一本《荤菜大全》塞到他手里，说："麻烦你把这两本书送给甄局长，这两本书是有深意的，甄局长是个高材生，一看就明白。"

秘书把书带给了甄局长。甄局长皱着眉头琢磨了一会儿，笑了起来："老张这哑谜太小儿科了，《道德经》是道家的代表作，最基本的思想是'无为而治'，再加上这本《荤菜大全》，他是想告诉我：随我吃喝玩乐，他什么都不管了。"

谁知刚过半年，甄局长就因为贪污被抓了，举报人正是老张！被抓之前，甄局长气急败坏地质问老张："上次你送我两本书，意思不是说你什么都不管了吗？干吗又多管闲事？"

老张一听，乐坏了："亏你还是中文系的高材生，连个哑谜也猜不对。我问你，道德经的作者是谁？"

甄局长说："老子啊，怎么啦？"

老张得意地说："那不就结了？再加上《荤菜大全》，谜底已经很清楚了，我是想告诉你——老子不是吃素的！别小看我这个纪检书记，离休了照样也能监督你！"

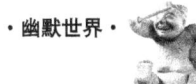

结婚囧途

□ 陈彬华

阿虎为人很抠门，就连结婚也是精打细算。这天，他向女友小丽提议说："小丽，现在不是流行用自行车迎娶新娘吗？咱也时髦一把！"

小丽听后扑哧一笑："时髦什么啊！我还不知道你，不就心疼那几个钱嘛！不过，我就喜欢你这点，会过日子，还不快回家准备去。"

很快，阿虎召集了一帮哥们，组成一支自行车迎亲队。

到了结婚这天，在喜庆的鞭炮声中，阿虎载着小丽慢悠悠地蹬着车，嘴里哼着婚礼进行曲。正当小两口沉浸在甜蜜中时，突然"砰"的一声巨响，车胎爆了。

小丽郁闷地跳下车，埋怨道："什么破车？出发前也不检查下！"

阿虎尴尬地挠挠头，说："出发前还好好的，关键时刻掉链子！"

小丽嘟着嘴巴说："那现在怎么办？离你家还远着呢！"

这时，车队中阿虎的一个哥们推着自行车走过来，得知情况后说："有啥大不了的，骑我的车吧！"

阿虎长吁了口气。重新上路后，他不敢再磨蹭，踩着车直奔家门而去。眼看迎接的人群越来越近，小丽提醒道："阿虎，快按车铃。我和你家人约好了，车铃一响，他们就点鞭炮。"

阿虎一听傻眼了："我这哥们是搞家电回收的。他的车改装过，没有车铃，只有个大喇叭。"小丽着急地说："你管它什么喇叭，能响就成。"

阿虎来不及多想，忙按下喇叭上的开关。谁知几声杂音过后，喇叭里传出一阵高亢的吆喝声："居民同志们，注意啦，高价回收彩电、冰箱、空调、电脑、洗衣机、旧手机……"

阿虎和小丽一听，气得差点从车上栽下去。

灵异事件

□吴 量

老余是火葬场的火化工，因为职业特殊，他从没告诉过自己的朋友。说起来，火化工是个肥差。因为，按照这里的风俗，入殓时，家人都会在死者手里塞上一张百元大钞。所以，老余在将死者推进火炉前，总会悄悄将钱占为己有。

这天下午，又一个死者被推了进来。在火炉前，老余戴上口罩，麻利地将手伸进了他的袖子。正摸索着，

突然，死者的手动了一下，老余吓得魂飞魄散，晕倒在地。

清醒时，老余发现自己躺在休息室。工友都笑他，说这活你都干了好几年了，还会吓晕？老余没敢说实话，只好支支吾吾应付了过去。

下班后，朋友老丁打来电话，说准备了点下酒菜，请他和老王一起去喝酒吃鱼。这三人是牌友，经常在一起喝点小酒。老余心想，刚好缓解一下紧张的情绪，便答应了。

老王有事，晚点才能来。于是，老余和老丁推杯换盏，先喝了起来。

半小时后，老王才姗姗来迟。刚进门，老王就迫不及待地说："刚才听见一个笑话，笑死我了。说前天晚上，有人拿电瓶捉鱼，刚捉了一条大黑鱼，就触电死了。入棺时，家人就把黑鱼用红绳拴着，藏在死者袖子里陪葬。结果，火化工去拿死者手里的钱时，碰到了活黑鱼，被吓晕了……"

老余恍然大悟，原来虚惊一场，不是诈尸呀！

正高兴的时候，老王又说话了："后来，换另一个火化工搬尸体，黑鱼从死者袖子里掉了出来。于是，那火化工就把黑鱼带回家，在青石桥以五块钱便宜卖掉了……"

话音刚落，老丁指了指地上那根红绳，又指了指桌上那碗鱼汤和一大堆的鱼骨头，立刻不停地呕吐起来。老余见状，又晕了过去。

□ 陈 利

要命的精神转移

小王最近迷上了网络游戏，只是家里的电脑配置不给力，于是便向掌管财政大权的妻子请示买台新的。妻子想了想告诉他，如果他能一个月不玩网游，就给他五千块的奖励。

小王咬了咬牙，答应了。可接下来的日子，小王熬得无比痛苦。为了转移注意力，他就向朋友借了几个军舰模型来研究。没想到越研究越上瘾，简直到了废寝忘食的地步。

一个月很快过去了，妻子按照约定把五千块钱放到小王面前，告诉他可以去买电脑了。不料正沉浸在模型研究的小王连头都没抬一下，漫不经心地对妻子说："我现在对网游已经没兴趣了，还买电脑干什么，你别来烦我，我正忙着呢！"

妻子一听暗暗高兴，看来这个精神转移法还真有用，不但省下了这五千块，以后也不用担心老公沉迷网络伤害身体了，真是一举两得啊！可还没高兴多久，麻烦事就来了。

这天，小王一脸讨好地凑到妻子身边，说："老婆，有件事想跟你商量一下，前阵子借的那几个军舰模型我已经研究得差不多了，只是还差个鱼雷艇。我朋友那里没有，我想自己买一个，只是……价格有些贵，大概要一千多块，你能不能小小地满足我一下？"

妻子没好气地白了他一眼："只此一次，下不为例！"说完就要拿钱给他，不料，却被小王拦住了。他搓了搓手，有些难以启齿地对妻子说："除了鱼雷艇，接下来我还打算研究导弹艇、驱逐舰、护卫舰 大概有十几种类型，价格也比较高……"

还没等他说完，妻子已经气得摔门而去。小王无奈地摇了摇头，嘟哝道："这都已经受不了了，我还没把航空母舰算进去呢……"

就是要报名

□ 张国永

小蔡在少林驾校管招生工作。这天，从门外闯进来一个小伙子，头上缠着纱布，大叫道："我要报名！"

小蔡赶紧迎上去说："这期名额已满，你得等下一期。"不料，小伙子嚷嚷道："不行，我就要这期学！"

看这架势若是不让他学，只怕要砸场子，小蔡只好问他想学什么，是考A证、B证，还是C证？可小伙子却说："什么ABCD的，我要学拳，

你们教的是少林拳吗？"

小蔡惊讶地说："先生，我们这里是驾校……"

"就是驾校我才来找你们呀！"小伙子指了指自己的脑袋，说，"我刚跟人干了一架，见你们取名少林，就来了。"说着，把小蔡拉出门，指着门口的广告牌说："看，是不是少林架校？"

小蔡一看，不禁目瞪口呆，原来这块新广告牌上写的是"少林架校"，估计是广告公司的人不小心把"驾"打印成了"架"，这才让小伙子产生了误会。小蔡赶忙道歉："对不起，印错了，驾驶的驾下面应该是个马……"

经过一番解释，小伙子这才气呼呼地走了。小蔡赶紧通知广告公司重做广告牌。两天后，广告公司派人把新做的广告牌拿来了。

小蔡一看，广告牌上还是"少林架校"。他立刻打电话到广告公司质问："这字是谁打的？怎么还是打架的架？"

不料，对方一个嗲声嗲气的声音说道："驾驶的驾不就是上面一个加，下面一个木吗？我都写了十几年了。"

顿时，小蔡几乎晕倒在地。更让他哭笑不得的是，那个头缠纱布的小伙子又来了："你们明明是培训打架的学校，为什么不收我？今天老子非报名不可！"

你确定吗

□ 张静娟

迈克有严重的偷窥癖。最近他开了家小旅馆，在一个房间里安装了摄像头，没事就偷看客人。

这天，迈克又打开了探头，这才想起今天这个房间的房客是两个男人，正觉得扫兴想关掉，突然发现一个人递给另一个一包白色的粉末，后者接过来闻了闻……迈克大叫不好：毒品交易！想到本州对举报者有巨额奖励，他赶紧拨打了举报电话。

警察听了迈克的举报，谨慎地问道："你确定是毒品交易吗？"

迈克胸有成竹地说："那当然，错不了！"

警察追问迈克为何那么确定。迈克脑瓜一转，说："是这样的。我刚才给他们送吃的，意外地在门外听到了他们的谈话内容……"

很快，警察来了。迈克递给警察一把钥匙，说出了那间房间的号码。

见警察冲了上去，他喜不自胜。

不久，警察押着两个男人从楼上下来了。这时，一个警察走向了迈克的吧台，把钥匙还给他。迈克趁机问道："警察先生，我什么时候能得到奖金？"

那警察面无表情地说："不会拖欠你的。不过，我现在要问你一个问题……"

迈克赔着笑脸说："没问题，警察先生，配合您工作是我应该做的，您尽管问……"说着翻出登记册。

可警察却一把将登记册按住了，说："我只想问你，你确定听到他们在谈毒品交易吗？"

迈克愣了愣，信誓旦旦地说："怎么不敢确定？难道你们抓到的不是毒贩吗？"

警察冷冷一笑，拍拍迈克的肩膀，说："不错，那两个的确是毒贩，但他们是聋哑人犯罪团伙的成员，你能告诉我，怎样才能听到哑巴说话吗？"

高 招

□ 栗 果

老张在街边开了家花圈店，生意很不错。这天一早，老张来开店，突然发现门前有好几堆烧过的纸钱灰，被风一刮，四处乱飞，甚是烦恼。

老张好不容易把那几堆纸灰清理干净，然后写了一张"此处禁止烧纸"的字条贴在门上。可是第二天，依然有纸灰出现在门前。老张寻思，是不是字条上的字太小了，烧纸的人没看见？于是，就用大字重新写了张字条贴在门上。但接下来的日子，纸灰堆还是天天出现在那儿。

老张心里很郁闷，总不能为了这事儿，晚上不睡觉在这里看着啊。正烦着呢，一个朋友来了。见老张满脸不高兴的样子，就问他是怎么回事。老张把这事说给了朋友听，最后嘟哝道："你说烦不烦人？我还成了义务清扫员。"

朋友听了，略一沉思，笑了笑说："嗨，就这点事儿呀，好办。"

老张好奇地问："你有什么高招？"

朋友叫老张拿来纸笔，刷刷刷在纸上写了几个字，说："你把这个贴出去，保证以后再没有人在你门前烧纸。"

老张看了看字条上的字，问道："就这几个字，能行？"

朋友神秘地一笑："亏你还干这行呢。不好使的话，我请你吃饭。"

老张将信将疑，把朋友写的字条贴了出去。

第二天，老张早早来到店铺。到门前一看，嘿，干干净净，一个纸灰堆也没有！

原来，那字条上写的是：在此处烧纸，亲人收不到！

（本栏插图：包丰一 顾子易）

故事会 2013 增刊·夏

STORIES

欢迎登录本刊主办的"故事中国网"（www.storychina.cn）

故事会
STORIES
2013年增刊·夏

社 长·主 编：何承伟

副社长：夏一鸣

常务副主编（兼绿版负责人）：吴 伦

副主编（兼红版负责人）：姚自豪

本期责任编辑：陶云韫

电子邮箱：taoyunyun1101@163.com

绿版发稿编辑：

朱 虹 颜铁超 黄美舟 刘迎曦

美术编辑：王怡斐

电脑制作：郭瑾玮

本社办公室电话：021-64375030

上半月刊编辑部电话：021-64310547

下半月刊编辑部电话：021-64336469

（上海市绍兴路74号 邮编：200020）

主管：上海世纪出版集团

主办：上海故事会文化传媒有限公司

出版单位：《故事会》编辑部

发行范围：公开

出版、发行总监：张 凯

电话：021-64313938

广告业务：上海故事会文化传媒有限公司

广告总监：张 淮

广告业务：021-34010383

广告投诉：021-64333738

广告经营许可证

沪工商广字3100320080016号

发行：中国图书进出口上海公司

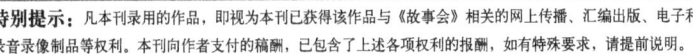

特别提示：凡本刊录用的作品，即视为本刊已获得该作品与《故事会》相关的网上传播、汇编出版、电子和录音录像制品等权利。本刊向作者支付的稿酬，已包含了上述各项权利的报酬，如有特殊要求，请提前说明。

大话校园

@胸口碎大砖 昨天学校里搞防震演习，疏散一共用了4分钟。演习结束后，老师说："下次演习我们可以改进一下，争取再快一点。"就在这时候，一个声音从教室的角落里传了过来："放学只要20秒，相信我。"全班笑抽。

@段子歌 我天生眼睛小，不戴眼镜基本上就是一条缝。一次，学校开运动会，我报名参加跳高。比赛当天，我轻松地跳了过去，只听旁边围观的一个同学惊呼道："这人真牛！闭着眼都能跳过去！"我听到后，当时的情绪真是难以形容啊。

（本栏插图：包丰一）

@一粒糟毛豆 念初三时有个老师，有次上课跟我们说"狗怕蹲、狼怕站"的俗语。老师言之凿凿地说："如果看到狗冲过来，那就先蹲下，它会以为你在捡砖头，就跑了；如果看到狼冲过来，你就要站着和它对视，它就怕了。"当时我脑子一抽，问道："那么如果我蹲着站着都没用怎么办？"老师想了想说："那我就没办法了，它肯定是条狼狗……"

@超山禅老 我有一哥们儿和他女友分手了。我们问他怎么回事，他一脸懊丧地说都是学校网速太慢。追问之下，我们知道了事情的真相：他女友家网速快，那天在qq上问他："你爱我不？"哥们儿这边还没收到消息，所以没反应。女友又问："你在学校是不是有别的女人？"哥们儿这时看到第一个问题了，回答道："是啊！当然啦！"女友怒了："你竟然这样对我，你到底有没有爱过我？"哥们儿这时看到第二个问题了，急忙答道："那是不可能的事情！"就这样，他们分手了。

囧囧有神

@sherry越越 去我弟弟家玩，想用他的 qq 号斗地主玩。我发信息问弟弟 qq 密码是多少，弟弟迅速地回过来一串字母："cptbtptpbcptdtptp。"我当时就震惊了，问他怎么记住的。弟弟淡定地回复道："吃葡萄不吐葡萄皮，不吃葡萄倒吐葡萄皮。"

@ 舞作十一人 最近我看了本如何维护人脉的书。书上说，一定要和朋友同学常联系。于是我翻开通讯录，把那些很久没联系的大学、高中、初中同学的电话挨个儿打了一遍。结果是，六个好多年不见的同学问我要了联系方式，然后说："下礼拜我结婚，老同学到时候一定要来哦！"

@ 城乡结合部好骚年 这几年岁数上去了，走路老觉得腿疼。我觉得是自己缺钙，就去菜场买猪棒骨，准备熬点汤补钙。一个阿婆在猪肉摊旁看我买了一堆骨头，自言自语地说："这年头还有人买骨头？"我有点纳闷，只听阿婆又来了句："现在连猪都缺钙，你还买来补钙，呵呵……"

@ 我就是我 本人是大龄"剩女"一枚。一天，我走到一所学校附近时，迎面碰到一个穿校服的男生，走路不看前方，重重地撞到了我。男生非但没说对不起，还偏要说是我撞的他。我一气之下就和他吵起来了，只听那初中生恶狠狠地问："你是哪个班的？"当时我一愣，然后我就原谅他了。

@ 揭谛摩诃 小时候，我们一个院子的小朋友最爱玩的游戏是角色扮演。那时候流行一个连续剧叫《新白娘子传奇》，大家都抢着演白娘子。我从小嘴笨，每次都让人抢先一步，到最后我只能演观音菩萨。于是院子里的大人经常能看到这样一幕：我盘腿坐在高处，所有小孩跪在下面拜我……

糗事日记

@巴尔坦喵星人 家有小萝莉一枚，三岁八个月了。昨晚这孩子要跟我老公玩生孩子游戏，非得让我老公装孕妇。没办法，老公只有配合，做十分痛苦状说："哎呀，我肚子疼，我快生小宝宝了。"这孩子懒懒地来了句："星期天，医院不上班，你回家睡觉去吧！"

@不二儿 今天去花鸟鱼市溜达，看到一个大爷在卖乌龟，我上前问道："这乌龟能活多久？"大爷说："养好了比你活得久。"我一愣，说道："那给我拿一公一母，我要看它们下崽。"大爷瞅瞅我，冷笑一声说："你这辈子看不着了。"

@滚滚红尘 周末老友聚会，我带着四岁的女儿一块儿去了。席间，我讲了个笑话，讲到一半时，就已经有人笑得直不起腰了，讲到最后，大家都笑翻了天。这时，忽然听到一阵"呜呜"的哭泣声，我回头一看，是女儿在哭。我忙问怎么了，只听女儿抽泣着说："爸爸，他们好坏，都在笑你……"

@归雁生 我那7岁的女儿迷上了摩托车，上街见到有人开摩托车，就会情不自禁地高喊："爸爸，将来我一定要买一辆！"我严肃地说："不行！只要我活着，就不许你胡来。"那天，女儿正在街边跟小朋友玩，突然看见一辆摩托车驶过，她兴奋得叫了起来："快来看啊，那车多威风呀！我也要买——等我爸爸一死我就买！"这没良心的熊孩子！

@梦瑶 本人在外地上学，暑假到了，总算能回家了。到了家准备先洗个澡，美美地迎接假期。我洗完头，看到浴室的挂钩上搭着条洗得很干净的毛巾，样子长长的，我估计是老娘新买的干发巾，就包好头发出来了。老娘瞟了我一眼，大惊失色地说道："你怎么把我刚洗好的马桶圈套头上了？！"

爆笑夫妻

@百德诗特 新婚不久，有一天我正在外面办事，看看出太阳了，就发短信回家，让老公赶紧把洗好的衣服晾出去。过了会儿，我忽然想起深色的衣服晒太阳会掉色，就又特意补发了一条短信关照道："深色衣服要反着晾！"下午回家了，我去收衣服的时候发现，所有深色衣服都是头朝下的……

@北京人在上海 我是一个怀孕9个月的孕妇，在家休息待产。这天晚上，我实在觉得无聊，就跟老公说："我要出去溜达一圈。"老公坚决不答应，说："太不安全了，你会被拐走的。"我说："肚子都这么大了，拐我能干吗？"老公说了一句特别有道理的话："人贩子就喜欢你这样的，养你几天，让你把孩子生了，把你卖给人家当老婆，孩子也能卖个好价钱。一举两得！"

@杨杨喜当爹 宝贝女儿出生后，办出生证明需要结婚证。我之前跟媳妇吵架时，结婚证是出气对象，被我们揉得皱皱巴巴。当我不好意思地拿出自己破破的结婚证时，发现边上一哥们的结婚证是拼图版的。我心想，这两口子比我们厉害哪。这时，另一哥们拿出张崭新的结婚证，我一冲动，说："看，人家两口子多和谐。"没想到这哥们脸腾地红了，说："这是昨天补领的，之前的已经碎了，拼不上了……"

@给我买辆宝马吧 我一朋友离婚了，来我家找我诉苦。他心情沮丧地说："我老婆把我甩了啊，我不想活了。"我只好安慰道："兄弟啊，这女人如衣服，想脱就脱，有什么大不了的？"谁知我老婆正好开门进来，听到我说的话，怒吼道："你说什么？你给我再说一遍！"我急中生智地说道："老婆啊，我是说女人如裤子，怎么能随便脱呢？"

本栏欢迎来稿，读者、作者可将有新鲜感、有精彩细节的笑话佳作投寄给我们。来稿一经采用，最高稿费为一则100元。本期责任编辑电子信箱：taoyunyun1101@163.com。

开门迎客

□ 汪培君

丁三同学过几天理发，想开一个理发店。但他毕竟没有正式上岗过，心里不踏实，就想先找人练练手。

丁三同家有一间大门楼，门外是镇上的主街，人来人往，是做生意的好地方。他在屋里放上一把椅子，就算是理发室了，还特意把"免费三天"的牌子挂在了门外。可丁三同恭候了一上午，只见围观的，没见理发的。

有好奇的人不说理发，而是问丁三同是跟谁学的艺，以前在哪个理发店里干过。丁三同不会撒谎，实话实说，来人就恍然大悟地说："哦，明白了，你这是借人头练刀。"丁三同诚恳地说："我的技术确实还不好，但我免费。"人家说："你的理发费是免了，可缝刀口的手术费谁出？让你理发，我们岂不是——

自找头破吗？"

看看天都快黑了，丁三同心中非常沮丧，正愁眉不展呐，这时来了个五十多岁的老头。老头是一个捡破烂的，丁三同以前不经意间也给过他一点食物。

老头看见门口"免费三天"的牌子，眼睛猛地一亮，接着半信半疑地问："理发免费？"丁三同冷冷地回答："免费。"一听免费，老头高兴了，说给他理理，抬腿走进门楼，就坐在了椅子上。

总算开张了，丁三同虽然有些不情愿，但还是给老头掖衣领，围毛巾。老头还有要求，要理个偏分头，但要尽量少剪头发。丁三同不再吱声，匆匆忙忙地剪起来。

头发很快就理完了，由于只是用电推刀修了修型，所以很顺利。丁三同不免有些得意，对着门外问："谁还来？"可是老头不干，说得给他刮脸。丁三同拿出电动剃须刀，不料老头不让用，说要用老式的那种刮脸刀刮。丁三同根本没有用过那种刀子，心中发怵，就悄悄对老头说："老人家，电动剃须刀又快又安全……"老头打断他说："我就是爱听刀刃刮着皮肤的噌噌声。"没想到这还是个怪老头，丁三同无奈，只好照老头说的办。

不料刀子离皮肤还老远，丁三同的手就哆嗦起来。老头说："你害怕什么？就算是割了脸也是割我的脸，又割不着你的脸。"接着又告诉丁三同，先把拿刀的手腕贴在脸上，气往下沉，意念集中在刀口……

照着老头说的做，丁三同不哆嗦了，但毕竟是从来没有练过，丁三同纵然十二分地小心，还是有一刀割破了老头的脸。

丁三同以为老头会立刻暴跳如雷地要求赔偿，可没想到老头只是嘴角抽搐了一下，一声都没有吭。眨眼间血就流了出来，丁三同本能地摁住了伤口。幸亏他早有准备，拿出创可贴，贴在伤口上，又凑在老头的耳朵旁说："对不起。"老头一笑，小声说道："不怪你，怪我自

己图省钱。"听老头这么一说，丁三同心中的不安立刻去了一大半。

接下来丁三同就大胆多了，动作也顺溜了。老头终于听到了刀刮皮肤的噌噌声，心满意足地闭上了眼睛。

晚上，家住农村的母亲来电话，询问生意如何。丁三同一顿唏嘘，把白天的事说了一遍。

第二天，让丁三同没想到的是，老头又来了，说要把偏分头剪成小平头。丁三同问他为什么，老头乐呵呵地说："免费理发，不理白不理。"上门就是客，丁三同不能推辞，就给老头理了个小平头。谁知老头还要刮胡子，丁三同就有些不乐意了，心里暗想：你不怕破头，我还怕坏了名声哩，于是嘲弄地问："就你那个职业，还需要天天刮胡子？"老头一点也不在意，像占了大便宜似的说："不是免费吗？"丁三同只好给老头刮胡子，有了昨天的经验，今天动作更麻溜了。

到了第三天，老头又来了，要把小平头理成个光头。丁三同这才恍然大悟，这老头存心是帮自己啊！先是偏分头，后是小平头，再是光头，男人们理发，主要就是这三种发型。

丁三同非常感激，急忙给老头倒了杯水，喊老头为大爷。老头一边答应一边说："小伙子，我说你，

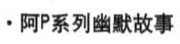

阿 P 再当托

□ 张世美

这些年，阿P专门给人撬边拉人气，别人生意红火发达了，自然也少不了他的好处，一来二去，阿P有钱了，他建起了气派豪华的三层小楼。俗话说，人怕出名猪怕壮，阿P当托，这托来托去，倒托出了名气。这不，又有人找上门来请他。

来人是个中年男子，衣着考究，气势不凡，一副宽大的墨镜遮住了大半个脸。墨镜男把阿P领进一座豪华的茶楼，进了雅座，点了一壶上好的茶，亲手给阿P斟上。阿P大大咧咧地坐下喝了口茶，张口就问："老板，说说，你是做啥生意的，我保证立马让你门庭若市。"

你别生气——其实理发，技术和服务态度都重要，就好比一个是推子，一个是剪子，这两样东西，缺一样也不行。"丁三同听了不由红了脸，但心里充满了感激。

丁三同慢慢有生意上门了，连他母亲也闻讯而来，要儿子给自己烫发。给妈妈理发就轻松多了，丁三同打开电脑，照着电脑上说的，一步一步给妈妈烫，用了大半天才给妈妈烫好。再看妈妈，一下子年轻了好几岁。

不料，第二天妈妈就改了主意，让儿子再给她拉直。丁三同不解，说妈妈现在的发型最适合……妈妈一笑打断了他："人家一个外人用他的头让你学会了男式发型，妈妈当然要用自己的头，让你学会女式发型了……"

丁三同听了心中一热，一声"妈妈"从内心发出……

（**题图、插图**：安玉民 梁 丽）

8

墨镜男连连摇手说："不，我不做生意……"阿P很意外，皱着眉头站起来说："你不做生意，那你找我干啥？"

墨镜男伸手把阿P按坐下来，有些难为情地说："王先生，是这样……"墨镜男吞吞吐吐地说，他在一家行政单位上班，科室里老科长到了年龄要退下来，大家明里暗里都在争科长的位置，上级决定进行民主评议。墨镜男上班下班混日子，还真没有做出能让人称道的事。说到这里，墨镜男拿出两万块钱放在桌子上，要阿P帮他造造势。

阿P惊讶地瞪着眼：他做医托，药托，商托什么的，已经熟门熟路，可这官托，倒真是新媳妇上轿第一回。"这……我该怎么帮你造势？"

墨镜男说得很干脆："你找几个人在大街上揍我一顿……"

"揍你一顿？"阿P再次跳起来，眼球瞪成牛眼大。

"是的，揍我一顿，揍我个头破血流，满面开花。"墨镜男解释说，"你扮成黑社会在大街上揍我一顿，那就说明我是个正义的人，才遭到黑社会的报复。这样，我在单位就有了被人称道的地方。"

原来是这样！阿P茅塞顿开，这活太容易了！他喜滋滋地说："你把血浆准备好，我保证把戏演得像真的一样。"阿P说着，伸手去抓钱。墨镜男却突然伸手按住，说："王先生，我的话还没说完。我们不用血浆，要玩真的，要在大街上过真招搏斗，但这还远不够，你要把自己扮成真正的黑社会分子，在殴打我时，嘴里还要叫'打死你这个打黑除恶的先锋'，王先生，这活你干得了吗？"

真是小看人！阿P顿时脸涨得通红，说："先生，我讲件我曾做过的托活吧！有个草医郎中看上一个孤寡老汉的钱，那老汉有钱也有病，但惜钱如命，就是不上钩。草医郎中找到我，我筹谋策划一番，第一次让人扮成个老农，得老汉一样的病，被两儿子抬来治好了；第二次是个贵妇人，同样被草医郎中治好了。还没等我设计第三次，那病老汉就乖乖地上钩掏钱，其中的精彩情节我就不说了。你想想，你这份活没一点技术含量，只是扯着嗓子叫两声，挥起拳头打一场，难道这活我不能办好吗？"

墨镜男听了，这才笑着把钱推给阿P，要下他的电话号码，让阿P等候通知。

接下来，阿P找了四个身强力壮的同伙，一人扔过去几张"老人头"，把墨镜男交代的活说了。大家都觉得很新奇，为了把活干好，几个人还特意练拳练脚，保证让那人满面开花，又不会伤筋动骨。

过了两天，正是周日，墨镜男打来电话，让阿P立即带人赶到"家乐福"超市门口。阿P立即招来同伙，戴上假发，粘上胡须，赶到"家乐福"超市门口。阿P正拿目光搜寻墨镜男的身影，他的手机就响了："先生，看见那个刚出超市手拎黑包的白衣男子了吗？赶紧上去揍他！狠狠地揍他！"阿P有些疑惑，忙问道："不是说揍你吗，怎么换成了别人？"墨镜男沉稳地说："王先生，我是个中间人，受人之托，让你干什么就干吧，错不了。"阿P一听明白了，这种事当事人自然不会亮相，于是挂了手机，一摆头，四个同伙跟着他冲到白衣男子面前，摁倒就是一顿狠揍！一边打，阿P

一边高声喊："老子打死你这个打黑除恶先锋！"

阿P他们这一喊，立即引得超市门口来去匆匆的人们驻足观看。可怜的白衣男子还没搞清楚是怎么一回事，身上的白衬衫就变成了布条，脸上也挂了彩。阿P见还没达到满面开花的效果，乘四个伙伴按住白衣男子时，他手起一拳，重重砸在白衣男子的鼻子上，鲜血立即像蚯蚓一样从白衣男子的鼻孔里爬了出来。嗯，效果逼真！阿P满意地打声呼哨，几个人作了鸟兽散。

阿P回到家里，沏了一杯浓茶，一边品茶，一边回味刚才的事。得意啊，这托当得，估计在中国是前无古人后无来者，他越想越美，不由得咿咿呀呀哼起歌来。突然，"咣当"一声巨响，房门被撞开了，冲进来几个大汉，二话不说架上阿P就走，塞进停在街上的一辆小车里，一溜烟开走了。

阿P魂飞魄散，还没有醒过神，就被带进一间密室。只见白衣男子鼻青脸肿，正坐在那里。"你，你……"阿P弄不明白了。旁边的人威严地问："说，你叫什么？你的同伙和头目是谁？""头目？什么头目？"阿P惊问。

"你们刚才打人时，不是说你们是黑社会吗？看出来了，你就是黑帮头目！"白衣男子气呼呼地说道。阿P一下子跳起来，左看看，右看看，忍不住大叫："先生，这不是你朋友安排的吗？托我给你造势，让你竞争科长的位置吗？你怎么……"白衣男子皱着眉头问："造势？竞争科长？什么乱七八糟的？"

阿P正不知如何解释，旁边的人把他按到座位上，严肃地说道："这是我们公安局的副局长，负责治安的。说，你的同伙是谁？""公安局？"阿P身子一软，差点瘫倒了，他还算聪明，已经明白落入了他人的圈套，所以不敢隐瞒，把整件事的前前后后都说了出来。

副局长和警察们听得面面相觑。一警察调出阿P手机的通话记录，查询墨镜男的号码，一查，电话是利用网络打出的，IP地址是"家乐福"附近的一家网吧。再查，那家网吧上网登记如同虚设，墨镜男的行踪根本无从查起。

事实很明显了，副局长常年打黑除恶，得罪了许多人，他们借阿P这个托儿的手报复了他一回。但不管怎么说，阿P公然袭警，致人轻伤，社会影响太坏，他被移交司法部门，法院最终判他有期徒刑一年。阿P进了监狱，懊恼得每天拿头直撞墙。

阿P在监狱里度日如年，好不容易熬完一年，回到家一看，又是大吃一惊！他建造的气派豪华三层小楼，此时大窟窿对小窟窿，左邻

右舍也都一样，看样子是被拆了。见阿P回来，邻居告诉他，有家房产公司看上这块地，要盖高档小区，却给极低的拆迁费。大家不干，那房产公司就喊上黑社会的人公然来打砸，一夜之间全被强拆了。

阿P又气又怒，大叫道："怎么不报警？"这时，阿P的老婆突然从屋里蹿了出来，朝着阿P就是一顿撕咬，嘴里呼天抢地地哭道："你个混账东西，你还回来做什么！那房产公司在公安局有后台，就是一年前被你打的那个副局长。上级机关本来接到群众举报，要查他的问题，却被你打成了英雄。如今他坐上了局长的位置，我们更奈何不了他啊！"

阿P一听，差点晕过去，他在心里叫苦：他们才是高明的托儿啊！

好长时间阿P才缓过神来，想起自己亲手收拾过那个副局长，把他揍得满面开花，阿P兴奋得浑身颤抖，忍不住又哼起小调来。

（题图、插图：顾子易）

绿版编辑部各编辑邮箱：

吴　伦：wulun54@126.com
朱　虹：zhong98305@sina.com
刘迎曦：liuyingxi1203@163.com
颜轶超：yanyichao1004@sina.com
黄美舟：huangmeizhou@163.com
陶云韫：taoyunyun1101@163.com

抢橘子

□ 吴水群

一辆拉橘子的货车突然侧翻，整车橘子撒落在地。有路人过来捡橘子，人越聚越多，最后变成了疯狂的哄抢。

司机是个二十来岁的小伙子，一急之下，竟从驾驶室里抽出一根铁棍冲向哄抢的人群，他大吼一声："谁抢，我砸他的头！"

哄抢的人群根本不睬他，愤怒的小伙子一咬牙，猛地举起手中的铁棍，"咔嚓"一下就砸在了一个正在哄抢的中年男子头上。

中年男子一声惊叫，随即血流满面，"扑通"一下倒在了地上。

现场突然静下来，有人惊叫起来："出人命啦！"人们立刻丢下手中的"战利品"四散逃走。

有好心的路人看到中年人受伤，赶紧上前，要拨打120。可他刚摁了一个号，伤者突然抓住好心人的手，急切地制止道："不要喊救护车！"

更奇怪的是，等伤者包扎好伤口后，反而去帮小伙子收拾滚落满地的橘子。

路人又感动又气愤，忍不住上前斥责小伙子："一车橘子能值多少钱？万一闹出人命咋办？"

不料伤者一把拉住路人，说道："算了，算了。"又一转身，轻声嘱咐道，"儿啊，咱走吧。"

话虽轻，但路人还是听清了，他不由抓住小伙子的手："你们……"

小伙子望着路人惊异的目光，终于说道："他是我爸。不是刚才那一棍子，我这一车橘子还能保得住吗？我们就得倾家荡产啊。"小伙子忍不住呜呜哭起来……

（题图、插图：佐　夫）

本期主题："吃鱼故事"

很多人都喜欢吃鱼，八大菜系里关于鱼的名菜也不胜枚举。这一回，我们为您带来一桌丰盛的"全鱼宴"，不仅色香味俱全，还藏着一个个动听的传说呢。

第一道菜：松鼠鳜鱼——处理过的鳜鱼形如松鼠，趁热将卤汁浇在鳜鱼身上，会发出"咻咻"的声音，犹如松鼠欢叫。

松鼠鳜鱼

春秋战国时期，吴王僚荒淫无度，阖闾对吴王恨之入骨，找了一个杀手，想除掉这个祸害。

吴王爱吃鱼，阖闾就关照杀手："你去学好做鱼的厨艺，我想办法让你混入宫中，专门给吴王做鱼，到时找机会下手。"

杀手刻苦钻研，终于学成厨艺。阖闾看火候已到，就把杀手引荐给吴王，说是新找的厨子。

吴王高兴地留下了杀手。接下来，杀手和阖闾商量道："吴王非常警惕，最好的时机就是他吃饭的时候了。我想把匕首藏在鱼的腹中，到时候来个出其不意。"

杀手把匕首塞进鱼腹做试验，发现能看出异样，难逃侍卫的检查。他和阖闾想了半天，终于想出一个主意：把鱼身上的肉切花，入油锅炸，等鱼身上的肉都鼓起来，再往鱼腹里藏匕首，这样就看不出异样来了。

这天，吴王请阖闾吃饭，笑呵呵地说道："厨子最近做了一道新菜，叫松鼠鳜鱼，造型奇特，特意让你来开开眼。"阖闾满口答应道："承蒙大王招待，我一定好好尝尝。"

杀手把匕首塞进了松鼠鳜鱼的鱼腹，果然逃过了侍卫的检查。等杀手端着菜走向吴王时，说时迟那时快，他猛地从鱼腹中抽出匕首，刺中了吴王的胸口。行刺成功了，阖闾当上了新的国君。这道菜也随着故事一起流传了下来。

第二道菜：鱼头豆腐——豆腐的嫩和鱼头的鲜，加上蔬菜的清香，汤纯味厚，清香四溢。

鱼头豆腐

这年，清朝乾隆皇帝来到杭州，悄悄登上吴山游玩。谁料中途下起了大雨，乾隆就来到山中一户人家屋檐下避雨，他又冷又饿，便想进屋讨点吃的。

主人姓王，人称王小二。他家实在穷不过，拿不出像样的东西招待客人，怎么办呢？王小二便冒雨到院子里拔了点菠菜，又在厨房里找到一块豆腐和一个鱼头，把这三样东西炖熟，端上桌去。

菜上桌之后，乾隆一看菜色鲜艳，香味扑鼻，宫里根本没有这样的菜啊。他尝了一口，十分满意，把一锅都吃完了。雨过天晴，乾隆问过主人姓名，便打道回府。

后来乾隆回京城，让御膳房做这个鱼头豆腐，可没一次能赶上那王小二做的。过了几年，乾隆又去了杭州，派人找来了王小二，问道："不知这些年日子过得如何？"

王小二叹了口气，如实答道："王小二过年，一年不如一年。"

乾隆一听，便说："你很会烧菜，何不开个饭馆？"说罢大笔一挥，写下了"皇饭"两字送给了王小二。这王小二不识字，到这时也不知来人正是当今天子。

王小二的饭馆开张了，叫"王润兴饭馆"，他把乾隆赠的两个字裱好了挂在店堂里，别人一看，不得了，皇上的御笔！这事儿传开之后，大家都抢破脑袋要去王小二的饭馆里吃饭。王小二得知真相，心中万分感激，就把鱼头豆腐当作店里的招牌菜，狠下一番功夫，越做越精。渐渐的，这道菜成为了杭州城的一道名菜，流传至今。

第三道菜：干烧鲫鱼——猪肉香和鱼香相互渗透，使得鲫鱼的味道更加浓鲜。

干烧鲫鱼

清朝年间，四川成都有一个叫马金宝的厨子，擅长烧鱼，远近闻名。

这一年，新上任的巡抚关肃照来到成都，才来没几天，就听说了马金宝的厨艺。这关肃照是个美食家，他挺好奇，当即就去了马金宝所在的酒楼一瞧究竟。

关肃照来到酒楼，点名要马金宝做的鱼菜。掌柜的赶紧告诉他："今儿没有别的鱼，只有鲫鱼了。"

关肃照听了点点头："行啊，不

是说他手艺绝佳吗？做什么鱼都一样，就来个鲫鱼吧！"

马金宝接到活儿，立刻捞出新鲜的活鲫鱼，准备做一个卤汁鲫鱼。他刚把鲫鱼放进锅，另一个喜欢玩牌的厨子过来说："马师傅，这会儿闲着没事，咱们玩几把。"这马金宝有点好赌，他心想着玩几把，赢几个钱过来再说！

谁知他们俩一玩就没收住，马金宝把锅里的鱼忘得一干二净。直到闻到一股锅子烧干的味道时，马金宝这才惊慌地叫道："糟了！"他跑到灶台边一看，这鲫鱼的卤汁早就收干了，一滴也不剩啦，这可怎么吃啊？

关肃照等了半天也不见鱼来，就叫下人去催菜。这么一催，马金宝也急了，连忙另外支起一口大锅，将肉末煸炒，再加上作料，把烧干的鲫鱼回锅制作。

独特的香味飘出来，别的厨子都探过脑袋来瞧新鲜："马师傅，这是什么菜哪？"

马金宝灵机一动道："干烧鲫鱼！"

这道菜出了锅，关肃照一吃赞不绝口，说："马金宝有两下子，做的鱼名不虚传！"

从此，这无意中烧出的"干烧鲫鱼"，成了四川的一道名吃。

神奇的鲤鱼汤

第四道菜是：清炖鲤鱼汤——历代宫廷名菜，滋阴补肾，适合孕妇食用。

唐朝年间，有一个人称"张半仙"的风水先生。这天他路过象山郊区，见一块地风水甚好，就摸出一个铜钱，丢在地上做记号。

正巧，有一个叫"李半仙"的风水先生这一日也路过此地，也发现这是一块风水宝地，就在路边采了朵花，插在泥土里，顾自走了。

过了半月，张半仙和李半仙同时都带来工具挖穴了。挖开一看，两人大吃一惊，

花心正插在铜钱眼中，再挖下去，挖到一块青石板，搬掉石板，坑里面一条红鲤鱼正悠闲地游着。

两个半仙高兴地捉了红鲤鱼走进饭馆，要老板娘给他们炖红鲤鱼吃，还要了一瓶高粱酒。老板娘回道："我们店没有高粱酒，你们到街头酒店里去买好了。"

两个半仙怕自己走掉后鲤鱼让对方先吃掉，只好两个人一起去买酒。临走时，他们对老板娘千叮万嘱，红鲤鱼千万动不得。

红鲤鱼香气诱人，老板娘的女儿大哭要吃鱼。老板娘偷偷让女儿喝了一口鱼汤，女儿立刻不哭了。

两个半仙买酒回来揭开锅盖，脸色骤变，大发雷霆地说："你动过我们的鱼了！"两个半仙气得脸孔发青，对望了一眼说，"算了，这是天数！"说完，两人气呼呼地走了。

原来，那块宝地是龙脉泉眼，这红鲤鱼是条仙鱼，谁吃了谁当天子。怪不得那两个半仙争着吃哩。话说老板娘的女儿喝了鱼汤后，出落得十分漂亮，后来被选入皇宫，成了唐太宗的妃子。这妃子野心大得很，后来真的当上了皇帝，她就是武则天。

据说武则天当上皇帝后，还是喜欢喝鲤鱼汤。鲤鱼汤的故事也流传了下来。

第五道是点心：氽鱼丸——福建广东一带的传统小吃，它味道鲜美，多吃不腻。

鱼丸的传说

秦始皇特别爱吃鱼，但是他性情暴躁，吃饭时多次被鱼刺所苦。所以他下令，凡用鲜鱼烹制出的菜肴，不得有鱼骨，一旦碰上鱼骨，厨师便成了刀下冤魂。

有一天，一位烹饪高手进宫为皇上做一桌御宴。他在做菜时听帮厨说，前几天又有几个厨师因为没处理干净鱼刺而命丧黄泉，这不由得激起了他对暴戾乖张的秦始皇的满腔怨恨。他拿过洗干净的鱼，把心头的愤怒一下子都发泄到了鱼身上——他操起厨刀，狠命地用刀背砸鱼。砸着砸着，他惊奇地发现，鱼刺鱼骨自动脱落，鱼肉成了鱼茸。

这时宫中传来急促的催菜声，烹饪高手急中生智，将鱼茸捏成了小丸子，放入鸡汤中氽将起来。不一会，一个个色泽洁白、肉质鲜嫩的鱼丸就做成了，犹如对对鸳鸯在水中嬉戏。这道菜味鲜、醇美、爽口、嫩滑，意外地得到了秦始皇的赏识。氽鱼丸的做法传到了民间，成为了深受老百姓喜爱的美食。

（姜铁军 黄性旺 **搜集整理**）
（本栏插图：安玉民 梁 丽）

古怪的老太，有着一颗实诚的心。认真的物管，得到一份赤热的情。

这个老太有点怪

□ 叶林生

郭萍生孩子后在家呆了几年，最近应聘到新盛物业公司当了一名物管员，她分管负责的就是自己家住的阳光小区，工作挺方便的。谁知，郭萍上任伊始，却摊着了一件棘手的事儿。

这天，新盛物业公司突然召开紧急会议，向来好脾气的公司老总一脸怒气，当着全体员工连连拍了桌子。原来，前段时间小区居民乱搭乱建的现象严重，由于不满居住环境的脏乱差，业主们纷纷将讨伐新盛物业公司的帖子发到了网上，这引起市领导重视，下令公司限期整改，并将于一周后进行现场督查。

会上郭萍正听得认真呐，老总忽然点了她的名："郭萍啊，你们小区的24幢，有一个'钉子户'，那老太太在一楼的门口墙边杂七杂八地搭着棚架，谁让拆都拆不动，网上炮轰的事儿里就有她家呢，这回可要看你的啦。"

老总所说的那个"钉子户"老太太姓鲍，恰巧就住在郭萍家的楼下。鲍老太80多岁了，去年刚从别处搬来，她有个儿子叫海强，虽说家也在附近，可因为在外地的工程上忙活，一年难得回来几次。鲍老

太呢，脾性有些古怪，习惯了一个人生活，平时跟别人说话也不多。她的住宅是底楼车库改建的，门口靠墙的那一溜排，全是用葵花杆和尼龙纸扎绳缠绕绑搭着的棚架，上面牵扯着扁豆藤、丝瓜蔓，下面则胡乱塞着稻草和一些废旧纸箱、泡沫塑料之类的杂物。

真是不入行不知道，入了行急得跳。对鲍老太门前的那个棚架，以前郭萍司空见惯，倒是没怎么在意，现在自己做了物管员，责任压到了身上，她这才发觉那个棚架怎么看怎么碍眼。于是，郭萍拿定主意，为了自己的这份工作，一定要好好把这件事摆平。

第二天一早，郭萍特意牵着自己6岁的儿子乐乐，提着一盒进口饼干，下楼来到鲍老太门前，满面笑容道："乐乐，快叫阿太？"孩子倒是听话，甜甜脆脆地叫了一声"阿太"。

"嗯，真乖！"鲍老太应着，脸上露出难得的笑容，顺手就把孩子揽了过去。趁这大好时机，郭萍就把物业公司开会和鲍老太门前这棚架的事情一股脑儿端了出来，接着挺为难地说："奶奶，我刚到物业公司上班，人家正要看我的工作表现呢，您门前这棚架的事要是解决不了，我……"

"要拆我这棚架？"鲍老太摇了摇头，轻描淡写地说："你在物业公司上班，顶多也就拿千把块钱吧？物业公司也真是的，干嘛拿这个说事，大不了你就回家不干呗。"接着她又看看郭萍，"你年纪轻轻的，要文化有文化，要模样有模样，到哪还愁找不到一份工作呀？"

听这话音，郭萍知道自己精心谋划的"感情牌"，算是打不出去了。想想也是，人家老太太大半辈子都住在乡下，难免会有这三瓜两枣的土宅情结，现在说拆就拆，她的心里能顺溜么。可是，这棚架不拆，自己就眼睁睁要拖物业公司的后腿了，怎么办？

第二天晚上，郭萍的憨劲儿上来了，等鲍老太在屋里熄灯睡下后，趁着夜深人静时，她蹑手蹑脚来到老太太门前，想自己动手悄悄把这棚架拆了，来他个"生米煮成熟饭"，然后大不了再给老人家赔个不是。没想到郭萍刚一动手，那棚架竟然"哗啦啦"响了起来，接着屋里的灯亮了，原来老太太在棚架上挂了好几只空的易拉罐呢。

见是郭萍，鲍老太沉下了脸嚷嚷道："物业公司要拆我这棚架，也得白天吧，你这三更半夜的算啥呢？"这一下，引得周围一些邻居也围了过来，有的还朝郭萍投来异样的目光。

郭萍一下子尴尬不已，顿时觉

得满脸火烫，她再也不敢偷拆这棚架了。但这事总归要解决呀，于是她当着邻居的面问："奶奶，这棚架搭在这儿对您有啥用场啊？为啥就不能拆呢？"

鲍老太看了看郭萍，又看看众人，张了张嘴似乎想说什么，却又咽了回去，老半天才摇了摇头："我咋好说呀，不好说……我这棚架……不能拆就是不能拆……"

郭萍急了："奶奶，您到底有啥话要说，就尽管放心说吧，要是我解决不了，我也可以向物业公司反映呀。"

鲍老太瞪了她一眼，没好气地嘟哝道："姑娘，瞧你也是孩子的妈了，你这么聪明的人，自己不会动脑子想想？"说着，她自顾进屋关上门睡觉去了。

这真是豆腐掉进灰堆里，吹不得又拍不得。回家后，郭萍躺在床上翻来覆去地琢磨，越想越迷糊，这古怪的老太太，她不让拆棚架，那话里还显然有话，她到底是啥意思呢？

眼看几天过去了，这古怪的老太太却油盐不进，始终没法对付。郭萍心里急得像热锅上的蚂蚁，硬的软的都不行，看来还得另辟蹊径。于是，郭萍设

法找来鲍老太儿子海强的电话，电话打过去，巧了，海强电话那头说正好他明天要回来一趟。儿子自然要比上了岁数的老太好沟通，这总算让郭萍心里轻松了些。

果然，海强第二天一早就赶回来了，还没进家门，半路上先遇见了郭萍。海强毕竟在外面见多识广，处事通情达理，听郭萍把事由一说，他连连点头："没事，老太太脾气有点古怪，你让我先给她透透气儿吧。"

于是，郭萍就牵着孩子的手在门外面转悠着，等了半天，海强出来了，郭萍忙上前问："咋样了？"

海强不紧不慢围着棚架转悠了一会儿，又仰起头朝楼上楼下地看了看，支吾着想说什么，也是欲言又止。这下郭萍真急了："海强叔，

到底怎么了，有什么话，你就尽管说吧？"

海强将手里的一个苹果递给乐乐，转开话题问郭萍："这孩子六岁了吧？"

郭萍点点头说："是啊，他爸开了个小商铺，平时就带着孩子去商铺照看着，他爸外出进货时就丢给我，有时我也忙不过来，干脆就锁在家里，不过还好，乐乐这孩子挺乖的呢。"

海强听罢也不吱声，只是衣袖一卷，三下五除二地把那棚架拆了，然后点着根烟吸了几口，说："以前我家在另一个小区，我妈在我那儿带孩子，那时我的儿子也才六岁。有一天她临时有事急着离家出门，就把睡觉的孩子锁在屋里，结果孩子醒来后，从五楼的阳台上爬着摔

了下来……出了那事以后，她就有了个心结……"

郭萍一怔，似乎想起了什么，不由抬头朝楼上望望，她这才注意到，自己家的阳台，防护栏只有半人高，而老太太这棚架正好就对着自己家的阳台！

海强指着楼上楼下继续说道："实话对你说吧，我妈不让拆这棚架，不为别的，就是怕你家孩子……孩子毕竟是孩子，再乖也有调皮的时候，我妈她说，万一哪天真要是孩子掉下来……这棚架好歹还能挡一挡……"

郭萍顿时恍然大悟，老太太搭着棚架不让拆，为的竟然是这个啊，她赶忙告诉海强说："放心吧，今天我就叫人给我家的阳台加高防护栏！"接着，她走到鲍老太跟前："奶奶，是我错怪您了，您心里装着这事儿，为啥就不跟我直说呢？"

鲍老太一脸埋怨，顺手揽着乐乐，说："这种话是不吉利的，我咋跟你说哩？"

郭萍心里一动，深深地打量了她一眼：这老太太其实一点也不古怪，是心眼儿太实了！

（题图、插图：张恩卫）

丧魂夜

□ 章建

诡异故事

赵阳、马凯和李斌是三个趣味相投的大龄青年，家境殷实，同住在市区，他们喜欢泡吧、蹦迪和网络游戏。

这天晚上他们像往常一样，三人聚在一起喝够了酒，蹦够了迪，然后又去网吧打了一个多小时的"疯狂者"游戏，离开网吧时，已是午夜时分了。赵阳有一辆私家车，他刚刚考到驾证，上了车后，三人还玩兴未尽。马凯提议说："听说市郊新开了一家名叫'丧魂夜'的青年会所，里面很好玩，很刺激，要不我们也走一遭？"他的提议立即得到了赵阳和李斌的响应。于是赵阳用力一踩油门，轿车在空空荡荡的大街上飞驶了起来。

很快，车子出了市区，路灯的光线也越来越暗淡，赵阳放慢了速度，前面是一个十字路口，他发现十字路口的路灯下飘荡着一团白色的东西，车到跟前才发现，原来幽暗的路灯下竟然坐着一个女人，这个女人披头散发，穿着一身白色的裙子。

"妈的，夜半三更你坐在这里装鬼吓人啊！"赵阳放下车窗，冲着那个女人骂了一句。

可是那个女人就像没听见一样，一动也没动，长长的头发遮住了她的面孔。

在后排的马凯和李斌听见赵阳的骂声，就摇下车窗想看个究竟，可是赵阳的车已经过了十字路口，车窗外已经漆黑一片了。

"丧魂夜"青年会所坐落在郊区的一个镇子上，三个人很快就找到了。这个会所是通宵营业的，来玩的人都是青年人，必须出示身份证，证明自己已经年满十八周岁。会所里有热辣的艳舞表演，以及K歌、男女派对等成人娱乐，赵阳他们三人一进去就玩得很尽兴。

会所还有一项特色活动，来玩的人如果能够讲述一件自己亲身经历的诡异事件，听得别人直起鸡皮疙瘩的话，就可以获得会所颁发的贵宾至尊卡一张。持有这张卡的人可以带着自己的两个朋友在会所里免费消费一个月。由于诱惑太大，会所里每天来讲诡异故事的人很多，但是，据会所的老板马四说，会所开业三个月了，还没有被人领走一张卡呢，他很期待啊。

看到不少人兴冲冲上台，垂头丧气地下台，李斌想起他当兵时碰见的一桩事情，就决定去碰碰运气。于是，李斌上了台，讲起了故事……

那是五年前，即将退役的李斌所在的武警中队接到一项任务，当地法院要枪决一批罪大恶极的犯罪分子，武警中队负责对死刑犯的执行。由于考虑到李斌即将退役，中队长只安排他做了个替补枪手。那天，李斌和主枪手负责执行的死刑犯竟然是个只有二十多岁的漂亮未婚女孩，这个女孩因为自己的男友背叛了她，就在男友一次醉酒后用剪刀捅死了他！

话说刑场上一声清脆的枪响，女孩一头栽倒，子弹自后脑射入，从口腔里穿出。法医验尸后确认心脏已经停止跳动，尸体随后被拉上了殡仪馆的车，同时，李斌也完成了这项任务返回中队。

在返回中队的路上，李斌回想起那个女孩即将被执行枪决时那短暂的一刻。当法官最后一次走到她的面前问她可有什么话要交代时，只见她回了一下头，毫无血色惨白的脸在太阳的照射下如同一张白纸。让李斌感到不寒而栗的是，她的两只眼睛竟然盯住了李斌，嘴角似乎还露出了一丝冷笑……

而更蹊跷的是，李斌刚刚回到中队就接到紧急命令，让他们立即赶往殡仪馆。谁也没想到，那个已经被枪决了的女犯，复活了！

再遇幽灵

殡仪馆里，就像炸了锅一样，李斌等几名战士赶到的时候，火化间已经被公安封锁了！据几个工人描述，就要轮到这个女孩下炉的时候，她突然咳嗽了一声，随着这一声咳嗽，女孩嘴里吐出了一摊血，而且血里面还夹杂着白色的脑组织！当时几个火化工吓得撒腿就往外跑，一边跑一边喊："诈尸了！诈尸了呀！"

李斌他们赶到，隔着透明的玻璃门往里一看：只见那个女孩竟然从挺尸床上慢慢地坐起来了，头上和脸上血淋淋的一大片，接着她还揉了揉眼睛，东张张西望望，忽然大笑起来，笑着笑着又大哭起来，那声音太凄厉了……

女孩一阵一阵恐怖至极的嚎叫声，把现场的人都吓懵了，他们的神经绷得像要炸裂了一样，一个个睁着惊恐的眼睛看着火化间里的那个女孩。

只见她摇晃着站了起来！一步一步地向火化间外走……

按照刑场上的规矩，如果人犯未被一枪致命，替补枪手将果断地进行补射。所以，中队长一声令下："李斌！瞄准，射击！"

李斌鼓起勇气，端起枪，就听"砰砰"两声枪响，女孩仰面倒下，李斌又一次清晰地看见了她那双大而冷的眼睛正在死死地盯着自己，倒下的那一刻，她嘴角再次露出了冷冷的一笑……

李斌的故事讲得让人毛骨悚然，会所里鸦雀无声，半天没有

动静。最后，老板马四耸着僵硬的脖子对李斌说："算你小子狠，本会所第一张贵宾至尊卡归你了！"

转眼，已经是凌晨三点了，赵阳、马凯和李斌摇摇晃晃地走出了会所，准备回市区。他们在会所里玩得精疲力尽，脑袋都有点晕了。赵阳驾着车，顺着来时的路向市内驶去，不知不觉中，车再一次行驶到了进入市区的那个十字路口。

就在马凯和李斌都迷迷糊糊之际，忽然，他们听见了赵阳的惊叫声："快醒醒，你们看，那个女人还在路灯下呢……"一句话惊醒了马凯和

李斌，李斌摇下了车窗，只见窗外浓雾蒙蒙，还下起了零星的小雨。轿车在距离路灯七八米的地方停了下来，赵阳突然声音颤抖地说："不，不对头，头啊，那女人披头散发的，我，我不敢往前开，开了……"

隐隐约约，三个人看见路灯下的人影忽高忽低，白色的裙子在雾里轻轻地飘舞着……李斌赶紧摇上了车窗，这时候的马凯已经吓得语无伦次："妈呀，咱，咱们这是碰上了鬼，鬼了呀，快跑吧！"

赵阳一听头发都要竖起来了："是，是吗？咱们，冲，冲过去？"

"我看见她奔咱们，来了，快，快跑啊！"李斌一脸惊慌，大声催着赵阳。

赵阳脚下一使劲，将油门踩到了底，轿车轰鸣着一溜烟地越过了路口，很快就驶入了灯火辉煌的市区。停下车的时候，三个人的头上

都大汗淋漓，喘着粗气，一句话也说不出来。

魂飞魄散

第二天中午，还在睡觉的李斌和马凯分别被赵阳的电话惊醒，赵阳告诉他们一个消息，昨天是七月半，鬼节，难怪他们会两次碰见"女鬼"！赵阳说："我问过我奶奶了，她说如果在鬼节的夜里撞见了鬼，就要去撞见鬼的地方烧纸，你们俩别猴在家里了，我们一起去烧点纸，去去晦气啊。"

三个人很快又聚到了一起，买了一堆纸钱，开着车去郊区的那个十字路口给"女鬼"烧钱。

大白天，公路上车来车往，很快，赵阳远远地看见了十字路口旁的那根电灯杆，再看，电灯杆下空无一人。赵阳将车开到离电灯杆十余米的路边，对李斌和马凯说："我们三个一起去烧吧，记住，我奶奶说，还要磕头。"说完，他拿出了座椅下的坐垫。

天还是灰蒙蒙的，三个人在路灯杆下烧纸钱，一堆火忽明忽暗，路灯杆周围烟雾缭绕，磕完了头，李斌最先抬起头来，这一

抬头可不得了，只见昨夜的那个"女鬼"正直直地站在了他的面前！李斌"嗷"的一声怪叫，人吓得昏死了过去。这时，赵阳和马凯也看到了这一幕，爬起身来转身就跑，赵阳往东跑，直接跑到了马路的中央，这时候一辆货车飞速而来，司机惊恐万分，脑子里一片空白。马凯一边喊着"救命，救命啊……"一边往西跑去，西边是一片庄稼地，越过了庄稼地是一个池塘，他纵身一跃，跳进了池塘。

这突发的情况让"女鬼"目瞪口呆，反应过来后，她立即拨打了110和120。这哪里是什么女鬼？原来只是一个身穿一身白色警服的女交警，她开车经过这个路口的时候，看见三个青年人正在路灯杆下烧纸磕头，想过来问问而已。

李斌醒来的时候，看见身穿白大褂的护士正在给他打点滴，立即吓得魂飞魄散，嘴里喊着："鬼，鬼，鬼呀……"

真相大白

这已经是第七起轰动全市的诡异事件了！市民们谈之色变，一时间人心惶惶。

又是一个夜晚，"丧魂夜"青年会所又到了会所里最高潮的活动环节——讲述诡异故事。今天讲述诡异故事的竟然还是李斌，他的神经

错乱已经治好了，不过，这次陪他前来的是他的两个新朋友。李斌一上场，会所的老板马四就把他认出来了，皱了皱眉头说："等等，你两个月前讲的那个女死刑犯复活的诡异故事把我的心吓得到现在还直发毛呢，能否讲一下，她为什么会复活？当时法医不是验过了，确定已经死亡了吗？"

李斌淡淡一笑，说："那是假死，当时我战友的子弹斜着射入了她的脑枕骨，擦过硬脑膜中动脉，越过脑干又从嘴里飞出，这地方是大脑与小脑连接处，是生命的中枢，可子弹只伤到小脑，促使她暂时昏死，其实心脏还在微弱跳动，经过从刑场到火葬场的颠簸，她就慢慢地复活了……"

"哦，原来是这样的啊！"马四拍了拍自己光光的脑袋。

李斌接着说道："我今天说一个更恐怖的，而且我保证，也是真实的，你们可别怕啊。说有一个人很聪明，他就开了家专供青年人玩乐的会所，而且这个会所很有特色，迎合了年轻人喜欢玩心跳和寻刺激的心理，比如他会在你来会所的路上安排一个很'神经'的女人，又会在销售的酒水中掺入新型冰毒。于是来过这个会所的人慢慢地都会上瘾，而上瘾还不是最可怕的，最可怕的是这种新型冰毒会使人出现幻觉，这

种幻觉是很美的，美得让人无法用语言言说，所以，这个会所的生意自然很火爆……"

马四听着听着，脸色大变，大喝道："你住嘴！"说着一挥手，两个彪形大汉就冲了过来。就在这时，李斌的两个新朋友，一左一右各自一个漂亮的背摔将两名大汉摔倒在地，接着，两副锃亮的手铐戴在了大汉的手上："都别动，我们是警察！"

李斌接着讲他的故事："两个月前的一天，有三个年轻人第一次到这个青年会所里玩，很不巧的是，他们之前在市区已经喝够了啤酒，肚子非常撑，撑得已经不能再喝一口酒水了，所以从头到尾，他们都是大脑清醒的。凌晨三点驾车返回的时候，他们又遭遇了那名很'神经'的女人，这个时候，如果换成是会

所里任何一个喝了酒水的人，在幻觉的作用下，都会以为自己撞上了美女，他们就会停下车，接下去的事情，报纸最近已经多次报道了，有人在神智不清醒的情况下，被人盗走了肾，醒来的时候，发现自己躺在酒店的浴池里，身上堆满了冰块……而这一次，三个大脑清醒的年轻人被这个很'神经'的女人吓得魂飞魄散，一场阴谋失败了！三个年轻人以后发生的事引起了警方的注意，经过周密的调查，警察确认了那个'聪明人'涉嫌制毒贩毒和故意杀人，他将被判死刑。我最后要告诉大家的是，我说的这两件恐怖的事情，都是真实的，前一件已经发生，后一件即将发生！"

只见马四听着听着，两腿抽搐口吐白沫地瘫倒了下去……

（题图、插图：张恩卫）

法律知识故事征文

本刊推出的"法律知识故事"，通过发生在我们身边的、短小而具体的、在法理上容易混淆的个案，生动、形象地宣传法律知识。这些知识注重现实性、实用性，真正起到解剖一个案例、明白一个道理的作用。

为了把这个栏目办得更好，我刊决定面向全国征文。

来稿方法：1．从邮局发，请在信封上注明"法律知识故事"字样，本刊地址：上海市绍兴路74号《故事会》杂志社，邮编：200020。2．从网上传递，可寄以下邮箱：wulun54@126.com，请在主题上注明"法律知识故事"字样。凡已与我刊编辑有联系的作者，稿件可继续投该编辑。

象棋高手

□ 张运国

老平头已退休，这天他在街上闲逛时，看到有人在那里摆象棋，用残棋设局骗人。看得出，有个年轻人已上当，正脸红脖子粗地跟那个骗子较劲，想赢回输掉的钱："再

来，再来！"

骗子说："再来可以，但赌资要加码了，一局一千块钱！"

年轻人愣了一下，围观的人跟着起哄："那就来啊，快来啊，还等什么？"

老平头知道，再赌，年轻人必输无疑！而此时，骗子洋洋得意，在一旁冷嘲热讽地说："怎么啦，草鸡了，害怕了，不敢应战了？"

年轻人涨红着脸，他被骗子激将得左右为难，进退不得。这时，老平头忍不住说话了，他指着骗子说："我和你赌，如果我输了我给你一百块钱。"

骗子看看老平头，没好气地说："不行。别人都赌到千元，你才出一百块钱，我没空陪你玩。"

老平头回过头来问年轻人："一千块钱，你还跟他赌吗？"

年轻人有了这个台阶，马上说："你们先赌一百块钱，我看看再来。"

骗子眯着眼想了想，最后像下了很大决心似的对老平头说："那好，就先给你来一盘，让你领教领教我的厉害。"

说着，骗子很快把残棋摆好，催着开局。老平头一把拦住，问："先别忙，我得问问清楚，这可有什么规矩？"

骗子指着棋盘上的字，说："上面都说清楚了，红棋为先，落子为定，

·大城小事·

悔棋即输，绝不扯皮。"

老平头又追问："除了这几条，没别的要求？"

骗子肯定地点点头，说："就这几条，多一条也没有，你只要按照这几条规定来，我输我给钱，你输你掏钱，简单得很。"

老平头大度地笑笑，朝围观的人群说："好，大家作证啊！那我们就开始吧，我走黑棋，你走红棋，你先走。"

骗子出手迅速，拿起红棋棋子，"啪"地走了一步棋。

轮到老平头走棋了，他瞪大眼睛，看了又看，瞅了又瞅，就是不

伸手动棋子，那样子简直比绣花还要仔细认真，把现场气氛弄得很紧张。可是，半天过去了，老平头只是盯着棋研究，就是不动手走棋。

有人轻声说："这人是高手！一步棋看了又看，一出手，肯定一剑封喉！"

可有人等不及了，说："快走啊，我都吸两根烟了，怎么还不走棋，你再慎重也得走棋子啊。"

不管别人怎么说，老平头依然故我，不声不响，埋头看棋子，就是不出手挪动棋子。时间又过去了很久，老平头仍没有动一下棋子，有人忍不住了，低声说："这人怎么光看不动手啊，简直把人都急死了。"

还有人在旁边劝老平头："不就是一百块钱吗，至于那么紧张吗？输了又怎么样，赢了又怎么样？别把钱看得太重了。"

但是，不管别人怎么说，老平头还是低头盯着棋盘看，就是不动棋子。骗子在一旁催促着说："快走啊，哪有像你这样下棋的，老半天只看不动棋子的。"

老平头却不冷不热地说："慌什么，我得看好了，看准了再走。"

骗子没办法，只得叹着气，等着老平头走棋。老平头低着头，又看了半天，还是不动棋子，骗子急了："你这人还赌不赌啊？"

老平头慢腾腾地回了一句："我

怎么不赌了？赌！"

骗子不耐烦地催促着说："赌，你就快点啊，磨磨蹭蹭，半天一步棋也不走，这要等到猴年马月啊。"

老平头从喉咙眼里挤出一句话："你催也没用，我这人下棋就这样。再说，输赢就是一百块钱呢，那可不是个小数目，抵我两天退休金呢。还有，你天天在街头玩这个，又把棋谱背得滚瓜烂熟，我哪能跟你比，走棋一不小心，就等于给你白送钱，这样的傻事我可不干。"

骗子连忙阻拦着说："来棋就来棋，别扯远了。"

老平头嘴里不言语了，又低下头对着棋盘研究起来。

这一研究又是半天，围观的人们失去了耐心，不少人都悄悄离开，只剩下几个看热闹的闲人。骗子忍不住叫起来："你快点行不行啊，来棋也得讲个规矩，哪能这么慢，半天不走一步。"

老平头抬起头来，认真地说："我怎么不按规矩来了，事先说清楚了，没有限制走子时间，我多看看多想想，哪儿不对了？！"

骗子无话可说，只得等着老平头走子。可是，又是半晌过去了，老平头依旧两眼盯着棋盘，一步也不走。骗子实在受不了，收起棋子，悻悻地说："算你狠。"

说着，骗子转身想走，老平头却一把拦着，说："这不行，这不行，你这么不明不白地就收了棋子，谁输谁赢还没最后定哪？"

骗子急得直跺脚："你半天不走一步棋，没个输赢，却把我生意都搅了。"

老平头一听不乐意了，说："我还没动棋子呢，怎么就说没个输赢啊。不行，你得接着下，不然就算你输了。"

骗子没办法，只得又把棋子摆上。可是老平头还是那样，只是瞪着两眼珠子看棋子，就是不挪动棋子。围观的人似乎也看出了门道，个个都捂着嘴笑。

眼看太阳就要下山了，上午那个年轻人下班回来，见一盘棋还是原来样子。

最后，骗子终于熬不下去，掏出一百块钱，朝地下一扔，说："算你狠，我输了，这总行了吧。"说着，骗子拎起棋盘愤愤离去。

老平头把骗子那一百块钱塞到年轻人手里，说："这是你刚才输的吧，还给你。街头骗子多得很，你跟他们赌，必输无疑。"

围观的人大笑，有人说："那你多少也得下一步啊？"

老平头红着脸说："我根本就不会下棋。"

（题图、插图：刘斌昆）

机关算尽太聪明

□ 耿全惠

白高和彭小燕都是南江公司的副总，两人关系原来就是水火不容，最近总经理要告老还乡，两人之间的关系就变得你死我活了。

那天，白高在网上看到一篇微博，说的是虾含有大量浓度较高的五钾砷化合物，如果与维生素C同时服用，会转变成有毒的三钾砷，也就是人们俗称的砒霜！想起彭小燕最近常请他吃虾，吃完还给他端来橘子等维生素C含量很高的水果，白高不禁后怕。看来彭小燕这是要置他于死地啊！

白高决定反击，他翻阅了大量国内外侦探类的悬疑小说与故事，最后，作案思路终于给他想出来了。

5月5日，白高要去青岛出差，这天，白高订好晚上8点钟飞青岛的机票，就悄悄去了彭小燕的宿舍。

彭小燕见白高来了，特地给他做了红烧鲍鱼，还开了瓶红酒。看着彭小燕那张红扑扑的脸，白高几乎要心软了。可是，一想到她要置自己于死地，白高的心又硬了起来。

饭后，彭小燕要送白高出门，刚要开门时，白高猛然一个回马枪，用戴着手套的手将一柄手术刀插进了彭小燕的心脏。

杀死彭小燕之后，白高小心地从口袋里掏出一个烟盒，打开来，里面是两个烟头。彭小燕有个同学叫严小言，是副市长，他们俩平时关系密切。白高之前找机会捡了严小言丢掉的烟头，把烟头放进烟灰缸，又找出彭小燕的手机和房门钥匙装进衣兜里，这才关上房门离去。

坐上出租车，白高看了看表，7点整，从彭小燕家到机场最多30分钟路程。

登机前，白高掏出手机看了看时间，7点33分，于是他往彭小燕手机上发了个短信，说自己到青岛后就会发短信向她汇报。过了一会儿，他又用彭小燕的手机给自己的手机回了个短信，说注意安全。然后他把两个手机都关了，随着人流登上了飞往青岛的飞机。

到了青岛，白高一打开手机，发现两个手机都收到了移动公司的服务短信。这种短信他一向是不看的，随手就全部给删了。

白高匆匆忙忙到酒店报到，放下行李，换了件风衣，戴上帽子和墨镜，就包了一辆车，火速返回南江市。

到南江市时已经是凌晨4点钟，白高在离彭小燕宿舍不远的一个小区门口下车，让司机等着，他快步往彭小燕宿舍走去。他用彭小燕的房门钥匙打开了房门，进门后，把彭小燕的手机和钥匙放进彭小燕包里。做完这些他又随车返回青岛市。

两天后，白高接到老总的电话，问彭小燕这几天怎么没上班，白高说自己在青岛开会，不知道局里的情况，他也已经两天没有和彭小燕联系了，希望局长派人到她家去看看。

当天晚上，白高就接到了南江市公安局的电话，说彭小燕在家中被人杀害，希望白高尽快回家协助警方调查。

南江市公安局刑警队长是一个三十多岁的刑警学硕士研究生，叫崔敏勤，他听白高解释完那天彭小燕宿舍的情况，又看了白高手机上接收到的来自彭小燕手机的短信。短信是彭小燕被害之日当晚7点33分发出的，这证明那个时间彭小燕还活着；而8点钟白高就坐上去青岛的飞机了，从白高家到机场最快也要半个小时，因此，白高有明确的不在现场证明。

因为排除了白高的杀人嫌疑，崔敏勤对他的态度自然也就客气了，他告诉白高，彭小燕的死亡时间是5月5号晚5点至晚7点之间，问白高知不知道彭小燕那个时间段和谁有约？白高表情茫然地摇了摇头。

崔敏勤又问："5月5号以前的几天里，彭小燕的同学严小言有没有去她家里做客？"

白高说道："我不大清楚。"

"那么彭小燕宿舍里的烟灰缸多长时间清理一次？"

终于问到要害了，白高心里一

喜，他故意思考了一会，才说道："我听彭小燕说过，她每天晚上睡觉前都会把房间打扫一遍，她有洁癖的毛病。"

崔敏勤点了点头，告辞离去。

在彭小燕家烟灰缸里发现的烟头上有彭小燕的同学严小言的唾液。并且，在彭小燕宿舍的门铃上还发现了严小言的指纹。刑警们由此很快就查出了彭小燕与严小言副市长的不正当来往。至此，案情似乎已经很明显了，这是一桩情杀案。

不久，白高"转正"，当上老总正开会呢，崔敏勤带着两名刑警突然而至，说彭小燕的案子又有了新的发现，他们想听听白高的意见。

到了总经理办公室，崔敏勤从公文包里拿出几张打印纸来，说道："本着对嫌疑犯负责的态度，我们到移动公司调出了彭小燕这几个月短信全部内容的详单，结果发现了一个惊人的秘密！原来，彭小燕和严小言副市长一直在密谋把你列入到援疆干部名单。"

崔敏勤说完，将右手的短信内容详单递到白高眼前，说道："这上面让我感到更意外的，是这条曾经被我们忽视的一条短信，5月5号晚10点25分，青岛市移动公司发给彭小燕的服务短信！"这时，崔敏勤抬起头来看着白高的眼睛，说道，"这是青岛市移动公司发给入市客户的服务短信，也就是说，这部手机在5月5号晚10点25分曾经到过青岛市。奇怪呀，彭小燕的手机怎么会出现在青岛，白总你怎么解释？"

白高那官场惯有的笑脸一下子就僵住了，心里说真是机关算尽太聪明，反误了卿卿性命！

（**题图**：谭海彦）

·本刊信息传真·

阿P系列幽默故事征文

阿P系列幽默故事栏目开辟二十多年来，深受读者欢迎。为了把这个栏目办得更好，本刊再次向全社会征稿，希望有更多的人来关注阿P，把您身边的阿P故事写得更精彩，更有现实意义和典型意义。

来稿方法：1.从邮局发，请在信封上注明"阿P故事征文"字样，本刊地址：上海市绍兴路74号《故事会》杂志社，邮编：200020。2.从网上传递，可寄以下信箱：wulun54@126.com，请在主题上注明"阿P故事征文"字样。凡已与我刊编辑有联系的作者，稿件可继续投给该编辑。

□ 申之珉

封山育林

林大勇参加完石油大会战表彰会，拿着锦旗刚到驻地办公室，手机便急促地响了起来。一接通，里面传出指挥长的大嗓门："林大勇，你小子搞什么名堂，会一结束就往家跑，晚上庆功宴不参加了？"

林大勇嬉皮笑脸地说："刘指挥长，庆功宴我就免了吧，我戒酒了，去了多扫兴呀。"

"呸！你这个酒缸要能戒酒，狗都不吃屎了。"刘指挥长话锋一转，也嘻嘻哈哈笑起来："是不是你媳妇来探亲了，回去晚了要挨打呀？瞧你这点出息，嘻嘻。"

"不是，我真的戒酒了……"

"少废话，下午六点前若不到，

看我怎么收拾你！"刘指挥长说完就撂下了电话。

林大勇苦恼地回到宿舍，妻子惊喜地说："哟，这么早就回来了？我还以为你不回家吃饭呢。"说着，又贴着大勇坐了下来，附在他耳边羞涩地小声说："今晚咱早点睡，封山育林……"

"不行啊，我马上还得回去。"大勇将刚才刘指挥长的电话内容告诉了妻子，又沮丧地说，"唉，看来我这'封山育林'计划又要泡汤了……"

"封山育林"是石油队伍内部的一句隐语，是指已婚男人为了生育健康后代而戒酒。林大勇带领的物探队由于常年在野外进行石油勘探，环境气候恶劣，通讯信号不通再加上娱乐生活匮乏，晚上喝酒便成了队员们唯一的乐趣。按说，业余时间喝点酒没什么大碍，可目前对林大勇来说却成了头等大事。他结婚

晚，双方老人整日为孩子的事喋喋不休。为了家庭和睦，小两口根据科学规律，特地制定了这次探亲时间表，准备一炮打响。为了这宏伟计划，林大勇提前两个月就在队里宣布：自己开始"封山育林"，不喝酒了！谁知关键时刻却偏偏接到刘指挥长的电话。

听罢丈夫的诉说，妻子大度地说："你们队这次被评为石油系统的先进集体，你又是先进个人，怎么能不参加庆功宴呢？去吧，只是千万别喝多了。"大勇抱住妻子肩膀，深情地说："谢谢理解。"

晚上六点，林大勇准时来到庆功宴现场，刘指挥长正和一位六十开外的男人聊天，一见到他，就介绍说："孟总，这就是林大勇，他们队在鄂尔多斯勘察石油储量方面可立了大功了！"

孟总很亲切地握着大勇的手说："知道，知道。他父亲就是个老石油，老模范了，我还给他颁过奖，一起喝过酒呢，真是虎父无犬子呀！"

"是吗？"刘指挥长扯着大嗓门哈哈笑了起来："大勇，你小子可要代表老爷子跟孟总碰两杯，孟总可是酒仙，哈哈。"

"是！"林大勇应了一声，又悄悄将刘指挥长拉到一旁，苦着脸说："您饶了我吧，我两个月前就戒酒了，真不能喝了。"

"哦，为什么？"刘指挥长吓了一跳，关切地问："身体是不是出啥问题了？"

大勇嗫嚅一阵，终于鼓起勇气说："我封山育林了……"

"哦，是这样呀，你小子怎么不早说呀！"刘指挥长的脸色缓了下来，接着又一拍自个脑壳："嘿嘿，这可咋整，我在孟总他们面前吹了你半天，万一他们点名要和你碰酒可咋办呢……"

看刘指挥长那为难的样子，林大勇突然心生一计："我躲远远的，万一躲不过去，我就用矿泉水应付。"

"这，不太好吧，我们没这规矩，万一……"刘指挥长有些为难，但最后还是毅然地说，"好吧，我老刘就平生第一次糊弄一回领导吧。"

宴会开始了，公司领导讲完话，大家就端起酒杯。酒过三巡，众人在刘指挥长的安排下，开始逐个地向孟总和其他领导敬酒。林大勇躲在最不起眼的一桌，一边喝着矿泉水，一边望着频频举杯的孟总，心中暗暗想："老天开恩，让领导们喝高吧……"

尽管如此，林大勇担心的一幕还是发生了。抵住众人的"轮番轰炸"后，孟总还是站起身，在刘指挥长的陪同下，跟每桌的获奖代表们一一碰杯。当来到林大勇一桌时，孟总身子已经开始有些摇摇晃晃了。一见大勇就责备起来："好小子，给我敬过酒就跑得没影了，我得罚你！"

林大勇连忙站起身，举起自己的大酒杯，爽快地说："我认罚，我认罚。"说罢，一仰脖子就灌了进去。

"不行！"孟总看来酒兴极高，"屁股一欠，喝了不算。谁让你站起来的？"

"好好。"林大勇拿起事先就装满矿泉水的酒瓶，咕咚咚又倒了一杯，坐着又喝了下去，"孟总，这回可以了吧？"

刘指挥长连忙打圆场："行，你小子还算够意思。孟总，咱再去别的桌转转？"

"别忙。"孟总用狡黠的目光盯住大勇的酒瓶仔细打量一阵，转身从身后服务员手里接过酒瓶，满满地斟上一杯，亲自端到林大勇面前，说："这杯酒是我特意敬你父亲的，你得替我捎回去。"

"啊？"林大勇连连告饶，"孟总，我酒量不行，实在喝不下去了……"

刘指挥长一旁也帮衬说："就是就是，这小子酒量跟他老爷子差远了，我替他喝了吧。"说着，伸手就去夺酒杯，却被孟总用手挡了回去："我给老哥的酒，你喝了算哪门子事？告诉你，我和林师傅可是老交情了，前几天我们老哥俩还通过电话呢。"说完，又用命令的口吻对林

大勇说："你的酒量我知道，给我干了！"

"这……"林大勇接过满满一杯酒，为难了。中国官场的酒文化实在让人心悸，这杯酒如果不喝，后果不堪设想，为了领导，为了他的物探队，林大勇心一横，将那杯酒灌进了肚里，嘴里讷讷地说道："谢谢，谢谢领导的关心……"

"好，爽快！"孟总得意地哈哈大笑起来，接着又意味深长地叮嘱道："你小子还嫩，我可是什么都知道啊，哈哈。"

晚上十时许，林大勇回到了家，漱洗一下后，就迫不及待地上床搂住了自个儿妻子。妻子轻轻将他推开，柔声说："别，喝过酒不好……"

"没有，我一滴酒没沾。"林大勇将庆功宴一幕告诉了妻子，最后感慨地说："万万没想到，孟总给我端的酒竟然也是水呀！"

（题图、插图：刘斌昆）

您手中有没有得意之作？本刊辟有二十多个原创性栏目，如新传说、我的故事和中篇故事等；您读到或听到什么有趣事可以和大家一起分享吗？3分钟典藏故事、外国文学故事鉴赏和诙谐段子等都是本刊推荐性栏目。热忱欢迎来稿，可从邮局寄发，也可从网上传递。邮寄地址：上海绍兴路74号《故事会》杂志社，邮编：200020；如为电子邮件，本期责任编辑信箱：taoyunyun1101@163.com。

在重庆地区，有个像一休哥、阿凡提一样的机智人物叫安世敏，他的故事在当地可以说家喻户晓。

安世敏智破偷印案

□ 沈定顺

引贼上钩

有一年，安家坝出了个贼娃子叫李二，今天偷这家，明天偷那家，搞得村里鸡犬不宁，人心不安。大伙找到安世敏，希望他出面整整这个贼娃子。

安世敏考虑后说："要除蟊贼，你们得配合我才行！"

大伙齐声说："你脑壳灵光，点子比筛子的眼眼儿还多，你说的，我们一定照办！"

"捉奸捉双，捉贼拿赃，你们……"安世敏压低声音和大伙一阵叽叽咕咕，大伙听得不停点头。

那天逢赶场，安世敏看见李二在街上茶馆喝茶，就进去和他坐到一起，边喝茶边摆龙门阵。

茶喝清了，李二起身结账，他要忙着上街找"业务"搞几个酒钱。安世敏按住他的手说："这段时间，兄弟发了点儿小财，今天茶钱由我给。"顺手摸出一锭银子放在桌上，叫老板记在账上，下回再来喝。

李二看到银子眼睛都直了，这一锭银子，就是喝铁观音、龙井茶，一年恐怕也喝不完！平时捉襟见肘的安世敏，今天怎么有那么多钱？看来，他一定有生财之道！

安世敏拱手告辞，赶场去了，李二跟在后边一探究竟。

只见安世敏走到一个摊位前，嘴一张一合好像在说什么，然后拿了一条毛巾放进衣兜，又拿了一把梳子，转身走了。奇怪的是，那摊主竟像没看见一样！

不一会，安世敏又来到一个摊位前，嘴里照常念着什么，然后拿了一包冰糖，放进包里就走，摊贩像个睁眼瞎，还是没有过问他。

李二想：怪不得那家伙有钱，原来可以随便拿别人的东西！但为啥没人干涉他呢，莫非他会隐身术？

看见安世敏又在另一个摊位拿了一双鞋和一团棉纱，李二憋不住了，紧走几步跟上，在场背后谷草堆旁，一把抓住安世敏的衣袖："安二爷，想不到你是高人啊！"

安世敏转过身，说："啥子高人哟，我明明长得矮，你抓我干啥？"

李二说："你刚才在街上干的事我都看到了！"

"我刚才干了啥？你别乱说哦！"

"安二爷，你放心，都是道上的人，我不会坏你事儿的！"

安世敏看看自己手上拿的东西，假装吃了一惊："你真的都看见了？"

"嗯！"

"看来师傅说得不假，出手拿东西，只有道上的人看得见，其他人都像瞎子！今天的事你已经晓得了，那就按老规矩，上山打猎，见者一份，这双鞋我给你！"

"哈哈哈，你衣兜里还有几样东西呢！"

安世敏搔搔脑壳："看来硬是瞒不过你这个道上的人，实话实说，用这门手艺拿别人的东西，就像拿自己家里的东西一样，我干了一个多月，从来没有失过手！"

李二心想：怪不得他有钱了，原来学过真功夫！这比翻墙挖洞，担惊受怕去偷不知道强多少倍！就变着笑脸说："安二爷，我想拜你为师，行不行？"

"不行不行！我这手艺不传外人的！"安世敏转身要走。

李二上前再次把他拉住："二爷，你就收我为徒嘛，哪天我发了财，一定不会把你老人家忘记的！"

安世敏见火候已到，就装作无可奈何的样子，对着李二耳朵说："晚上在悦来客店开个房间，我传你手艺，不要有外人！"

当晚，李二开好房间，还准备了一桌丰盛的拜师酒。一顿胡吃海喝后，李二终于问起最重要的问题："师傅，为啥你去拿东西，别人看不到呢？"

"这个都不懂？我会隐身啊！"

"怎么才隐得到身呢？"

"你再给老子叩三个响头，我就给你说。"

李二翻身就给安世敏叩了三个响头。

安世敏这时酒也喝得醉醺醺的了，眯起眼睛说："这门手艺很简单，出门时你要拜财神菩萨，出手的时候你要念隐身口诀，做到这两点就万无一失了！"

李二好性急，忙问："师傅，隐身口诀是怎么念的？"

安世敏叫他把脑壳伸过来，然后很严肃地说："八个字——咯咙神灯，神灯咯咙。记住没有？"

李二重复了两三遍："好记好记！记住了记住了！"

县官求助

又逢赶场天，李二提了一个大麻布口袋上街，他昨晚兴奋得一夜未睡，一心想着发大财，天刚亮，就来到一个摊位前，嘴里念着隐身口诀"咯咙神灯，神灯咯咙"，把手伸出去，拿了一包白糖就走，摊主果然没发现。

李二大喜过望，用同样的办法又拿了两家摊主的东西，仍然没有被发现！

李二完全放心了，大摇大摆来到一个肉摊前，嘴里念着口诀，取下一块十多斤重的肉就往口袋里装，不料，这次不灵了，卖肉的当场喊起来，一把扭住李二。

李二撒腿就跑，哪里跑得了？人们把他围起来，推推搡搡连同一口袋赃物送到县衙门。

县太爷立即升堂审案，令李二从实招来，不然棍棒侍候。

李二眨眨眼睛，嘴里不停念"咯咙神灯，神灯咯咙"。他想：我念了隐身口诀，你们人都看不到，看你打哪个鼻子？

县太爷听了鬼火冒："人赃俱获，啥子神不龙灯儿哦？你娃还扯呢！给我打！"

才打三板，李二就杀猪般嚎叫起来，这时他才醒悟过来，自己上了安世敏的当，当即大叫："大老爷，我招！都是安世敏叫我这样做的！"接着把事情的经过全吐了出来。

县太爷听了觉得好笑，心想：这个笨贼硬是笨到了家，竟然相信隐身的鬼话。不过那安世敏倒有些鬼名堂，看来是个聪明人物。前两天，县衙门不见了大印，至今没查出结果，何不叫他来想想办法？于是，县太爷把李二关进大牢，派人去叫安世敏到衙门来。

此刻，安世敏得意忘形，正在街上吹牛说大话："小小蟊贼哪是我安二爷的对手……"

话还没说完，差役来到他面前："安世敏，县太爷叫你去一趟。"

安世敏愣了一下，问："县太爷喊我做啥？我又没有做坏事……"

"去了你就明白了！"

安世敏只好跟着差役走。

到了大堂，县太爷问："你就是安世敏？"

安世敏点点脑壳："小民是。"

"本官为啥子宣你进衙，晓不晓得？"

安世敏假装二百钱数不清，依然摇头："不晓得。"

县太爷一拍惊堂木："不晓得？那本官打开窗子说亮话，你为啥教唆李二偷东西？还不从实招来！"

安世敏知道是李二说出了真情，但他并不怕，只是假装大呼冤枉："县太爷啊，小民循规蹈矩，老实为人，李二偷盗成性，四邻皆知，哪是我教唆的？况且，李二不是小娃儿，不是傻儿，这正常人只要有个脑壳，啥子事情做得，啥子事情做不得还不晓得？"

县太爷知道安世敏脑壳灵光，是个难缠的人物，也就不追究了。他喝退左右，走到安世敏身边，说："李二偷盗罪有应得，这事儿要

说你也脱不了干系，但我不再追究。本官有一事相求，还望你能帮忙……"县太爷就把丢失大印的事详详细细摆给他听。

安世敏晓得这是个烫手的火炭，赶忙推辞："衙门头戒备森严，哪个蟊贼有那么大胆子来偷？一定是你内部的人偷的，县太爷还是自己认真查查，我安世敏帮不到忙！"

县太爷听了更加佩服，因为他也是这样想的："嗯，英雄所见略同，我也知道是衙门头的人偷的，只是

本官查了几天毫无结果。请你务必帮我这个忙！事成之后，定有重谢！"

失了大印当时是要丢官坐牢的，安世敏明白县太爷心头肯定急得像猫抓。但他也没得办法破这个案子，得想法先脱身再说。他眼睛滴溜溜转了几圈，试探道："县太爷，你老人家这忙我不帮也说不过去，让我回去先看看卦书如何？"安世敏想得多好：一出衙门我就溜之大吉，帮你个鬼！

县太爷可不笨，忙说："我叫两

个差役帮你去取来就行了，安先生何需动步？"

"不行不行！我藏书的地方，家人都不知道在哪里！"

"那我派两个差役跟你一道回家，取了后马上就回来。"县太爷随即叫来马六和朱五，"你们随安先生回家去取卦书，路上好生侍候，不得怠慢！"

安世敏晓得要脱身是不可能的，只好硬着头皮和马六、朱五上路。

将计就计

在路上，马六好像是无意中问安世敏："老爷叫你回家取卦书来做什么？"

安世敏打量起两公差，两人生得贼眉鼠眼，尖嘴猴腮，一看就不是善良之辈。他想：大印丢失，莫非与他们有关？

想到这，安世敏故意大吹特吹他的卦书如何神奇："嘿嘿，我那卦书是祖传的宝物，你莫看它薄，却帮人破了很多大案奇案。当年包公，就是从这本卦书看出陈世美是负心汉，将他在辕门前斩首！前不久，村头王老汉不见了一头牛，急得要上吊，我一翻卦书，晓得贼娃子是二十里外的鄢三娃，王老汉带人去看，那牛果然还拴在他牛圈里！这回帮县太爷破大印丢失的案子，我回去一翻卦书，那盗贼就会原形毕露，轻则坐大牢，重则砍脑壳……"

天气并不热，安世敏看见马六和朱五在不停地擦汗水，心头有了几分底。

回到家，安世敏招呼婆娘："给这两位官爷泡茶。"然后又对马六和朱五说："你们喝茶，我这就去找书。"

老婆刚把茶泡好，就听安世敏在内屋吼："我的书呢？该死的婆娘，你给我弄到哪去了？"

婆娘不晓得他为啥发火，进屋问吼啥。安世敏赶忙招呼她过去，附在耳旁一阵嘀咕。然后故意大声骂道："哪个叫你随便动我的东西？差点就找不到了。"

一会儿，安世敏喜滋滋地拿着本书跨出门，在马六和朱五面前一晃，揣进怀里："这下那偷印的强盗跑不脱了！"

两差役听了不觉一怔，特别是马六，双脚都在颤抖。

这些都被安世敏看在眼里，他更要发飚了，对两差役吩咐道："为你们县太爷的事，今天我脚杆都跑酸了！这样，你们两个用滑竿把我抬回衙门去，听到没有？"

其实，大印真是马六伙同朱五偷的，此时两个家伙心头悬吊吊的，不过他们还不大相信：啥子卦书有那么神奇哦？安世敏会不会是故弄玄虚吓人吧？

马六说："我们也累得很，安先生，还是一路走回去嘛！"

安世敏一屁股坐在板凳上，他不阴不阳地警告道："好，你们两个不肯抬我，到时候莫后悔哦！"

这话说得马六和朱五心头像十五只吊桶打水——七上八下。他们真吃不准安世敏到底有多大本事，他们一嘀咕，觉得还是少得罪为好，于是就去找来滑竿。

安世敏舒服地坐在滑竿上，走出好几里路，他掏出怀里的书翻了翻，突然叫道："不好不好！快把我抬回去！"

两人不解地问："回去做啥？"

"我刚刚看了卦书，那该死的婆娘在屋头偷嘴，正在杀鸡！"

两人半信半疑地往回走。

到那一看，果然看见他婆娘在用水烫鸡扯鸡毛，不由得惊呆了！

安世敏火冒三丈，上去就给婆娘一耳光："你个馋嘴婆娘，竟敢背着我悄悄杀鸡吃！"说完，怒气冲冲把旁边的菜刀拿在了手上！

婆娘哭着就跑，安世敏骂着要去追，马六和朱五连忙将他拉住："算了嘛，不就是一只鸡嘛！"

安世敏甩了菜刀，坐上滑竿："这个好吃婆娘，等一下老子回来收拾你！偷嘴的跑了，偷大印的是跑不掉的！走嘛！见县太爷去嘛！"

马六和朱五哪还走得动？"扑通"一声跪在地上，连连磕头："小人一时糊涂才偷大印的！请安先生高抬贵手，放我们一马！"

安世敏跷起二郎腿，得意地说："我还以为你们要在大堂上才招呢。老实跟我说，那大印现在何处？"

马六说："在我家草堆里藏着，小人这就去给你拿来。我们上有老下有小，求你在县太爷面前，千万别说是我们干的！"

安世敏想了想，说："你们把大印悄悄拿去放在衙门外石狮子嘴巴里，我保证你们什么事都没有！"

两个差役脑壳点得像鸡啄米："要得要得！安先生大恩大德，没齿难忘！"

马六和朱五抬着安世敏回到衙门，见过县太爷后，安世敏装模作样焚香叩拜，又从怀里摸出书坐在太师椅上看，口中一阵子丑寅卯、东西南北。终于茶也喝饱了，书也翻尽了，安世敏才肯定地说："从卦书上可以判断，大印并未远去，就在衙门外石狮子嘴巴里，请大人亲自去取！"

县太爷将信将疑，走到石狮子前伸手一摸，大印果然在狮子嘴巴里头！

安世敏又说："大印失而复得是桩好事，其他细节大人就不必再问，毕竟这事传出去不好！"

县太爷高兴得连连点头，叫人端出五锭银子酬谢安世敏。

安世敏揣着银子，喜笑颜开地回家了。

（题图、插图：谢　颖）

新书推介：《以案说法：100 则生活中的法律知识故事》

由司法部法宣司与《故事会》编辑部共同编写的《以案说法：100 则生活中的法律知识故事》正式出版。本书选编的 100 则作品，是从历年的法律知识故事征文里甄选出的，它们有以下特点：一是故事通俗、精彩，贴近百姓生活；二是个案典型，在法理上明辨是非，让读者读一篇故事，明白一个道理；三是分析权威，注重现实性、实用性。本书在每则作品之前，均标明了该故事的知识点与法律类别；而在每则作品末尾，又附有专业律师对这则故事的深入点评。

连赏三次

□ 高棕津

过去，土家族地区的行政建制叫土司府，行政长官就是土司王。清朝初年，莫巴地区有个土司王叫彭化善，他有一个致命弱点，喜欢听恭维奉承话。在他面前你只要把恭维奉承话说得顺溜，哄得他高兴，他立马就会给你赏金，出手还特别大方。不过，彭土司王的夫人既聪明又小气，每次都会想方设法，以各种理由把奖赏出去的东西再给要回来。

一天，寨子里一个叫田开远的年轻人在山里挖到一株何首乌，想到寨子里穷人缺衣少粮，就打起了土司王的主意。他来到土司府，把这株何首乌献给了土司王彭化善。

彭化善看到何首乌，高兴得眉开眼笑，问："开远，这么好的东西，你自己不留着，怎么想着要送给我呀？"

田开远说："您日夜为我们操心劳累，您就是我们的再生父母。作为您的子民，我挖到了好东西当然要先孝敬您喽。"

几句话把彭化善说得心花怒放，立刻吩咐下人取出1000块大洋，笑道："难得你对本老爷的一片孝心，这些钱就赏给你吧！"

中午，这事就被彭化善的夫人知道了，她拿起这只何首乌看了看，不满地说："这么个破玩意儿，你就给他1000大洋？你真大方。不行！

·茶舍听书·

我得把钱要回来。"

彭化善面露难色，说："说出去的话，泼出去的水，你去要，我这土司老爷的脸往哪搁，以后我的话还有人听吗？我看还是算了吧！"

夫人说："你放心，我自有办法，既不会丢你土司老爷的脸，又能把钱要回来。"

彭化善不信，问："你能有什么办法？"

夫人："我问他，这只何首乌是公的还是母的？他说是公的，我

说说我要母的，他说是母的，我就说要公的，反正他怎么回答都不对。这样我不就把钱要回来了。"

彭化善觉得这个办法好，就说："好吧！就依你。但不能让他感觉出是我后悔了，说话不算数。"

再说，田开远刚回到家，钱在口袋里还没捂热，就接到土司府的口信，说土司王的夫人找他。田开远知道这是她向自己要钱了，于是忙着赶到土司府，一看，上面坐着的正是彭化善和他的夫人。刚站定，夫人就开始说话了："田开远，难得你对老爷的一片孝心，这只何首乌我和老爷都很喜欢。但我想问你，这只何首乌是公的还是母的？我们没认出来，想必你一定是知道的。"

田开远心想，一只何首乌能分什么公母呀？这不明摆着找茬想要回赏钱吗？他镇定了一下情绪，反问道："请问夫人，您需要公的还是母的呢？"

夫人立刻把问题又给踢了回来，说："刚才我在问你，你得先回答我。你还没回答我，怎么倒先问起我来了。"

田开远想，这个女人果然刁钻，看来不回答她还不行。但是要回答了，这不正好上她的套吗？怎么办？田开远沉吟了片刻，突然有了对策，他笑了笑说："夫人，这只何首乌是雌雄同体，既是公的又是母的。老

爷吃了它能壮阳，夫人吃了它能补阴，正因为它世上稀少，是个宝贝，所以我才把它拿来献给老爷。老爷府上奇珍异宝多的是，要是平常之物，我怎敢在老爷面前显摆呢！"

夫人顿时语塞，而彭化善听完，哈哈大笑，连声说："说得好，本老爷再赏你1000大洋。"

没想到1000块没要回来，反而又赔上了1000块。夫人恨得牙齿都直发痒痒，但丈夫是土司王，不能当众驳他面子。可是要不阻止，这么多的钱难道就这样轻而易举让田开远拿走吗？夫人眼珠子几转，办法又有了。

当田开远谢过彭化善，拿着钱转身准备离去时，夫人又把他叫住了，皮笑肉不笑地说："田开远，老爷一下子赏了你这么多的钱，你一庄户人家，准备怎么用呀？我看这么多的钱你一时半会也用不完，放在家里又不安全，不如你把钱放在我这儿，我替你保管着，你要用时就来我这取，这样不是更好嘛！"

田开远微微一笑，说："谢谢夫人！夫人刚才问我这些钱怎么用，我正想跟老爷说说这事呢。老爷赏给我的这些钱怎么用呢？用它建

房？太自私，岂不辜负老爷对我的厚望了；拿它买田买地？也只能是我一家过上好日子，这样做，我也觉得对不起老爷。所以，我想用这些钱修建一座土司庙，在庙门前立上一块大碑，把老爷的功德都刻在碑上，再给老爷镀一金身供在庙里，好让九村十八寨的老百姓都来这里祭拜老爷，一来好保佑老爷长命百岁，万寿无疆，二来也好让我们的子孙后代永远都铭记老爷的丰功伟绩。我算了算，这些钱可能还不够，我正想着怎么想办法去说服老百姓，让他们也搞一些募捐。我的这一想法不知老爷赞不赞同，还请老爷明示。"

你看那彭化善的脸，早就笑成了一朵花，心里像喝过一罐蜜似的，他大声回道："赞同，赞同。本老爷再赏你1000大洋。"

夫人一听，差点被气昏了过去。看来今天是遇上真正的高人了，和他过招自己招招皆输，远不是他的对手，要是再继续下去，老爷一高兴，怕是这土司府都要赏给他了。于是，她对田开远摆了摆手说："老爷赏给你的钱已经够多了，你快走吧！"

（题图、插图：谢 颖）

现如今打开电视机，10个频道有8个一定在播广告。在这个信息量爆炸的时代里，广告创意变得尤为重要。如何迅速吸引公众的目光，成了广告人最为头疼的问题……

谁的创意好

□ 陈晓镟

精品广告公司是圈内知名的广告制作公司，这家公司有两个核心团队，分别是由不惑之年的老资格员工阿华带领的A组，和年纪轻轻便崭露头角的新星员工林雷带领的B组。

阿华经验丰富，稳扎稳打，习惯的工作方式是广泛搜集客户的资料，无论面对什么样的客户，他都能拿出解决方案，做出的广告都是一流的精品。

而林雷则年少气盛，常常出其不意地拿出新创意，把简单的广告做出不一样的感觉，让人耳目一新。

两个小组在公司里那是明争暗斗，抢人才抢资源抢客户，PK得如火如荼。最近，公司接到有史以来最大的一笔广告投标：蓝帆床业

出资1000万，寻找让他们满意的广告创意。于是，总裁在会议上拍板，十天内，A、B两组谁能拿出优秀的方案让客户满意，那么公司就把这一组提拔成精英组，以后要钱给钱要人给人，专门服务重要客户。

为了让自己的团队更上一层楼，阿华和林雷都在积极备战，开始准备方案了。

阿华所在的A组，从那天起就开始不停地加班，研究客户过往的广告风格。通过分析，他们认定，

客户新推出的五星级床垫,具备了所有高级床垫的优点,承压性极高,环保材质柔软亲肤。他们的第一个广告就是:镜头里只见空地上放着一个蓝帆床垫,接着一辆载满货物的卡车,"轰"的一声从床垫上开了过去,镜头再拉回来,床垫上除了一排脏兮兮的轮胎印外,床面丝毫无损,然后镜头出现一行字,"睡坏一根簧,赔您十张床"。不得不说,当年在设备简陋,广告专业人才匮乏的背景下,这个创意算是很出彩的作品了,很直接地把床垫的优点告诉了大众。

而最近一期在中央台播出的蓝帆床业广告,就进了一大步。背景是在一个很精密的高科技实验室,然后一个穿着白大褂的专业科学家,对着镜头将蓝帆床垫的优点用科学数据娓娓道来,最后对着镜头一笑,说:"蓝帆床垫,我选择了,你还在等什么?"用电脑制作的背景和音效令人印象深刻。不过,蓝帆床业的领导们还是不满意,所以又花大价钱寻找新的合作。

该如何让客户满意呢?阿华和组里的同事们绞尽脑汁地出方案,毙掉,再出新方案,再毙掉,方案似乎总是差那么一点。这让阿华烦躁不已,可再看对面,有点怪?林雷那边怎么都是6点准时下班,难道他们已经胸有成竹,有了好的方案?

为了及时掌握林雷的动向,阿华将B组的大成作为攻坚对象。很快,面对5万元的支票,大成就将B组的创意和盘托出:"我们的创意就是明星代言。"

阿华一听差点晕倒:"你没有骗我吧,号称怪才的林雷,就这创意?明星代言都用滥了,能吸引人眼球?"

看在5万元的份上,大成解释道:"创意的重点不在广告本身,而在请的明星,桃乐丝你知道吧?"这阿华当然知道,桃乐丝是香港新生代影视歌的三栖明星,这两年红

遍大江南北,随便露个面做代言,开价就要2000万。不过,这个桃乐丝去年下半年被曝出许多不雅照后,引起社会一片哗然,许多人围追堵截,口诛笔伐,如今企业都是避之不及,难道林雷不知道?想到这,阿华追问道:"林雷真的要找桃乐丝代言?"大成肯定地说:"这几天林雷都是在和她谈合同,错不了!"

阿华摇了摇头,自嘲道:"我这5万元算是丢水里了,即使她价格降下来了,这广告效应也不大啊。"

大成听了直摇头:"那次事件后,你以为桃乐丝完了,没人邀请了?你错了!正因为桃色事件,桃乐丝的知名度急速蹿升,连从来不看娱乐节目的人,都对她耳熟能详。林雷经过调查,发现桃乐丝的身价早就不是过去的2000万了。"

阿华听着有理,但他还是疑惑:"如果桃乐丝真那么值钱,那广告预算就大大超标了呀。"

大成从包里拿出一份合同,说:"呵呵,你这就是林雷说的定向思维了。喏,这是一份合同,我给复印出来了,你看看有没有用?林雷说明天就找桃乐丝签约。"

阿华接过合同细细看起来。这份还未签字的合同和别的代言合同没多大区别,无非是"代言期间在公共场合不能使用其他品牌产品;

不能做出伤害品牌的行为"等等条款,只不过在不起眼的地方加了一条,"若因明星原因导致广告不能按计划准时播出的,明星除收取50万元劳务费外不得再收取其他代言费用"。阿华突然眼前一亮,忍不住拍案而起:"太妙了。"原来,不久前广电局发了一个红头文件,内容就是"为了整顿社会风气,所有形象不健康的明星,不得过分追捧,频频亮相电视荧屏。"没想到林雷竟然记在了心上,在合同上设了一个局。

按理说,蓝帆床业请桃乐丝代言本身就是一个大新闻,桃乐丝的形象是无可挑剔的,媚眼如丝,围条浴巾往床上一躺……这个活色生香的画面绝对令人想入非非,印象深刻!但是在中央"禁俗"令的要求下,只要桃乐丝频频亮相电视荧屏,不消说,马上就会群情激愤,声讨声不绝,上面立刻就会采取措施叫停。于是到时会出现一个怪现象,虽然桃乐丝的广告在电视荧屏上不能播了,但现在是网络时代,网络的消息是爆炸式的传播,视频、图片,分分秒秒就被半个世界的人浏览到了,网友就会自发传播,成本等同于0。而更绝的是,由于广告是因桃乐丝的原因撤出荧屏的,所以只需付劳务费就可以了。这条创意太绝了,令阿华不得不佩服。

眼下既然摸到了对方的牌,事

不宜迟，阿华立即去做了一份一模一样的合同，抢先一步与桃乐丝签了合同。

转眼十天期限就到了，为保证创意阐述及构思不受影响，阿华和林雷分开进入办公室，向总裁和客户演示自己的方案。阿华得意地把"自己"的创意说了出来，果然，他们听得眼神放光，特别是看到签着桃乐丝大名的经纪合同时，更是激动不已，在阿华走出办公室时，总裁还特意握了握阿华的手。

又过了三天，总裁将阿华和林雷叫进他的办公室，宣布了客户的选择结果，总裁微微一笑，说："说实话，你们两个的方案都极为优秀，不过客户只能选择一个，被客户选中的是……B组，恭喜你，林雷，只

花50万做出这么好的创意，很难得。"

阿华突然失态，他大声喊道："什么！我的创意也只要50万，而且还有桃乐丝亲笔签名，哪里有人比她更好，更有知名度？"总裁朝林雷望望，吩咐道："林雷，把你的创意给阿华说说吧。"

林雷点点头，拿起了广告板，重复那天在客户面前的讲述："我们调查后发现，蓝帆床业做的广告很专业，但是他们缺少温情，对，一盏温暖的灯光，让人想家的感觉。强调耐用舒适没错，可是，一款好的产品更要亲民，贴近大众，提高民众的好感度。"接着林雷拿起第二张广告板，广告板上一个可爱的婴孩躺在母亲的怀抱里，甜甜酣睡。

接着在第三张广告板上画着母亲不在家，可爱的婴孩在空无一人的屋子里惊慌失措地号啕大哭，让人看了都忍不住鼻子一酸。接着第四张广告板上，还是空无一人的屋子，婴孩却在有蓝帆床垫品牌的床上安睡，一如第二张躺在母亲怀里那样，露出甜甜的微笑。广告语是："蓝帆床垫，不可或缺的家人守护你。"

短短的四张广告板，将一个温暖到极致的创意阐释

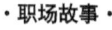

出来，极为动人。

林雷微微一笑，接着说道："所以我之前都在和桃乐丝沟通……"

阿华想到自己剽窃了林雷的创意，心里有些紧张，他索性蛮狠地打断了林雷的话，喊道："你想说什么，找桃乐丝的创意是我想到的！"

林雷双手一压，做了一个稍安勿躁的手势："我从来没有想过找桃乐丝来代言蓝帆床垫，桃乐丝是一个娱乐明星，知名度是很高，如果找她的话，也许短期可以给产品带来惊喜，可是后续呢？时间长了人们就会淡忘。于是我就找上了他……"林雷指着广告板上可爱的婴孩。

阿华迷茫地看着林雷，他不能理解，一个婴孩的影响力怎会高过桃乐丝？

总裁在一边幽幽一笑，说："这个宝宝，就是桃乐丝的私生子。你认为这个人选的影响力会比桃乐丝本人低吗？"

阿华他明显感到，这个消息真是太有爆炸力了，狗仔队只要一透露，那全球的注意力都会聚焦到蓝帆床业，太绝了！这时，阿华又想起一个重要问题："桃乐丝怎么可能让自己的私生子曝光呢？"

林雷此时却显得有些害羞，他笑着解释道："一开始我也只是抱着试一试的心态，通过经纪人找了桃乐丝几次，以洽谈工作为由，旁敲侧击提到了她的孩子。一开始她对我很警惕，直到我把广告创意跟她说起，她慢慢地被我的诚意打动了，看着我的广告创意，她想到自己也是妈妈，这个孩子不能没有妈妈啊。于是我趁热打铁，建议她做自己孩子的经纪人，凭着自己的名气，可以接下很多的业务，这样既可以时常照顾孩子，而且又可以得到丰厚的收入，确保孩子的抚养费。桃乐丝听后非常心动，于是同意以50万的价格让孩子当我们的代言人，也算是试水，先听听外界的反映。"

这个异想天开的创意，居然被林雷想到并且做到了。阿华后悔得直叹气。

林雷见阿华伤心欲绝，不由得说："阿华，其实我的创意还是受你启发呢。""我？"阿华有点丈二和尚摸不着头脑。林雷肯定地点点头，"那天我听到你批评你们组的小红，小红不满地说孩子还在家里等妈妈，哪能天天加班？当时，我就眼前一亮，对啊，有什么比孩子还更需要家人的陪伴呢？这便成了我创意的起源，我也要谢谢你！"

阿华看着林雷闪亮诚挚的眼睛，想起当年毕业时，导师的谆谆教导："艺术创作来源于生活……"他长长地叹了口气，说："我，输了。"

（题图、插图：佐　夫）

民间有一种带迷信色彩的传说：月下老人从早到晚，都在忙着给凡间的未婚男女们牵线搭桥。只要是月老配好的姻缘，你想躲都躲不开，扯都扯不断……

□ 丁秀红

货郎与小姐

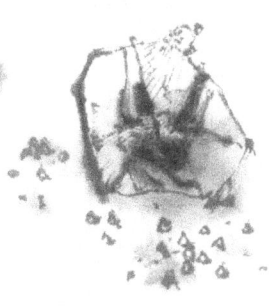

从前有个小货郎，整天挑着货郎担子走街串巷，卖些针头线脑、香粉胭脂等。他长得虽说算不上美男子，也还五官端正，高高大大的。小货郎到现在还是光棍一条。

有一天，小货郎挑着货担，走在一处田野的小路上，老远就看到有一个老人蹲在地上忙活着。他走近一看，只见老人守着一堆大小不一的小石子在玩，老人将石子成双成对地摆放在一处，然后用一条红丝线双双牵在一起。

小货郎好奇地问："老人家，您这是在干什么？"

老人头也没抬，回答说："我在配姻缘。"

小货郎听了，暗自想：莫非他就是传说中的月老？于是就问："老人家，我今年都二十有余了，您怎么不给我配一配？"

老人抬头看了小货郎一眼，然后指着用红丝带拴好的一大一小两块石子，说："你的我已配好了。这就是！"

小货郎见老人指的两块石头，一大一小，好奇地问："怎么差别这么大？"

老人说："大的是你，小的是你媳妇。"

小货郎惊喜地问："我媳妇在哪

里？我去看看她。"

老人说："天机不可泄露。"

小货郎继续缠着说："老人家，您就破一次例嘛。我都这么大了，还不知道媳妇在哪里。既然您已经给我们配成了对，为什么不告诉我她在哪里？"

老人说："任何事自有定数。该到你们见面的时候，自然就见着了。"

小货郎还是不死心，问："老人家，您能不能告诉我，我什么时候成亲？"

老人说："至少还得十八年。"

小货郎一听就急了，他说："再过十八年我就快四十了。怎么会这么晚？"

老人不紧不慢地说："因为你的媳妇还没长大。"

小货郎不满地说："月老啊，您太不公平了。给别人配对，不是郎才女貌，至少也得年龄相当。怎么我就偏偏给配了个这么小的媳妇？这个不算，求您另外给我配个年龄相当的。"

老人叹了口气，说："这都是你前世作的孽啊。"

见小货郎听得一头雾水，老人最终说出真相："你们前世就是两口子。你媳妇勤劳贤良，你却吃喝嫖赌，把你媳妇活活气死了。后来，你也喝酒醉死了。若干年后，她的

灵魂在即将重新下界投胎时，因为被前世的姻缘吓坏了，于是就忍不住问送生娘娘，她投胎为人后姻缘将怎么样？送生娘娘告诉她和前世那男人仍然是一对。结果，你媳妇宁肯继续成为孤魂野鬼，也不愿意投生做你的妻子。这一躲就是十八年。十八年过去了，她想此时的你也一定早已娶妻生子，于是就恳求送生娘娘帮她投胎为人。因为刚投胎，所以你至少还得等上十八年。"

老人说得头头是道，可小货郎还是将信将疑，他忍不住问："月老，您是哄我吧？我的媳妇到底在哪？"

老人被小货郎缠得没法，只好说："也罢，不过，见了她，你千万不可轻举妄动。"见小货郎点头，老人屈指一算，说，"往东一里地有一个刘家庄。庄西头一棵大柳树下，有一户姓刘的人家。此刻你的媳妇正在大门口门楼里睡觉。你去看看就知道了。"

小货郎立马挑起担子，喜滋滋地说："我这就去看看。如果你说的是真的，我一定给你扬名立碑。"说完，他转身就往小李庄奔去。

小货郎健步生风，很快就到了刘家庄。放眼一瞧，果然，村西头有一棵大柳树，树干有一抱粗。树头如一把大伞，将十步开外一户人家的院子遮了个大半。他走过去，果然见这户人家的门楼里睡着一个女

孩，看样子不足一岁。这就是我未来的媳妇？想起月老的话，小货郎既疑惑又生气。他恶作剧般地捡起一块小石头，照着熟睡的孩子扔去。孩子"哇"的一声大哭起来。小货郎拔腿就往村外跑去。身后传来了一个妇人的咒骂声："哪个该死的，把我闺女的头打破了？"又听有人接着道："刚才有个小货郎从这里跑了，肯定是他！我们去抓他……"

小货郎现在才发现自己闯下了大祸，如果那孩子死了，自己就是杀人凶手。杀人偿命，自古以来是天经地义的。家他是不能回了，三十六计走为上计。他挑着货郎担子，向北方逃去。一路上，他日夜兼程，跋山涉水，一口气逃出几百里之外，来到一个小村子。这个村子叫银原村，村里有一对老夫妇，一辈子无儿无女。他们见小货郎机灵勤快，就收他为义子。从此，小货郎结束了走街串巷，浪迹天涯的日子。小货郎有了家，有了父母，他对两位老人孝敬有加。

过了许多年，看着养子早已到了结婚的年龄，老人们四下张罗着给他找媳妇。谁知道说媒的来了一拨又一拨，女孩子看了一个又一个，这媳妇就是成不了。眼看快到四十了，小货郎还是光棍一条。

忽然有一天，东邻找到养父母，说她娘家哥嫂都已病故，只撇下一个十八岁的女儿。哥嫂临终时，嘱托她这当姑姑的给女儿找个好人家。她感到小货郎虽说年龄大点，却也忠厚老实，是个过日子的好手，就想把侄女介绍给他做媳妇。

小货郎和他养父母听了自然高兴，但又担心人家姑娘不同意。谁知相亲后，姑娘竟然点头同意了。很快，亲事就定了下来。

新媳妇成亲第二天，对着镜子梳头。小货郎在一边看着，新媳妇眉清目秀，宛如刚刚绽开的桃花。他想起当初月老的那番命中姻缘话，可见纯属瞎扯，如今在这千里之外，和这如花似玉的姑娘成亲，也不知那女孩是死是活。看着、想着，他情不自禁地走到新媳妇身边，从新媳妇手里拿过梳来，给新媳妇梳头。刚梳了两下，他发现新媳妇浓密的秀发下有一块伤疤。他随口问道："媳妇，头上这块疤是怎么回事？"

新媳妇说，她小时候在大门口门楼里睡觉，被一个小货郎打的。小货郎听了，心里陡然一惊，难道……

新媳妇又告诉他，自己的老家是南面几百里之遥的刘家庄。去年家乡突发瘟疫，父母都不幸染病去世，她只好北上投奔姑姑……

小货郎听了新媳妇的话，暗自惊叹：这大千世界真是无奇不有啊。

（题图、插图：黄全昌）

小泉八云（1850—1904），原名拉夫卡迪奥·赫恩。生于希腊，长于英法，1890年赴日，后从妻姓小泉，名八云。小泉八云写过不少向西方介绍日本文化的书，是近代史上有名的日本通。本文改编自《怪谈》一书中的《无耳芳一》。故事中提到的《平家物语》，是在日本传唱甚广的说书，讲的是700多年前，平家与源氏两大武士家族之间的斗争：安德天皇与平家在坛浦会战中惨遭灭门，从此，平家的怨灵就在坛浦一带徘徊游荡……

无耳琴师

□ 改编 守白

在一百多年前的日本，有一位叫芳子的少女，她从小双目失明，靠弹琵琶说书维持生计。只要有人想听，芳子就高兴地坐下来，弹一段《平家物语》给大家听，尤其是弹到"坛浦会战"这一段故事时，简直达到人神共泣的地步。

在芳子还没有名气前，她过着极其贫穷的日子。幸亏有个阿弥陀寺的老和尚心善，腾出寺里的一个空房间给芳子住。

一个夏天的夜晚，房间里闷热无比，芳子就去走廊里吹风。坐了一会儿，芳子想回房休息时，却听一阵脚步声由远及近。来人是个武士，他粗鲁地喊道："芳子！"

"是！"芳子吓得不知所措，小心翼翼地问道："您是哪一位先生？"

"不要害怕，"那人的语气变得稍为平和，"我的主人身份高贵，今夜想去看坛浦会战的遗迹，特意留宿于此地。我的主人听说你是琵琶高手，很想请你去府上弹奏一曲。请你立刻带上琵琶，随我前去。"

那个时代，武士的命令绝不能

违抗，芳子只好起身，抱着琵琶，和那位陌生的武士一起出发。武士在前方拉住芳子，身上还发出"铿！锵！"金属碰撞的声音，一听就知道那武士穿着盔甲。

走着走着，芳子对这个武士怀有的恐惧感慢慢消除了，她边走边想，那个"身份高贵的主人"说不定是天皇的兄弟吧。没过多久，芳子感觉好像来到一扇非常大的门前，只听那个武士吼道："快开门！"有人把门打开了，芳子被里面出来迎接的人牵着，七转八弯，终于来到一个大厅。

这时，一个女人的声音飘了过来："请入座，现在就开始吧，来一段《平家物语》，这是我们主人最喜欢、最想听的曲子！"

芳子寻着来话问："要把整个《平家物语》弹完，要好几个晚上。请问贵主人最喜欢哪一段？"

那女人的声音又柔柔地飘了过来："请演奏坛浦会战吧！"

芳子从海战那一段开始弹了：海浪声、弓箭声、士兵的喊杀声、盔甲的碰撞声……这些声音，都用琵琶巧妙地弹了出来。当芳子弹到平家惨遭灭门的那一段时，席间有人发出了哭泣声。

渐渐的，芳子四周传来阵阵赞美声："真是个登峰造极的高手。""在城里也难找到这么好的琴师……""普天之下，没有人比得上芳子了！"

芳子弹完了，女人的声音带着哭腔说道："你真是世上首屈一指的琴师，我们主人交代要重谢你。从今晚开始，连续六天，你每晚都要到这里来弹琵琶。今晚接你的那个武士，明天会再去接你。切记，无论如何你都不能告诉别人你来过这里。今晚辛苦你了，请回吧！"

第二天晚上，那个武士按时来接芳子。和前一天的情形一样，芳子演奏得相当动人。然而她这次溜到寺外的举动，被寺里的小和尚发现了。天亮了，芳子回到寺中，老和尚立刻找到芳子，对她说道："一个小姑娘深夜在外游荡，太危险了。老实告诉我，你晚上去哪儿了？"

芳子支支吾吾地对老和尚说："师傅，没什么……"

老和尚见芳子不说实话，更为担心。老和尚不再追问，私下吩咐寺里的佣人暗中留心芳子的举动。

这天晚上，芳子又被武士领走了，寺里的佣人发现后，立刻提着灯笼，远远地跟着芳子。

晚上下着细雨，四周乌漆麻黑。佣人好不容易才跟上芳子，走到街上，已看不到芳子的踪影。一个瞎子的步伐能这么快，的确十分蹊跷。佣人到芳子平时喜欢去的地方找她，都扑了个空。佣人正准备打道回府，

突然从阿弥陀寺旁的墓园里传出一阵琵琶声，佣人壮着胆子找了过去。

佣人来到墓地前，见芳子竟独自坐在墓地旁，冒着雨，对着安德天皇的坟墓，把琵琶弹得震天响，唱着坛浦会战的故事。再看芳子的四周，每一座墓碑上方都有一团绿莹莹的鬼火，不断地上下飘动。

见到此情此景，佣人不禁打了几个寒颤，他鼓起勇气低声叫唤道："芳子！芳子！你被鬼魂迷着了……芳子！"

但是芳子充耳不闻，反而愈弹愈起劲。佣人顾不得凶险，上前抓

住芳子，在芳子耳边说："芳子！芳子！……快，快跟我回去！"

这时，芳子不耐烦地对佣人说："真是胡来！在贵人的面前捣蛋，会受到重罚的！"

佣人早已汗毛直竖，他不由分说地拖着芳子离开墓园，把她带回了寺中。

一回到寺里，老和尚立即烧了驱邪的热汤喂芳子喝下，芳子终于清醒了，一五一十地把事情的原委告诉了老和尚。

老和尚叹息一声，说道："芳子！因为你有举世无双的琵琶天赋，注定要遭到这不可思议的厄运。这是平家武士家族的游魂找上你了，如果你再听从游魂的指示，你迟早会失去性命！"

芳子总算明白了，她惊恐地说："师傅，明天你哪儿也别去了，请留在寺里保护我。"

老和尚为难地说："我已经答应明天去别人家做法事，不能食言。不过还是有个法子，我一会儿把经文护身符贴到你的身上，这样一来，游魂就看不到你了。"

这天傍晚，老和尚将抄满经文的护身符贴遍了芳子的全身，连脚底板都不放过。贴完之后，老和尚对芳子说："今晚，你绝对不可以开口和来人说话，也不可以挪动身体。否则必死无疑！"

深夜来临了，芳子依照吩咐，把琵琶放在走廊上，自己坐在琵琶后面，然后一动不动地打起坐来。

不一会儿，熟悉的声音响了起来："芳子！"

芳子屏住呼吸，保持打坐的姿势，气都不敢透一下。

"芳子！"第二声变得凄厉起来，芳子依然不出声。接着，第三声犹如魔刀般刺耳："芳子！"

芳子心头乱跳，一股阴风围着她直打转，夹着喃喃细语："没有回答哩！这个小姑娘很可恨！跑到哪里去了？再找找看！"

接着，芳子耳边传来一股寒气，那个声音自言自语地说："这里放着琵琶，奇怪！琴师哪里去了？咦？这里有两只耳朵！原来如此，芳子

的身体已经没有了，只留下一对耳朵。既然找不到芳子，就把这对耳朵带回去给殿下看，算是找过她了，就这么办！"

刹那间，芳子的耳朵被一对像钢铁般坚硬的手指夹住，一下就揪掉了。脚步声迅速地穿过走廊，消失在远处。此时的芳子再也坚持不住了，顿时昏了过去。

天亮后，老和尚回来了，看到芳子受了重伤，老和尚不禁自责地连声叹道："都是我的错！在芳子身上贴遍了经文护身符，怎么会漏掉了耳朵！"

芳子虽然被扯掉了耳朵的轮廓，但还能听见老和尚的话，她虚弱地回答道："虽然丢了耳朵，但命还是保住了，师傅，快给我疗伤。"

老和尚找来最好的医师为芳子疗伤，不久之后，她便恢复了。

这件事没多久就传遍了四方。芳子一下子变得无人不晓。很多达官贵人为了能亲耳听到芳子的弹奏，特意远道而来，赶来阿弥陀寺，每次都给她不少银子。很快，芳子便过上了好日子。从此以后，人们把芳子叫做"无耳琴师"，她的名气也传遍了整个日本。

（题图、插图：佐　夫）

时至今日，如果向对方表态，践约守信的内乡人就会拍拍胸脯说："你放心，这事我会记得像谷种一样。"

缘起谷种

□ 余新国

康熙年间，马沟村有一个年轻人叫马盛，他心地善良、为人诚实，但性格内向、胆小怕事。

这天，马盛跟父母在自家的地里种谷子，种了一半，谷子种没了。父亲就让马盛到邻村表叔家借谷子种。马盛答应一声，飞奔而去，到了表叔家，才知表叔表婶下地干活去了，只有表妹翠花一人在家。

翠花跟马盛年龄相当，两人青梅竹马，情投意合，只是慑于长辈们的威严，才不敢轻举妄动。如今见了面，自是一番亲热。

这时，忽听院门一声响，翠花暗叫一声："不好！"她催促马盛道："准是我爹回来了，快跑！记住，西院墙有个缺口……"

马盛从缺口处逃走，果然没被表叔看见。他一路小跑着奔回家，发现屋门紧锁着，这才想起父母正在地里干活。他又一路狂奔着赶到田里，见父亲正坐在地头"吧哒吧哒"地抽着旱烟，这才想起父亲叮嘱他的事——到表叔家借谷种。

父亲见马盛空着手回来，厉声质问道："我让你借的谷种呢？"

马盛不敢把刚才干的事说出来，只好低着头不应腔。

父亲是个脾气暴躁的人，见马盛不说话，以为他刚才是贪玩去了，于是气不打一处来，抢起鞭子就朝马盛身上抽，直抽得马盛哭爹喊娘，皮开肉绽……

这事就这样过去了，可"没借到谷种而挨打"的经历却在马盛的脑海里留下了深深的烙印。此后，只要父亲安排马盛去做事，马盛就会拍着胸脯说："爹，你放心，这事我会记得像谷种一样。"

"记得像谷种一样"变成了把事情记得牢的意思，也成了马盛的口头禅。后来，马盛背着父母又暗暗跟翠花有了几次约会，每次约会，翠花都劝马盛回家跟父母说，让父母尽快到她家提亲，此时，马盛总是握着翠花的手，说："花儿，你放心，这事我会记得像谷种一样。"

可一连数月，翠花始终未见马盛的父母登门，原来马盛生性胆小，几欲开口，却最终没敢向父母吐露只言片语。这下可苦了翠花，此时的翠花已有孕在身，眼看腰部越来越粗，肚子越来越大，翠花急得坐卧不安。终于有一天，父母发现了女儿身体的变化，追问之下，翠花只好哭哭啼啼地说了实话。

翠花的父亲怒发冲冠，当即拉着翠花，领着一帮人手持棍棒来找马家兴师问罪。这天，恰巧马盛上街赶集，在返回的路上，他听说了此事，扭头便跑……

翠花的父亲带人在马家大闹一场后，留下翠花，气冲冲地离去。马父自知理亏，认下翠花这个儿媳妇，并以礼相待，精心伺候。

几个月后，翠花生下一个白胖儿子，家人经过商议，认为这小子因"借谷种"而得，便给他起名叫"谷种"。小谷种爱笑好动，天真可爱，给马家增添了不少乐趣。

一晃几年过去了，小谷种渐渐懂事，可马盛仍没有回家，这让翠花焦急万分，马家父母也急得像热锅上的蚂蚁。他们放出话来，只要马盛能回家敬老爱子，过去的事可以不追究。但令人遗憾的是，春去秋来，花开花落，却始终没见马盛的踪影。

这天夜晚，马家人刚刚躺下，屋内突然闯进来一群土匪。土匪见钱就抢，见粮就拿，见物就砸，马父见势不妙，用尽力气把翠花和孙子推到门外，催促道："快跑，快跑，记住，一定要保护好谷种，等马盛回来……"那晚，马家父母被狠心的土匪杀害了。

翠花领着谷种逃到了山上，因怕土匪报复，他们娘俩就在山上结草为庵，以山果、野菜充饥。后来，翠花在山民们的指点下，学会了采、挖中药材，勉强度日。

一天，翠花遇到一个上山收药

材的药商，她想用挖来的中药材换一个发卡，可药商找了半天都没有找到。药商抱歉地说："嫂子，下次我一定给你带来。"

翠花不放心，叮嘱道："你可千万要记住哟。"

"你放心。"药商语气坚定地说，"这事我会记得像谷种一样。"

翠花一怔："记得像谷种一样"，这是马盛常说的话，怎么会挂在他

的嘴上？这样一想，翠花赶紧把药商拉到一边，询问这句话的出处，药商说是跟他的老板学的。

"你的老板姓啥名谁？"翠花追问道。

"俺的老板叫马盛。"药商不无骄傲地说，"马老板在湖北襄樊开了家'马记药店'，铺面可大了，雇有十几个伙计，我就是马老板手下负责采购中药材的伙计……"

听了药商的话，翠花的眼泪"刷"地流了出来：马盛，原来你没死，你让我想得好苦呀。

十几天后，翠花拉着谷种，一路乞讨着来到襄樊。她找来找去，费尽千辛万苦，终于找到了"马记药店"。进了店门，恰巧看见马盛在柜台旁埋头算账，翠花正想上前相认，忽见一个打扮入时的年轻女子从内室走了出来。年轻女子径直走到马盛身边，贴着马盛的身子，撒娇道："别算了，别算了，今天陪我逛逛街，好吗？"

见此情景，翠花的心一下子凉了：莫非这女子是……

怀着忐忑不安的心情，翠花向一个店员打探这女子的身份，店员说："她是我们的老板娘。"

翠花的头"嗡"的一声响，人差点跌倒。她赶紧拖着谷种从药店走了出来，躲在暗处，哭了个死去活来。哭够后，翠花托人写了一封信，

趁着夜色塞进店内，然后原路返回。

次日，店员将信交给马盛，马盛拆开信一看，只见上面写道："马盛：你说你会劝父母尽快到我家提亲，还信誓旦旦地说，这事你会记得像谷种一样，可至今已过去了五六个年头，咱们的儿子谷种也渐渐长大，却始终不见你的踪影。如今我费尽周折见到了你，却看见你跟另一个女人……你让我好寒心呀！"

看着看着，马盛忍不住潸然泪下，他发疯似的冲到街上，可跑遍大街小巷，都没找到翠花母子俩。后来，他从那个采购中药材的伙计口中得知，家乡马山口曾有一个女人打听过他的下落。得知这一信息后，他赶紧把店里的活交给手下，自己则心急火燎地赶回家乡。

翠花母子俩已先于马盛回到原来的住处。这天，翠花正在山上挖草药，一个山民告诉她，家里来了一位客人。从山民的描述中，翠花已猜出来者不是别人，正是自己日思夜想的马盛。此时此刻，翠花多想跟马盛见面呀，可她一想到马盛已跟别的女人结婚，就不忍心再去打破他们平静的家庭生活。

天渐渐黑了下来，翠花听说马盛还在自家的门前坐着，索性咬了咬牙，投宿到别的山民家。

夜深人静，翠花辗转反侧，久久不能入眠。突然她听到自家的门前有阵阵狼嗥声，她大叫一声"不好"，翻身起床，叫了一些人赶过去。

到了家门口，果然看见一群恶狼正在围攻马盛，他们不由分说，冲上去便一阵劈劈叭叭乱打，直打得群狼四下逃窜。群狼退了，再看马盛，就见他衣服破烂，遍体鳞伤，倒在血泊中。

翠花找来郎中，给他止血疗伤。因失血过多，马盛已不省人事。翠花抱着马盛，哭了个昏天黑地，还边哭边喊马盛的名字，可不管翠花怎样呼唤，马盛就是醒不过来。

翠花一急，边哭边骂道："马盛呀，你这个没良心的东西，你说你把咱俩的事记得像谷种一样，你记个啥呀？不行，你不能走，不能留下俺们母子不管……"

说也奇怪，这句话像一剂清醒药，在它的作用下，马盛竟慢慢苏醒过来。苏醒过来的马盛一把抓住翠花的手久久不放开。

马盛告诉翠花：那年，他离家后，一路乞讨，来到了襄樊，一个药店老板见他可怜，就收留了他，让他在店内打杂。在打杂的日子里，憨厚聪慧的马盛渐渐悟出了经商之道。几年后，马盛凭借手头的积蓄，独自开了家小药店，由于诚信经营，药店逐渐发展壮大。目前，"马记药店"在襄樊城已颇有名气。后来，

马盛曾回过老家，但映入眼帘的是残墙断梁，瓦砾遍地，他只好含泪返回……

听了马盛的叙述，翠花就催他回去。翠花真诚地说："这么多年咱们相互没有音信，你跟另一个女人结婚，也是无奈。我没有过多的要求，只是希望你善待谷种。"说到这，已是泣不成声。

马盛明白了翠花不理自己的原因，顿时松了口气，说："不、不，你误会我了。那个女人只是我认下的干妹，她是一个苦命的女人，为葬母而卖身，我见她可怜，就收留了她。平时，她也在店里打点，故店员戏称她为老板娘。"

原来是这样！一家人欢天喜地。

马盛伤愈后，很快返回襄樊，他把药店转让给别人，然后用换来的银两，回老家新盖了房子，购买了田地，添置了家具，还补办几桌酒席，正式跟翠花结为夫妻。一句"我会记得像谷种一样"的口头禅，引得天各一方的一对有情人千里相见，并终成眷属的事在当地传开了。这句话渐渐成了当地的方言，时至今日，如果向对方表态，践约守信的内乡人就会拍着胸脯说："你放心，这事我会记得像谷种一样。"

（题图、插图：黄全昌）

·本刊信息传真·

故事中国网继续举办2013年度中国最佳故事评选

为了繁荣故事文学创作，让优秀故事作品具有更大的影响力，故事中国网2013年继续举办年度中国最佳故事评选，用更为广阔的视野，更为宽泛的标准，更为客观的眼光，遴选2013年发表在国内各家报刊上的优秀故事，集中展现年度中国故事创作的整体实力和魅力。

评选标准：在情节性、艺术性、思想性、文学性方面有突出表现，能够代表年度故事创作最高水平的各类故事作品。

参选条件：2013年1月1日至2013年12月31日期间在国内正规报刊（省级以上）发表的故事作品均可参加，不限题材、风格、篇幅。

参加方法：登录故事中国网（www.storychina.cn）推荐或自荐作品。所有参赛作品分为中篇（8000字以上）、短篇（1000-8000字）、超短篇（1000字以下）三组。

奖　励：年度最佳故事作者获得特别荣誉证书及奖金。

此外，故事中国网"听故事"栏目正式上线，现有超过2000则精品故事可以在线收听，您更可以上传自己讲的故事，和广大网友分享。如果您自认为是一个讲故事高手，那不要犹豫，赶快来故事会中国网开讲吧！

民间有这么一个传言：吴刚在月亮上伐桂，有时用力过度，会把桂树上的叶子震出月亮，飞落人间。此桂叶像聚宝盆一样，只消一个晚上，便能生出与它相近的物品，并能取之不尽用之不竭。谁捡到它，则有了一辈子享不尽的荣华富贵。

桂叶下凡

□ 黄金柳

有个村民叫孙五，打小就听过桂叶的传说，那时起，就满村子地找月亮上的桂叶，可一直未能如愿。长大后，明白了传说就是传说，只能一笑而过。

这天傍晚，孙五扛着锄头慢悠悠地往家里走。孙五家门口种着两棵桂树，经过树下的时候，突然，一片叶子在夕阳的映照下闪着光，掉落在孙五跟前。孙五好奇地捡起，见浅绿色的叶子下面有银白色的经脉，异常美丽。孙五看着看着，突然，想起小时候听到的故事，心里又转开了，莫非，这就是传说中吴刚伐桂震落的桂叶？

孙五把桂叶放入他攒钱用的小木匣子，里面有他好不容易攒起来的几两碎银。第二天，孙五打开匣子一看，匣子里竟多出一半的碎银。真的有宝物了，孙五连蹦带跳地叫来爹娘。

孙五爹是个朴实的庄稼汉，他看了一眼碎银和桂叶，淡淡地嘱咐道："小五，把桂叶藏好，不到万不得已不能拿出来使用。"

孙五是个孝子，听话地点头答

应，把桂叶放进小匣子。

此时，倒是孙五娘不答应了，说："他爹，小五还未娶媳妇，不如……"

可孙五爹皱眉一瞪："不成！娶媳妇的钱应当是花自己的血汗钱，怎能依赖这东西？"孙五娘了解丈夫的脾气，不再吭声。

从那天起，孙家依然过着清贫平静的生活，对桂叶的事只字不提。

那一年，村里碰上大旱。河床干涸，村里打水的井也出不了多少水。村民们只得到几十里外的大河挑水喝，这一来一回的要花去一天的工夫，真是滴水贵如油啊！

村里有个恶霸叫李横，仗着姐夫在县衙当官，在乡里横行霸道，村里人是敢怒不敢言。大旱时期，李横让打手们占了村里的水井，围上高墙加上锁。李横放出话来：想喝水，行，花钱买！价格一天一个样，贵得出奇。

这天，孙五去大河外挑水回来，经过后屋时，无意中看见自家那口枯井居然有些许水。他兴奋地告诉爹娘。一家人到井旁一看，果真是水，虽然水位很低，可那毕竟是清澈的井水啊！

孙五突然想到了桂叶，如果把它放入水井中，老百姓不是有救了？孙五立马和父母商量起来。

孙五爹点点头，说："好，为给乡亲们一条活路，就是再大的风险也值。"

第二天，孙五到井口一看，果然水多了许多，他赶紧邀请附近村民来打水。朴实的村民们感激之余不免担心地说："这水怕折腾不了几天，到时只怕连累到你们……"

孙五爹打断他们的话："大家想想，四处干旱缺水，在这时刻怎的又出水了呢？这是老天爷给我们指了一条活路啊。"

村民们闻言，都欢天喜地地挑水回家。奇迹真的发生了，几天过去了，这么多村民来挑水，井里的水不见少，一直维持着原样。

这事慢慢传到李横耳中，他见孙五生生地断了自己的财路，当然不愿意，立刻带了人马吆喝着封了孙家的水井。

说来也怪，孙五家的井封了不到一天，井里的水就干了。李横刚撤回人马，井里却又冒出了水。李横又去封井，井水再次枯竭，而李横一撤，井水又冒出来了，一连数次都是如此。村民都啧啧称奇，说这水井有灵气！

李横为这事气得直跳脚，却又无计可施。他的老婆赵翠花摇着扇子献计道："照我说啊，肯定是孙家下了什么符啊法的，要不怎会如此邪门？你不如派人日夜盯着，摸清孙家玩的是哪出戏法！到时再请茅山道士去破解不就成了？"

李横闻言大喜，连声称好。

孙家早料到李横会来封井，于是他们用一根细小透明的小线系住桂叶，绑上一颗小石子，绳子系在井架上顺井沿沉入井底。每次李横来封井，孙五就早一步拉起桂叶藏好，等李横走后再放入井底。这个办法是不错，可还是让李横手下人发现了，桂叶被抢走了。

晚上，李横和他老婆盯着桂叶研究。李横不由问老婆："这是什么宝贝？"

"哈哈，我知道这是什么了。"赵翠花把桂叶放入掌心，"这就是传说中吴刚伐树的桂叶！"

"瞧，"赵翠花小心捏起叶柄，"这和普通桂叶无异，却又晶莹剔透，不怕水浸不枯萎，可是宝物啊。"

"你是说……"李横瞳孔放大，声音都发抖了。

"是真是假，明天就见分晓了。"赵翠花哼哼一笑，把桂叶放入珠宝盒中。

第二天，李横看到赵翠花不断从珠宝盒中取出首饰，放了满满一桌，忍不住大笑："哈哈，发了发了，哈哈，发了！"说着，他伸手想拿桂叶，赵翠花手快，推开李横，说："这桂叶老娘亲自保管！"

李横怏怏收回手，继而笑说："夫人保管也等于是我保管。也成！夫人好生保管，有了它，咱比皇上还富贵啊。"

李横脸上是笑着，心中却早已起了歹念。平日赵翠花仗着有个当官的姐夫撑腰，对他是指手画脚，慑于权势，李横一直强忍着。现在有了桂叶，他想要什么有什么，还怕她姐夫作甚？

再说孙家，他们是愁眉不展，一夜没睡。快天亮时，孙五突然一拍桌子，说："爹，李横把桂叶夺走，断的可是咱一村人的路啊！我这就告诉村民去，大家一起和李横拼个你死我活，夺回桂叶！这比坐着等死强啊！"

"混账东西！嚷什么，坐下！"孙五爹一声怒喝，顿了顿，又长叹一口气，"小五，这事要传出去，只怕即便夺回桂叶，这村子从此再无宁日了！一会你去李家附近转转，打探打探有什么情况。"

话音刚落，天空突然下起了大雨，瓢泼似的一阵又一阵。孙五听到雨声，面露喜色大喊："爹，娘，下雨了，下雨了！咱们有救了！咱一村人都有救了！老天开眼了，下雨了！"

孙五爹露出久违的笑容，满脸的皱纹像花一样绽开了。

雨下了一天一夜，到第二天破晓才停。大地喝足了水，收起干裂的伤口，村子里一派的喜气，小孩

们滚在泥中大人也不拦着，只顾着放声大笑。

与村民们不同的是：只见赵翠花，不，是三个赵翠花，穿着一样的服饰，追着李横，她们吐着一样的言语："你这天杀的！敢毒害老娘！看你是不想活了！站住！"而李横则像见鬼似的抱头鼠窜。

最终，三个女人堵住了李横，一阵怒喝乱打，竟把李横打死了。三个女人变疯了，你看看我，我看看你，突然发疯似的厮打在一起，喊着："你竟敢打死我丈夫！"三个女人都拼尽了全力，最后都倒地不起。

村民们目瞪口呆地看着眼前这一幕……

从此，李横的恶势力在村中瓦

解了。村民们无法解释种种的离奇，却都拍手称快，老者们感叹："真是善有善报，恶有恶报，不是不报，时辰未到啊。"只有孙家心里明白，这是那片神奇的桂叶的力量。

神奇的桂叶从此下落不明。孙家又开始过着勤俭平静的生活。孙五终于也攒够钱娶了个本分的媳妇。

一个晚上，孙五爹叫来儿子，问："小五，你还记得小时候说的话吗？爹问你如果你捡到桂叶，会怎么做？"

孙五说："记得。当时我看着月亮说，如果我捡到桂叶，就把它放在米缸和钱匣子中，我们一家就不用辛苦地去种田地，一辈子都不愁吃喝了。"顿了顿，孙五又说，"爹啊，我还记得，当年我说完这话就被你打了个爆栗子头。"

孙五爹缓缓地说："是的，真捡到这种神奇之物，不到万不得已不能滥用。人有手脚就该赚取血汗钱养活自己，才对得住上天给你的手足！"

孙五点头："爹，李横的下场就是愚者的选择。您的话我一直记着。"

（题图、插图：谢 颖）

一杯毒酒，解开一段尘封已久的隐情；
一张遗嘱，引出一曲爱恨交织的悲歌。
当真挚的情感遭遇残酷的真相，灵魂渐渐地扭曲了……

□ 王鹏程

畸形的母爱

1. 血染寿宴

这天，是振兴公司董事长郑大新六十大寿，他儿子郑震山在鸿运大酒店，给他摆了盛大的寿宴，还特意安排了几档文艺节目来助兴。

这时，压轴节目——魔术表演开始了。打扮得像卓别林的魔术师上台了，他那笨拙而又诙谐的表演立刻逗得大家哄堂大笑。魔术师变出鸽子和鲜花以后，突然从他的高帽子里面变出一杯晶光莹莹的酒。他手举高脚玻璃杯，恭敬地走到郑大新跟前，说是为了庆贺董事长的

六十大寿，敬他这杯酒。

郑大新去年有过一次小中风，现在很少喝酒。他没有去接魔术师递来的酒杯，一旁的保姆阿香轻声说了句："今天是您的大喜日子，您就少喝一点吧。"

郑大新还是一动不动。站在一旁的郑震山笑呵呵地替父亲接过了酒杯，说："爸，这酒保您长生不老！"

郑大新听了，这才勉强接过酒杯，一饮而尽。全场顿时掌声雷动。

掌声中，一个女子匆匆走进餐厅，她是郑大新的女儿郑维茹，是

特意从杭州赶来参加父亲寿宴的，因为路上堵车，来晚了。郑维茹快步走到父亲面前，刚要开口，却见郑大新身子突然往后倒去。血，从他的嘴里，鼻子里流了出来。

"酒里有毒……"阿香一声尖叫，全场顿时炸了锅。

接到报警，探长崔浩义带着女助手郭谨赶到鸿运大酒店。这时120救护人员正抬着人出来，他们抬的是昏厥过去的郑维茹。因为，救护人员确定郑大新已经死亡。

崔浩义三十出头，这是他当上市刑警队探长后，接手的第一个案子。他检查了现场，确认郑大新是中毒而亡。他的目光落在了那个酒杯上……

旁边已大乱，郑震山发疯般地揪打着魔术师："你为什么要害我父亲？为什么啊……"崔浩义赶紧过去，挥了挥手，让人把郑震山拉到一边。他问魔术师，那只魔术箱子在哪里？

魔术师赶紧把崔浩义领到了魔术箱跟前，并伸手到箱子里拿出酒瓶，解释道："我本来是用葡萄酒敬酒的，可是那酒太贵了，所以，碰到年

纪大的我就用自己的药酒给他们作祝寿酒，一年多来都是这样，从来没有出过事，因为我平时也喝这酒，不信你看……"

突然，魔术师取酒瓶的手停在了半空，他望着崔浩义惊诧地说："这……这不可能，怎么换了我外用的药酒了！"

崔浩义静静地观察着魔术师的一举一动。这时，他看了一眼酒瓶，然后用塑料袋子把酒瓶装了进去。

魔术师惊恐地说："这酒是不能喝的，我在外面贴了标签的……"

崔浩义举起塑料袋，看了看，然后把塑料袋里的酒瓶递到魔术师跟前："你说的标签在哪里？"

"我、我、我是贴上去的呀……"魔术师说话都结巴了，"两个瓶子虽然一样，但颜色是不同的。外用药酒是棕色瓶子装的，内服药酒是用蓝色瓶子装的。"

"这么说，你的眼睛可以分得清

酒瓶，在变魔术时却摸不出？"

魔术师使劲点点头。

从表面上看，这只是一个偶然事件，魔术师本来变出来的应该是葡萄酒或者是自己浸泡的药酒，只是当天他拿错了酒瓶，把他浸泡的外用药酒当作一般的酒给郑大新喝了，以致郑大新中毒身亡。

很快，尸检报告出来了，上面写着：郑大新系乌头碱中毒死亡。

酒里有乌头碱！是误喝还是有人故意下毒？凭一个刑警的直觉，崔浩义觉得应该是后者，但法律要的是证据，他必须拿出证据！

第二天，崔浩义带着郭谨再次找到魔术师。魔术师见了崔浩义，哭丧着脸说："其实那天我本来可以不去演出的，这人要是倒起霉来真是逃也逃不掉……"

崔浩义立即追问："你这话什么意思？"

魔术师犹豫了一下，说他本来有别的演出，郑震山几次打来电话，他都拒绝了。后来郑董事长家的那个保姆阿香找到了他，给了他一万元，他才应允了下来。愿意出一万元作为定金，这事的确有点反常。崔浩义决定会会那个阿香。

2. 家贼难防

郑家住在一幢三层豪华别墅里。

郑大新原来是一家工厂的供销科长，上世纪八十年代出来自己办厂。三十年后，郑大新已经是个拥有十多亿资金的大老板。郑大新育有一男一女，儿子郑震山是他和前妻冯素珍所生，而女儿郑维茹是郑大新和前妻所生，前妻死后不到半年郑大新就娶了冯素珍。可能就是这个原因，郑维茹一直回避着这个家，去了外地。而冯素珍也在去年突然身亡。

阿香五十多岁年纪，一看就是江浙一带农村出来的妇女。她来郑家当保姆已经二十多年了，她对崔浩义关于一万元的提问，一点也不惊慌。她说那是郑董事长的意思，他喜欢魔术，所以愿意出一万元。一旁的郑震山听了，感到惊奇，说这事他一点也不知道。

阿香说，是董事长关照，不让说的。阿香还从房间里面拿出一张纸条交给崔浩义，这是魔术师收钱的收据。

崔浩义没有想到阿香说出了一个死无对证的人。他本来想从这里打开缺口，却几乎给阿香堵住了。崔浩义看了看阿香，又瞧了瞧坐在沙发上的郑震山。正好两人目光相遇，郑震山急忙避开，这一细小的动作还是让崔浩义捕捉到了。

郑震山又激动起来，一口咬定父亲是死于那杯搞错了的药酒，崔

浩义一句话也没回应，起身告别。

当晚深夜，郑维茹又来报案，说郑家失窃了！

崔浩义只得再次光临郑家。郑维茹说她放在房间里的一个公文包不见了，里面有一份很重要的文件。

郑维茹的房间在二楼东面，这样高档的别墅区，小区保安非常严格，一般人是进不来的。崔浩义看了看东边那扇打开的窗子，也没发现有任何撬过的痕迹。崔浩义让一个警察检查了整个小区当天的全部摄像，也没有发现任何可疑情况。

崔浩义见郑维茹焦急不安像热锅上的蚂蚁，便问道："你能告诉我，你的公文包里有什么重要文件吗？"

郑维茹犹豫了一下，说："里面有爸爸的遗嘱……"

"遗嘱？"这让崔浩义感到意外，难道郑大新会预料到自己的死亡，所以已经立下遗嘱给女儿？

郑维茹又说道："上个月父亲由阿香陪着，突然来杭州找我，说要把他的百分之八十的财产和股份给我……我一时还没有反应过来，父亲说，不管你要还是不要，我已经立好了遗嘱。说罢，他就把那份遗嘱交给了我，还说在律师那里也有一份，如果他哪天真的死了，就按遗嘱上面的办。"郑维茹说这些时，神情一直很悲伤。

崔浩义就问："有谁知道你父亲来杭州找你？"

郑维茹回忆着说："家里人都知道，郑震山还给我打过电话。"

崔浩义点了点头，他觉得：这个事情了解一下就可以弄清楚的了。问题是这个遗嘱到底是不是真的存在？于是，他问了律师的电话，打过去一问，律师说有这个事情，所有遗嘱的文本都放在郑大新书房里面的保险箱里。

崔浩义立即带人去郑大新的书房，却见郑震山急匆匆地赶了回来。崔浩义问他："你有你父亲保险箱的钥匙吗？"

"那是我父亲自己掌握的，他没有交给任何人。"郑震山不解地瞅着崔浩义说，"你们要检查我父亲的保险箱？"

崔浩义点点头。

郑震山姐弟俩陪着崔浩义来到三楼郑大新的书房前。郑大新平时喜欢一个人呆在书房里，所以平时家里人不大打扰他。他死后，家人还没有来书房整理他的遗物。

郑震山打开书房门，转到放在书桌后面的保险箱前一看，他的眼睛就瞪直了，崔浩义和郑维茹也愣住了——只见保险箱的门已经打开，里面已是空空如也。

崔浩义见窗户又是打开了一条缝，看看窗外没有一点痕迹，崔浩义立即把目光转向了郑维茹和郑震山，肯定地说："我可以告诉两位，这不是外贼，是你们家里有人盗取了他想得到的东西。"

接下来的调查取证异常艰苦，崔浩义了解到：郑大新确实在上个月去杭州找过郑维茹。自从母亲死后，郑维茹和郑大新的父女关系就变得十分冷淡，特别是在郑大新娶了后妻冯素珍之后，郑维茹就有意地回避郑大新，读大学去的是外地，找的丈夫也是外地人，最后工作还是选择了在外地。郑大新的公司都是郑震山在打理，郑维茹只是在最近几年才接手郑大新在杭州分公司的管理。至于父女俩的关系为什么

这么冷淡，旁人都不知道。更让人不解的是郑大新去了杭州之后，一回来就来了个180度的大转弯，他找来律师，立下了遗嘱，要将公司百分之八十的财产和股份给郑维茹。郑震山得知这个消息之后，和父亲大吵一场。郑大新曾扬言，要和郑震山断绝一切关系，并要将他赶出郑家大门。父子俩的关系一度僵得不可调和。

郑震山确实有作案动机。

3.两份遗嘱

不久，崔浩义得知，郑维茹又住院了，听说这次是和郑震山大吵之后，又昏厥被送入医院的。

崔浩义和郭谨到医院，穿过静谧的医院走廊，就能看见1303房间了。二人透过门，看见躺在床上的郑维茹正在和郑震山争论。

崔浩义侧过身子，他不想马上进去，他想听听这对姐弟在吵什么。

"你想独吞财产，除非把我也杀了……"郑维茹声音很虚弱，可口气很强硬。

郑震山大声嚷着："这公司是我这些年打拼下来的，你休想把我一脚踢开。"

这时有医护人员过来了，崔浩义和郭谨趁机跟着，一起进了病房。

郑维茹和郑震山见到警察，顿

时没了声音。只是郑震山仍端着粗气，显然还没从刚才的情绪中摆脱出来。他没好气地瞪了崔浩义他们一眼，就急急地出了病房。

郑维茹支撑起身子，算是和他们打招呼。

郭谨坐到郑维茹病床边，问她怎么了，郑维茹犹豫了一下，说还不是为了父亲的遗产。父亲在遗书里写明要把百分之八十的财产给她，现在遗书没了，她也不多要，就按百分之五十平分财产吧。可郑震山不肯，他要拿百分之八十甚至九十，这太过分了……郑震山还扬言，如果她不知趣，他会给她颜色看的。

郭谨见郑维茹说到这儿停下了，便突然说："你还有什么事情要想告诉我们吧。"

郑维茹一愣，心说：没想到这位年轻女警的眼睛这么敏锐，好像能洞察人心似的。郑维茹一时无语，她似乎在思考着如何回答郭谨的问话。过了一会，她才抬起头，说出一句让崔浩义和郭谨都感到震惊的话来——她说郑震山不是郑大新亲生的儿子……

"什么？郑震山不是郑大新的儿子？"崔浩义听了有些震惊。

郭谨要郑维茹说具体一点。

郑维茹告诉他们，郑震山虽说是冯素珍和郑大新结婚以后生的。可是，那是冯素珍和她以前那个男人好了之后怀上的。郑大新开始不知道，后来才发现了事情的真相。

崔浩义急着问："那郑大新是什么时候发现的？"

"去年。"

"你是怎么知道的？"

"父亲发现了这个秘密后很生气，就特地到杭州找我，告诉了我，后面就有了遗嘱。"

郑维茹的话顺理成章，对郑大新的行为有了合适的解释。走出医院，郭谨对崔浩义说："现在可以肯定，郑大新是死于谋杀！从作案动机分析，郑震山的嫌疑最大。"

崔浩义仿佛在自问自答，又像是对郭谨说："如果那份遗嘱是真的，那么也只有郑震山偷去更为合理一些。我们是不是应该敲山震虎，看看郑震山到底有什么反应？"

郭谨没有回答，她陷入了深思之中。

第二天，郭谨走进刑警队，听到崔浩义大着嗓门在和人吵架。郭谨推开崔浩义办公室的门，只见郑震山手指着崔浩义，叫喊着："你凭什么怀疑是我杀害我父亲的，证据，你们不是最讲证据吗？"

"你急什么？没有疑点我会随便怀疑吗？我们这是在作调查。"

"什么调查，说白了你们就是认为是我杀害我父亲的。你们有本事就把我抓起来啊……没有证据我现在就走人。"郑震山说着，一脚踢开刚才坐的椅子，就要往外走。

崔浩义气得脸色发青，一个巴掌拍向桌子，吼道："郑震山，这是刑警队，不是你要威风的地方。"

"我也告诉你，你没有证据就是陷害，知道吗？"郑震山举起巴掌，最后手还是停在了半空中。

郭谨突然问："听说你不是郑大新亲生的儿子？"

郑震山没想到警察会提出这个问题，他眼里闪过一丝不安，考虑了一会，才说："你们不会认为，他不是我亲生父亲我就要杀害他吧？"

郭谨拉过椅子坐了下来，说："谈谈你和郑大新的关系吧？听说你们关系并不好。"

这一问，把郑震山的火气扇上来了，他气哼哼地说："这几年我为他拼死拼活打理公司，可他一直不信任我……以前我们关系还过得去，自从他知道我不是他亲生儿子以后，几乎把所有的仇恨和怨气都集中在我身上。公司的财务和客户他都亲手控制了起来，还在杭州成立了分公司。把原来和他关系不好的郑维茹拉来当什么分公司经理，

其实我心里明白，他就是要把公司的一切都交给郑维茹来打理。他这是过河拆桥，不管怎么说这几年我为公司创下的业绩是有目共睹的……"

郑震山还想往下说，崔浩义止住了他，问了一句很要紧的话："你是说，郑大新是在知道你不是他亲生儿子以后，才让郑维茹当杭州分公司的经理？"

"是的。"

崔浩义思索了一下，说："你可以先回去了，有什么我们还会找你。"

几天后，郭谨带来一个惊人的新情况，律师说郑大新是有一份遗嘱放在保险箱里，可遗嘱的内容，并不是像郑维茹所说的，是把百分之八十的财产给她……恰恰相反，是将百分之八十的财产，包括现在的公司给郑震山。

郭谨的话令崔浩义大感意外，这么说，郑维茹在骗我们，说的那个百分之八十财产给她的遗嘱是假的。

郭谨说，先前郑大新让律师草拟了一份遗嘱是这个意思，但是最近在修改遗嘱的时候才把郑维茹改成了郑震山。

两份完全不同的遗嘱？

4. 夜半魅影

夜幕笼罩下的郑家，显得孤寂而阴森，大厅灵台上供着郑大新的遗像，那忽明忽暗的烛光更是飘忽不定。阿香的房间在底楼大门旁，她是被一声尖叫声惊醒的。她披着衣服走出房门，听了一会儿没有声音。她以为是幻听，正想回房，突然又听到"咣当"一声响，紧接着又是一声尖叫。阿香心想大概起风了，楼上窗户没有关好，于是她就打开灯，想上楼，可奇怪的是屋里的灯不亮，线路坏了？她也没有多想，就顺着楼梯摸上楼去，刚登上二楼，突然看到一个白色的影子飘忽而起，阿香吓了一跳，壮着胆子喝道："谁，谁在那里？"

白色的影子越变越大，阿香吓得抱着头正想往楼下跑，却与一个人撞个满怀，痛得她大叫起来。

"阿香，你怎么了？"扶住她的

是郑震山，阿香惊魂未定，颤抖着问："你……你有没有听到上面有什么响声和尖叫声吗？"

郑震山说，他也听到了。

郑维茹不知什么时候也从房里出来了，她大叫着怎么灯不亮了。

就在这时，又是"咣当"一声响，这次声音比前两次更响了。他们听出来了，这响声来自郑震山母亲冯素珍的房间。冯素珍的房间在二楼，自从她死了以后，这个房间平时没有人进去。阿香他们急忙跑上楼，那白色的影子又飘了过来，郑维茹吓得大叫起来，郑震山上前一看，白色的影子原来是被风吹下来的大窗帘。三个人还没喘过气来，"咣当"声又响起了。

这回是郑震山走在前头。他们循着声音走向冯素珍的房间，慢慢打开房门一看，里面什么也没有。

三个人一时愣在那里，还是郑震山反应快，他说："这样，我去看看电闸，阿香，你上三楼看看，维茹，你去底楼看看。"

三人分头行动，阿香壮着胆子，往三楼的楼梯摸去。郑大新原来的书房就在三楼，那时他办公累了或者晚了就一个人睡在书房里。阿香摸黑向前，隐隐听见书房里面有声音，是退是进，阿香一阵犹豫，最后还是壮着胆子，决定进书房看个究竟。

阿香一步一步挪向书房，轻轻推开门，里面声音更响了。借着微弱的月光，阿香发现是一扇窗户没有关严，被风吹得来回摇摆，碰到了什么东西，就发出了特别沉闷的响声。阿香长长吐出一口气，快步上前，正伸手想去关窗户，突然觉得身后有股奇异的力量向她推来，阿香一声惨叫，整个人就从窗台上摔了下去……

崔浩义带着刑警赶到时，阿香就躺在下面的草丛中一动不动。

阿香的右手握拳，手里好像有什么东西。崔浩义扳开她的手，发现有一张纸条，上面有几个字：震给我钱让我请魔术师。

崔浩义抬头望向别墅，然后，他把纸条交给了一旁的郭谨，郭谨看了一眼，弯下身子，仔细观察着阿香。只见她呼吸尚存，但奇怪的是阿香脸上没有恐惧和痛苦，还隐隐留有一丝微笑。

救护车呼啸而来，就在抬起阿香的时候，一旁的郑维茹扑向了阿香，放声大哭。

郭谨想拉开她，但她死死地拉住担架，拉也拉不开。郭谨奇怪了，这文弱女子，哪来这么大的力量？

崔浩义还在找人，这么长时间，怎么没有见着郑震山。此刻他都不露面，这不正常呀！于是他问："郑震山在哪里？"

郑维茹说应该在他自己的房间里。说着，带着崔浩义他们向郑震山房间走去。到了门前，她敲了敲门，里面没有声音。

郑维茹有些奇怪地说："他应该在里面啊，那会停电的时候，我们三个都在的。"

"也就是说，发生阿香坠楼事件以后，就没有见着他？"

"是啊，当时因为阿香的事，也没有注意到他。"

"郑震山，你把门打开！"崔浩义高声喊道。

房间里面还是没有一点反应。

崔浩义提高嗓门说："郑震山，你再不开门，我就砸门进来了。"

就在这时，众人突然听到院子

里传来汽车启动的声音，只见郑震山的小车快速从车库里驶了出去。

郑维茹一声惊叫："他跑了，真的是他杀害了阿香……"

崔浩义急忙奔下楼，跳上警车。警车像箭一样地紧随着郑震山的车，飞驰而去。

5. 惊魂幕后

自从郑家出事之后，郑维茹怕住在家里再发生类似阿香的事件，就从别墅里搬了出来，借住在一个朋友家。这天，郑维茹刚走出小区，就被一辆黑色小车拦住了。车里下来两个人，一左一右把她推进了车厢。郑维茹明白了，她担心的事情还是发生了。不用猜，这些人一定是郑震山的手下。

也就在同时，一辆越野车紧紧跟在了后面。越野车里，崔浩义摘下墨镜，对助手说："不要跟得太紧。"

那么，崔浩义又怎么会出现在此地呢？

原来，郑维茹从郑家搬出来那天，就给崔浩义打了电话，说郑震山会对她下手，她晚上都不敢睡了。崔浩义叫她不要害怕，他们会采取措施保护她的。

那辆黑色小车在一家星级宾馆门口停了下来，那两个人带着郑维茹进了宾馆，上了电梯，进了一个房间以后，再也没有动静。

助手问崔浩义是不是现在就冲进去。崔浩义看了下表，说等半个小时，如果还没有动静，就采取行动。

半小时以后，崔浩义让服务员打开房门，看到郑维茹被扔在床上，双手双脚捆着，嘴上塞着毛巾，奇怪的是房内没有其他人。

崔浩义解开郑维茹手上的绳索，问他们人在哪里。

郑维茹喘着粗气，说："不知道啊，他们接了个电话，就慌慌张张地走了……"

"他们没对你怎么样吧？"

"他们打了我，把我捆了起来。他们要我识相点，马上滚回杭州去，不然我的小命不保。"郑维茹说到这里哭了，"这一定是郑震山干的，他说过要给我颜色看的……他这个人什么事情都做得出的。你们一定要抓住他啊，要不我随时都有生命危险的呀。"

"我们会马上找到他的。"崔浩义把郑维茹带出了房间。走进电梯时，他对郑维茹说，"告诉你一个好消息，阿香抢救过来了。"

"真的？"郑维茹一下子叫了起来，她似乎发现自己有些失态，急忙调整下情绪，问道，"我现在能见她吗？"

崔浩义点头说："当然，我现在

就陪你过去。"

接着，崔浩义又说，连医生都说阿香命真大，从三楼摔下来，只是左腿骨折和一些皮外伤，没伤着要害处。

半小时后，崔浩义和郑维茹到了医院。崔浩义发现郑维茹脸上掠过一丝不易觉察的笑意。

此刻，阿香躺在床上，上了石膏的左腿被高高吊了起来，从生死线上抢救过来的阿香人也瘦了一圈，她见到郑维茹，很是意外，眼睛立马就红了。

而郑维茹呢，则索性抱住阿香失声痛哭起来。

跟在后面的崔浩义慢慢走进了病房，他的目光与抱着郑维茹的阿香相遇，他见阿香先是一愣，然后向他感激地点了点头。

崔浩义也微微点了点头，算是招呼。这时，郭谨进来，在崔浩义耳旁悄悄说："郑震山失踪了！"

崔浩义心说不好，立即果断地对助手吩咐道："一定要找到他，不然又会出人命案……"

回到局里，郭谨对崔浩义说，郑大新是江苏宜兴人，郑维茹也是在宜兴出生的，她想去次宜兴。崔浩义明白郭谨要说什么，点了点头，要她快去快回，也许他们在这里找不到的答案，在郑大新老家会有新的发现。

十天后，阿香出院了。郑维茹把她接到了郑家别墅。没想到，阿香回来的第二天晚上，郑家别墅又出事了。

阿香回来的第三天一早，郑家新来的小保姆打开郑震山房间的门，准备打扫时，发现郑震山靠在床上，已经死了。

郑震山是什么时候回家的？又是什么时候死的？家里人一概不知，小保姆也说自从阿香从医院回来以后，就没有见到郑震山回来过。车库里也没有郑震山的车子，这说明郑震山是悄悄回来的。那他为什么要悄悄回来？

崔浩义带着刑警进行搜查，发现了郑震山床上的针筒，还有毒品。看来郑震山是注射毒品过量导致死亡的。最后尸检报告也证实了这一点，同时尸检报告还发现：郑震山胃中有安眠药。

崔浩义瞧着刚从郑大新老家宜兴回来的郭谨，轻轻一笑，说："郑震山一死，杀害郑大新和谋杀阿香的罪名全部由他一人承担了，这样就可以结案了？"

郭谨也笑了："这也太低估我们的智商了吧，探长，你瞧……这个怎么解释？"崔浩义早就注意到郑震山手腕上隐隐的两圈伤痕。"现在应该去郑家揭开案情真相了。"崔浩义说罢，站起身，和郭谨并肩走出了办公室。

6.机关算尽

崔浩义和郭谨走进郑家别墅，郑维茹正推着轮椅上的阿香往外走。她们见到崔浩义和郭谨很是高兴。

郑维茹连声说，"谢谢你们，郑震山再也不能害我们了。"

崔浩义没有搭郑维茹的话，而是拍了拍阿香的轮椅，算作是招呼。

大家在客厅里坐下，崔浩义说："你们一直要我们找出真正的凶手，现在我可以告诉你们，到底谁是真正的凶手了。"

郑维茹不解地瞧着崔浩义说："这除了郑震山还会是谁啊？"

"郑小姐，你真不知道我们要对你说什么？你真的不知道凶手是谁？"郭谨盯着郑维茹，那目光如针一般，刺得郑维茹低下了头。

紧接着，郑维茹突然歇斯底里地大叫起来："不是我，我不是凶手。"

崔浩义让大家坐了下来，缓缓地说："我们没有说你是凶手啊，你也太急于为自己辩解了吧。"

"郑维茹，在揭开案情之前，我想问你几个问题。"郭谨等郑维茹平静了下来，说，"你真是郑大新和他前妻生的女儿吗？"

"我……"郑维茹一时不知如何作答。

郭谨说："你回答不出，那我来替你回答，你不是郑大新和他前妻所生的女儿，你是郑大新和另外一个女人生的，而这个人不是别人，就是在你面前的阿香。"

阿香额头上冒出汗来，她的脸"刷"地白了，可她仍强作镇静说："我不明白你们在说什么。"郭谨迎着她的目光，说："我去你们乡下调查过了。阿香，你的老母亲证实了这一点。"

阿香淡淡地问："这又能说明什么呢？"

郭谨看着郑维茹和阿香继续说：

"郑大新早年在乡下时和阿香好上了，并有了一个女儿，就是郑维茹。后来郑大新到了上海和另外一个女人结了婚。郑大新的生意越做越大，但是他们一直没有孩子，再后来，郑大新找到阿香，想把他的女儿领到自己身边。阿香提出的条件是——女儿可以给郑大新，但她必须以保姆的身份来郑家。权衡之后，郑大新答应了，当然这个秘密只有他们两人知道，包括你郑维茹也是后来才知道，这位对你异常关心的保姆就是你的亲生母亲。"

郑维茹的脸色渐渐发白了，但她用诘问的语气问："这和真正的凶手有关联吗？"

"别急，听我慢慢往下说。"郭谨不恼也不急，继续说，"就这样，四岁的郑维茹走进了郑家，一年以后阿香也当上了郑家的保姆。不想郑大新前妻去世以后，又娶了冯素珍，并且很快有了郑震山。随着郑震山的长大，郑大新把更多的好处给了这个儿子，为此，阿香没少和郑大新争吵。这么多年来，郑大新一直和郑维茹不亲，里面最关

键的一个原因，就是阿香要求太多了。为了能让郑维茹得到更多的利益，阿香还制造出郑震山不是郑大新亲儿子的传言，郑大新一时还真的相信了，去杭州给郑维茹立遗嘱。后来郑大新冷静下来，再派人调查，确认郑震山就是自己的亲儿子，于是他又修改了遗嘱，决定把公司交给儿子。就这样，一场阴谋和谋杀也就开始了……"

崔浩义接过郭谨的话，说："魔术杯的谋杀是阿香预谋的，她趁着魔术师上场的时候，偷偷调换了那瓶药酒。郑大新遇害后，阿香还要嫁祸于郑震山。郑震山一直不知道他和父亲的真正关系，还真以为他不是郑大新亲生……"

阿香冷笑道："你说郑震山不是凶手，那他为什么要逃呢？"

"因为郑震山收到一张纸条，说我们已经锁定他是凶手，让他先外出避避风头，这也就是为什么你从窗户里跳下，他会驾车而逃。"

郭谨拿出一张纸条，说："这是在郑震山车里发现的纸条，那字迹和你手里的那张完全相同。"

阿香不屑地别转过脸去，说："一张纸条能证明什么？"

"好，我继续往下说。"崔浩义说，"郑大新虽然死了，可是郑震山不除掉，郑家的财产还是不能落到郑维茹手里。于是，阿香就一步步采取行动，妄图把我们的视线集中在郑震山那里，让郑震山担当杀害郑大新的罪名。所谓公文包和保险箱的遗嘱被盗，被人从楼上推下来，其实都是阿香自己所为。只是让我感叹的是，一个母亲为了女儿能得到财产，心甘情愿从楼上跳下来，以死成全女儿！更让我震惊的是，一个母亲为了自己女儿，竟如此丧心病狂去伤害他人！郑维茹被绑架，郑震山吸毒致死，也都是你阿香的作为……"

阿香冷笑道："我受了伤，你怎么说是我让郑震山死的？"

"是的，你的脚是不能下地了，可你的手能动啊。你打电话把郑震山骗回家，在他的茶里放了安眠药，等他熟睡以后，你就推着轮椅来到郑震山房里，先把他两手捆起来，再给他注射了过量的毒品。郑震山手腕上的两圈伤痕就是你用绳子把他捆起来的证据！"

面对警察的推理，阿香一时无语，她知道，自己所做的一切，真的无法再隐瞒下去，现在她迫切想知道："你们是什么时候怀疑我的？"

崔浩义示意郭谨回答："从你跳楼的那张纸条开始，如果你真是被人突然从楼上推下来，你手里怎么可能预先拿着这张纸条……"

崔浩义走到郑维茹跟前，问："郑小姐，你能告诉我，这事和你一点也没有关系吗？"

郑维茹低下头哭了。

见状，阿香歇斯底里地叫了起来："这一切都是我做的，和别人没关系。"

崔浩义直视郑维茹，一字一句地说："你母亲所做的一切都是为了你，所以她尽量不让你牵涉进来。但当你知道是你母亲杀害了你父亲，你为什么还是没有向我们报告？"

"妈，你这到底是为了什么？"郑维茹冲到阿香跟前，跪在了那里。

"他欠我们的，应该由他来偿还……"阿香咬着牙说，她伸出手想要抚摸郑维茹，却又慢慢收回手，说，"妈只是想让你过上好日子，妈做什么都不在乎。"

阿香说罢，闭上眼睛……

（题图、插图：杨宏富）

略施小计

□ 赵谦

剩女行动

我来公司已经三年，算是"元老"了。看着身边的姑娘一个个名花有主，我渐渐就成剩女了。

这天下午，刚下班，单位的刘姐拉我去喝茶。她把一杯热茶捧在手里，直直地盯着我看。我有些发蒙，小心翼翼地问："刘姐，你，你没事吧，是不是丢钱包了，要找我借钱啊？"

刘姐把茶碗往桌子上一放，说道："琳琳，你知道我心里多着急吗，知道别人怎么议论你吗？他们说你这么下去，一辈子都找不到好男人了。"接下来，刘姐又把我一顿数落，最后，指着我的眉头说："琳琳，姐已经给你相中了一个。找个时间跟人家谈谈！"

我见刘姐一脸严肃，忍不住开了个玩笑："姐，知道你为我好，可我还没有打算呢。至于你相中的那个，还是让给更需要的人吧。"

刘姐的脸当时就黑了，咬牙切齿地说："吴剑波真是个好小伙，过了这村就没那店了！"

我当时很干脆地回绝了，但到了没人处，静下心来，想想刘姐的话不无道理。这段时间，老爸老妈都急疯了，电话一天好几个，看来是得有所行动了。

回到出租房里，我心里默念着"吴剑波"这个名字。手里的暖瓶把

方便面都冲到外面了，从桌子上流下来，把我的脚都烫肿了。我踮着伤脚发狠道："吴剑波，都是因为你，看我不把你拎来给我揉脚才怪呢。"

吴剑波是我对桌的同事，今年刚来的，魁梧的身材，大大的眼睛，脸型是我喜欢的那种瓜子脸。其实我心仪他已经好长时间了，还没有来得及采取行动呢，说实话，我也不知道该怎么行动。

午间喝咖啡时，我悄悄向闺蜜

小薇求教。她认真地思索了几分钟，然后严肃地说道："还是色诱吧！"

我惊得下巴都快掉下来了，忙正色说道："我不想用这种肤浅的方法，太俗，太没文化了。"

小薇就恶狠狠地说："那你就等着打光棍吧，你也不想想，就目前的形势，你还有打持久战的机会吗？听我的，就你这长相，绝对能把他弄得神魂颠倒，我保证不出半个月你就能拿下他！"

为了父母，色诱就色诱吧，于是我寻找机会。这天，我忽然高声喊道："我想把QQ上的一个好友删掉，可就是不成功。谁能帮帮我？"

也许我声音太大了，一下子让大家都停止了办公，一个个都向我这里看，而且还有两个人从座位上站起来，这些家伙，要坏我的计划了。于是我赶紧抢在前面，说："小吴，你帮帮我吧。"

吴剑波被点了名，只好站起来，他来到我的电脑跟前，看了一眼就说："这很简单啊。"他站在我的身后，我敢肯定他闻着我的发香了。事先我和小薇设计好的计划是：我的头猛然往后一扬，"不小心"碰到吴剑波，然后道歉，再喝咖啡赔罪……我感觉差不多了，用力向后一仰，只听"叭"的一声，我后脑勺一下子撞在了后面的墙上，一时间我都辨不清东南西北了。好半天，我才发现他转移了位置，我的脑袋没有碰到他身上。

吴剑波呆呆地看着我，好半天才问："你血压一定很高吧，我妈就经常这样的，有时连走路都走不稳。"

这时我已经没有力气跟他说话了，趴在桌子上，好久没有抬起头来，真是欲哭无泪。小薇出的这馊主意，让我伤了自尊又伤身。

一招妙计

我捂着后脑勺上了三天班。那天，看见吴剑波没关电脑就外出办事了，我凑近一看，竟然还开着QQ，我大喜过望。于是装着若无其事的样子，迅速把他的号码记在了脑子里。回到座位上，立即就加他为好友。

不久，吴剑波回来了，发现有人加自己，先是犹豫了一会，然后就按了"同意"键。我心如撞兔，然后就看见我这里提示"对方同意你加为好友"。过了一会，我发了个信息："你好，请问你是哪里的朋友啊？"

我用眼睛的余光发现吴剑波抬头看了我一眼，然后就回了信息："请问，你是琳琳吧？"

我心里一惊，幸亏自己没有设置提示音。不过奇怪了，他怎么一下子就猜到是我了，得沉住气！于是我趁他不注意，回道："谁是琳琳啊？我不是刚加你的吗，看来你异

性聊友不少啊！"

吴剑波又抬头看了我一眼，隔着桌子问道："琳琳，你刚才加我QQ了吧？"

我忙回答："没有啊，我正忙着干活呢。"

吴剑波有些奇怪，嘟囔道："怎么也是'会飞的自行车啊'！"

我大惊，坏了，一定是那天他记住我的网名了，我怎么就没有想到这点呢。关键时候，还是我的高智商发挥了作用，我很淡定地说："这有什么啊，网名一样的多的是呢，要不你输入你的网名，看有多少重名的。"他"哦"了一声，这才相信了。我一阵窃喜，看来这家伙智商也不过如此。

接下来，我就可以跟吴剑波聊天了。为了装得像，我问："帅哥，你干什么工作的啊，能否发个照片来看看啊？"

吴剑波就很真实地回答他在什么公司，不过照片的事他没提。只是问："你是哪里的啊？"嘿嘿，我自然是不能说实话了，"我在一家大型高科技公司，有空来玩喔。"

为了不使吴剑波怀疑，我先把文字打好后，先忙会别的，然后顺手一点，信息就过去了，他一点也不会发觉。就这样，每天一上班，我会在网上准时把一杯热茶送给他，害得他常常单相思："你怎么知道我

渐入佳境

这天，吴剑波破天荒地在网上回送我一束花。我又喜又惊，问："你怎么知道我喜欢这种花？"

吴剑波回答："美女都喜欢这种花，美丽又浪漫。"其实这种粉红色的花我讨厌死了。

不过我还是客气地回道："这就叫缘分吧。"他就激动地送我一个吻，还写道："有个女孩一直在约我，我都不知道该怎么办。"

我赶紧说："说说看，说不准我可以帮你参考一下呢。"吴剑波犹豫了片刻，回道："我现在忙，晚上吧，你要是上线，我向你求助。"

好不容易等到晚上，我用手机上了QQ,他告诉我那是个"富二代"，她有点颐指气使，让人不能忍受。

我立即劝道："那你还跟她聊，结了婚可是要忍受一辈子的。你可不能光顾眼前。"

吴剑波表示有道理，并问道："那么你呢，也一定有很多人追求吧？"

我叹了口气，说："太多了，让他们追得我透不过气，不过，被我看上的可真不多。"

吴剑波开玩笑道："你的眼光这么高啊，我都没有机会了。"

我说："办公室的几个同事有追求我的，我理都不理他们。你呢？也有美女同事吧？"

吴剑波回道："什么啊，恐龙一大堆。"

我的心一下子到了冰点。费尽心思，原来他就这么看办公室里的人，这其中也包括我啊。正当我要下线时，他又回了："不过我的对桌倒是挺不一样的，气质超好。"

我心跳速率绝对超标，赶紧说："是吗，那你可以去追求她呀？"

"她呀，感觉太冷，我认为没戏，我这人从不打无把握之仗，浪费了感情，最后弄个竹篮打水一场空，不值。"

呵呵，有戏啊，这段时间的付出总算没有白费。我赶紧给他支招："可是你要不努力的话，就永远没有机会。听我的，还是试试吧。"我把握好时机，就聊到这里下了线。

第二天，一上班，吴剑波就破天荒地给我倒水，还给我擦桌子。看着他高兴的样子，我觉得自己的计划快成功了，不过我只是朝他莞尔一笑。

一会儿，他信息来了："那个对桌美女很可恨，冷漠得要命，好像谁欠她多少钱似的。"

我怕他产生误会，就此打退堂鼓，忙说："女孩就是这样，很清高。坚持下去你一定会成功！"

过了好一会，吴剑波发来信息："我真想当面谢谢你，好好请你一顿。"我存心要吊吊他的胃口，于是就说："我不喜欢见面，见面就意味着两个人的关系有了突破。"

他好像很失望，又过了好大会儿才说："我会让你答应见我的。等着吧。"

看着吴剑波在我的眼皮子底下跟我聊天，我感觉特好笑。我故意说："你这个人不老实，追求着对桌美女，还要想着跟我见面。"他发过来一个坏坏的笑脸。

这样，又聊了半个月，他对我有种欲罢不能的感觉了。看来现实生活中还真有网恋啊，我终于答应跟他见面了，并约好了地点和见面方式。

阴差阳错

周六，我把自己打扮了一番，然后按照约定，拿着一本时尚杂志，到了街心公园。我设想了很多种他见到我时的表情，我感觉很好笑。

可是等了大半天，他竟然没有露面。为了保密，我没有给他留手机号码。他倒是给了我一个，但那是一个陌生号。于是我用公共电话，给他打过去。

吴剑波在电话那头说："我到了啊，你看看我手里的杂志。"我环顾四周，没有啊。倒是旁边有个男的，拿着本跟我手中一样的杂志，已经在我跟前转悠半天了。可他是谁啊？有些秃顶，瘦瘦的，关键是年龄，都可以当我爸爸了。我心一沉，莫不是自己聪明反被聪明误，当初加错号码了吧？放下电话，我再次来到街心公园，却不料，那个秃顶直接站在了我跟前，问："你是梦梦小姐吗？"没错，梦梦是我留给吴剑波的小名。我快要疯狂了，语无伦次地说："不是，不是，你认错了！"说完我撒腿就跑。他在后面喊的什么，我一概没有听见。我感觉地球快要爆炸了。

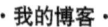

我不知道这个周末是怎样度过的，我连电脑也懒得开，我不知道错出在哪里。我满脑子里都认为当时一定是自己记错他的QQ号码了，可是我又否定了这种可能性，因为自始至终，他跟我聊的内容都是我熟悉的。我的头都想大了。

终于熬到周一，到了办公室，桌子上有一大把鲜花，是我最喜欢的玫瑰，那红红的颜色像一团火，在初春的季节里显得生机盎然。周围的人都开玩笑："琳琳，名花有主了，何时吃喜糖啊？""我们还有机会吗？"谁送的？我莫名其妙。

等打开电脑，信息来了，"你好狠，把我丢在公园，你还说自己温柔呢。"我怀疑地看着吴剑波，他正兢兢业业地打扫着卫生。我借故绕到他电脑跟前，还没有开机呢。可是信息明明是三分钟以前发来的。我有种找不到北的感觉，自己好像掉进了一个巨大的陷阱里。我不管三七二十一，宣布要把花分给大家。我瞅着吴剑波的表情，可是他竟然也来抢我手中的花，我彻底掉进冰窟窿里了。整整两个月啊，时间、精力，还有那被称为无价之宝的情感，全浪费给那个秃顶大男人了。

峰回路转

中午下班，刚走出公司大门，手机收到了条短信：在"四季花开咖啡店"9号桌等你，来了你可能后悔一下午，不来你会后悔一辈子。是谁？不会又是那个秃顶吧。信息又来了：知道你在犹豫，你害怕了？我把心一横，就去了。

9号桌上没人，倒是放着一把玫瑰花。我正在环顾四周时，感觉有人抓住了我的肩膀，没等我回头，一支红红的玫瑰花已经像火一样在我眼前燃烧了。是他，没错，吴剑波！那张漂亮的脸，在我身后闪了一下。紧接着，腰被他环住了。这时，我的眼泪不争气地夺眶而出。

"就你那点小智商，早就知道跟我聊天的是你了。"吴剑波得意地炫耀着。

我惊奇地看着他，像一个小学生在听课。"你以为那天为你修电脑时我只记住了你的网名吗，你的QQ号码早已经印在我脑子里了。我只不过是将计就计罢了。"

我忍不住问："那周六见我的人是谁？"

"我花五十块钱雇的一个人，就是要看你表演的好戏，可惜你没给我露面的机会，就走了。"话还没等他说完，我的粉拳已经暴风雨般地落在他肩上。这个男人智商不一般，还表现得超级浪漫，我终于感觉有依靠了。

（题图、插图：安玉民 梁 丽）

落难的绅士

□ 朱广思

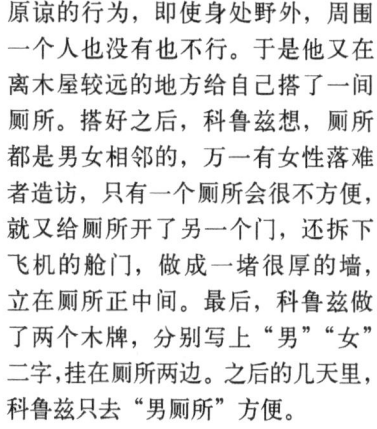

科鲁兹是一位优雅的绅士，他不论做什么事，都严格按照绅士标准来要求自己。

一次，科鲁兹乘小型飞机去海岛旅行，没想到半路上遇到了暴风雨，飞机失去控制，坠落在一片软绵绵的沙滩上。

科鲁兹从机舱中爬出来，发现只有自己是幸存者。一小时后，科鲁兹确认：自己落在了一个无人小岛上！

为了生存，科鲁兹从飞机里找出了一些食物和工具，开始用岛上的树木搭建临时的住所。忙了一下午，一间还算过得去的小屋终于搭成了。

很快，科鲁兹又发现了一个新问题——他没有地方上厕所。对于一个绅士来说，随地大小便是不能原谅的行为，即使身处野外，周围一个人也没有也不行。于是他又在离木屋较远的地方给自己搭了一间厕所。搭好之后，科鲁兹想，厕所都是男女相邻的，万一有女性落难者造访，只有一个厕所会很不方便，就又给厕所开了另一个门，还拆下飞机的舱门，做成一堵很厚的墙，立在厕所正中间。最后，科鲁兹做了两个木牌，分别写上"男""女"二字，挂在厕所两边。之后的几天里，科鲁兹只去"男厕所"方便。

这天，科鲁兹刚跨进"男厕所"，发现里边有一只大型野兽正睡得香甜。科鲁兹赶忙蹑手蹑脚地退了出来，不光是因为害怕，而是因为打扰他人睡眠——哪怕是一只狗——也是不礼貌的行为。

科鲁兹在远处等了半天，也不见那只野兽出来。他实在憋不住了，但作为一个绅士，又绝不能在野外或者女厕所方便。科鲁兹急中生智，走到厕所前，将两个木牌摘下来，互换了一下位置，然后心安理得地到另一边厕所方便去了。

"背心"理论

□ 吴泽武

市建设局的梁局长说话作报告爱打比方，深入浅出，通俗易懂。一次局机关会议，梁局长讲了一大通理论后，解开衬衫，露出里面的背心，打起了比方："做人做事就要像这背心，老老实实地呆在贴身的位置，不要总想着抛头露面，不要总羡慕衬衫、羊毛衫、西装、羽绒服。否则就应了一句歇后语，叫背心穿在衬衫外——乱套了。"瞧，这话讲得多有水平，就因为这通话，梁局

长得了个"背心局长"的美誉。

最近，局里进行了人员大调整，有的人提拔，有的人平调，有的人下派。提拔的当然求之不得，平调的却不太高兴，下派的更是有意见了。

有个姓张的科长从行政科平调到后勤科，有些不高兴，来找梁局长："局长，我在行政科工作得好好的，就像您说的是件尽职尽责的背心，为什么要把我调到后勤科？"

梁局长笑了笑，说："你呀，不了解领导的苦心，如今中央强调民心工作，后勤科太重要了，我把你的背心改成了胸罩，虽说是平调，但这个位置重要，一般人我还不放心哩，懂不？"

张科长一听有理，满意地走了。

有位年轻的李科长，从后勤科下派到市里的二级单位——高速公路收费站当站长，心里很有意见，来找梁局长："局长，我在局机关老老实实地呆在贴身的位置，我这件背心应该算得上是件忠于职守、爱岗敬业的背心呀！为什么要把我下派到离城区这么远的收费站？"

梁局长一脸严肃地说："小伙子，你真是年轻，不理解领导一番苦心。"见李科长一脸狐疑，梁局长乐呵呵地解释道："我把你这件背心改成了短裤，虽说是下派，但管住的是要害，这是对你的重用，明白吗？"